将军县的红色纪事

安徽金寨干部学院
中共金寨县委党史和地方志研究室 编著

国家行政学院出版社
NATIONAL ACADEMY OF GOVERNANCE PRESS
·北京·

图书在版编目（CIP）数据

将军县的红色纪事/安徽金寨干部学院，中共金寨县委党史和地方志研究室编著.—北京：国家行政学院出版社，2022.9
ISBN 978-7-5150-2708-1

Ⅰ.①将… Ⅱ.①安… ②中… Ⅲ.①革命故事—作品集—中国—当代 Ⅳ.①I247.81

中国版本图书馆 CIP 数据核字(2022)第 166884 号

书　　名	将军县的红色纪事 JIANGJUNXIAN DE HONGSE JISHI
作　　者	安徽金寨干部学院　中共金寨县委党史和地方志研究室　编著
责任编辑	陆　夏
出版发行	国家行政学院出版社 (北京市海淀区长春桥路 6 号　100089)
综 合 办	(010)68928903
发 行 部	(010)68928866
经　　销	新华书店
印　　刷	北京盛通印刷股份有限公司
版　　次	2022 年 9 月北京第 1 版
印　　次	2022 年 9 月北京第 1 次印刷
开　　本	170 毫米×240 毫米　16 开
印　　张	14
字　　数	272 千字
定　　价	54.00 元

本书如有印装问题，可联系调换，联系电话：(010)68929022

本书编写委员会

主　任　胡遵远
副主任　马贤钧　胡本昌　乐登高
成　员　（按姓氏笔画排序）
王亚丽　任少松　李　燕
李雨迪　李泽波　姜　茜

序　言

2021年，是中国共产党的百年华诞。中国共产党成立以来的100年，是中国人民根本改变历史命运的100年，是中华民族走向伟大复兴的100年，是中国人民为全人类发展作出卓越贡献的100年。100年来，中国共产党团结和带领中国人民走过的光辉历程，是用鲜血、汗水、泪水写就的，充满了苦难和辉煌、曲折和胜利、付出和收获，是中华民族发展史上最为壮丽的篇章。

金寨，是中国革命的重要策源地、人民军队的重要发源地，是中国工农红军第一县、全国第二大将军县。自1920年建立第一个马克思主义学习小组开始，一直到1949年中华人民共和国成立，在这块红色的土地上革命烈火生生不息：建立了皖西地区第一个党支部；爆发了著名的立夏节起义（也称商南起义）和六霍起义；创立了豫东南、皖西两块革命根据地，走出了红三十二师、红三十三师和红二十五军等12支成建制的红军队伍；诞生了《八月桂花遍地开》这首经典革命歌曲；走出了红四方面军和红二十五军两支长征队伍。这里曾经是安徽乃至大别山区抗日民主救亡运动的指挥中心，刘邓大军千里挺进大别山前线指挥部所在地。为了中华民族的独立和解放，金寨先后有十万英雄儿女参军参战，绝大多数血洒疆场、为国捐躯。新中国成立后，被追认为革命烈士的就有11000多人，占安徽省革命烈士总数的1/5，可谓是“家家有红军，户户有烈士，山山埋忠骨，岭岭皆丰碑”。金寨人民不仅培育了59位共和国的开国将军、150多位省军级领导干部，而且与他们一起用自己的鲜血和生命铸造了“坚贞忠诚、牺牲奉献、一心为民、永跟党走”的大别山精神。

金寨革命史是我们党燎原星火、薪火相传、生生不息成长史的具体体现；是我们党领导广大人民群众奋起抗争、前仆后继、英勇团结、顽强拼搏斗争史的高度浓缩；是在党的领导下，军民团结、众志成城、万众一心，与敌人进行殊死搏斗、用生命和鲜血铸就辉煌英雄史的真实记录；是广大共产党员不忘初心、牢记使命的奋斗发展史的集中反映。

2021年，为庆祝中国共产党成立100周年，安徽金寨干部学院、中共金寨县委党史和地方志研究室深入挖掘金寨红色历史、精心撰写红色文章、广泛开展红色宣讲、积极传承红色基因。一年来，在《学习时报》《人民政协报》《中国国防报》《祖国》《中华魂》《人物传记》等40多种公开发行的报刊上发表了宣传金寨地区红色历史、红色人物的各类文章100多篇。其中，《文媛：红色女特工》在中央保密委员会办公室、国家保密局举办的“庆祝中国共产党成立100周年征文活动”中获三等奖；《鄂豫皖苏区的红军公田制度》《治淮功臣童振铎》在安微省2021年度党史地方志部门优秀科研成果评选中分别获一等奖、三等奖；等等。这些文章从不同角度、不同侧面记录了金寨的英雄故事。

为积极响应习近平总书记2016年4月24日视察金寨时重要讲话精神，进一步讲好红色故事、传承红色基因，我们从这些文章中精选近50篇结集出版，取名为《将军县的红色纪事》，与此前出版的《将军县的红色之源》《将军县的红色征程》《将军县的红色故事》《将军县的初心故事》《将军县的红色记忆》《将军县的红色传承》《将军县的脱贫攻坚》等组成系列丛书。

希望能够得到广大读者的喜爱。

安徽金寨干部学院副院长
中共金寨县委党史和地方志研究室主任
金寨县档案馆馆长
胡遵远
2022年5月

目　录

第一部分　光辉历程

第二部分　血染风采

第三部分　名人传奇

第四部分　红色故事

第一部分

光辉历程

笔架山上擎党旗

——记皖西地区第一个党支部的建立

1924 年冬，中共笔架山农校支部正式建立。它是当时金寨地区建立的第一个党支部。笔架山农校是 1915 年创办的，全称为河南省商城县甲种蚕科学校，位于金寨县汤家汇镇笔架山村。

十月革命后，在上海、南京、武汉、安庆、芜湖等地工作和求学的金寨籍进步知识分子，带回了许多马克思主义理论书籍和进步刊物，开始在燕溪小学、明强小学、淠阳小学、志成小学和笔架山农校中传播，并逐步向社会扩展。1920 年 10 月，燕子河燕溪小学成立了第一个马克思主义学习小组。不久，笔架山农校和志成、明强、淠阳等小学学习马克思主义读书会等组织相继建立起来。当时笔架山农校的马克思主义学习活动极为活跃，他们除了成立“青年读书会”、组织进步师生学习马克思主义和进步书刊外，还成立了新文化演剧社、歌咏队，向群众宣传新思想、新文化，深受群众拥护。同期建立的马克思主义学习小组性质的组织，还有白沙河禅堂蚕业学校的同学会，河南省固始县志成小学的马克思主义学习研究会（又称读书会)，河南省商城县创办的商城书社、商城学会，等等。

马克思主义的传播和农民、工人反帝反封建斗争的开展，培养了一批具有初步共产主义思想的骨干分子，为中国共产党基层组织的建立奠定了较好的思想基础。1920 年，金寨籍进步知识分子、中国无产阶级革命文学的先驱蒋光慈经陈独秀介绍，到上海外国语学社学习，并加入了中国社会主义青年团，1921 年去苏联留学，1922 年转为中国共产党党员。

1924 年秋，志成小学读书会组织者、金寨籍进步知识分子、蒋光慈的老师詹谷堂加入中国共产党。随后，詹谷堂又发展该校教师曾静华等人加入中国共产党，并和曾静华以讲学的方式，到笔架山农校发展该校青年读书会骨干李梯云、周维炯、漆德玮、漆海峰、李声武等加入中国共产党，并成立了党小组，李梯云任组长。不久，党小组扩展为党支部，李梯云任书记。这就是金寨地区也是皖西地区建立的最早的党支部。

1925年3月，詹谷堂离开志成小学，回到家乡南溪办学。他在大力倡导新文化教育的同时，积极开展党组织建设，发展王凤池、曾昭烈等进步教师入党，并建立了党支部。年底，南溪党支部和笔架山农校党支部合并，发展成为南溪特别支部，詹谷堂任书记。

1926年秋，在金寨地区建立的党支部还有中共简家坳支部、禅堂（白沙河）支部、太平山支部。1927年3月，又成立了漆家店（沙堰）党支部等。在此期间，金寨籍进步知识分子、共产党员袁汉铭还到商城县中、一小、女小、平民夜校等学校宣传马克思主义，发展共产党员，并成立了支部、特支。与此同时，共青团组织也有了较大的发展，仅斑竹园一带就建立了小河、桥口、简家坳、吴家店等支部，有团员20多人。

1927年春，金家寨、燕子河、白塔畈等地也有很多知识分子加入中国共产党。10月，中共燕子河支部成立；11月，中共古碑冲支部成立；白塔畈、大岗、开顺街一带也成立了白塔畈党支部。党员们利用办学、开商店等作掩护进行革命活动，为后来的党组织建设和农民运动培养了大批骨干。

1929年5月6日，在中共商罗麻特别区委的领导下，由笔架山农校师生李梯云、詹谷堂、周维炯等同志组织发动的立夏节起义（亦称商南起义）在金寨地区的丁家埠、李家集、南溪、斑竹园等地爆发，并取得全面胜利。起义胜利后，迅速建立了鄂豫皖地区第二支主力红军队伍——中国工农红军第十一军第三十二师，开辟了鄂豫皖地区第二块革命根据地——豫东南革命根据地。1930年，红三十二师与先前在湖北建立的红三十一师及稍后在金寨地区建立的红三十三师合编成为中国工农红军第一军。豫东南革命根据地与黄麻起义胜利后创立的鄂豫边革命根据地、六霍起义胜利后创立的皖西革命根据地连成一片，共同发展成为全国第二大革命根据地——鄂豫皖革命根据地。

（作者：胡遵远，原载《皖西日报》2021年3月18日）

笔架山革命烽火燃出新世界

汤家汇镇位于安徽省西部，地处豫皖两省交界的大别山腹地，是金寨县的西北门户。土地革命战争时期，革命烽火在这里熊熊燃烧，金寨地区的第一个党组织就诞生在该镇的笔架山农校中。

日前，从汤家汇镇人民政府出发，经过半个小时的颠簸车程，笔者踏进了正在修缮的笔架山农校。穿过一间间刚刚建起的新房，仿佛穿越了百年，曾发生在这里的革命故事历历在目。

辛亥革命以后，科举废除，新学兴起，商城县知事梁玉树驱赶了庙内的和尚，兴办起了商城县甲种蚕科学校，当地人惯称笔架山农校。

五四运动之后，以蒋光慈、袁汉铭、詹谷堂为代表的金寨籍进步知识分子较早地接受了马克思主义进步思想，以讲学为名，将许多进步书刊带到了笔架山农校。1924 年冬，詹谷堂发展该校读书会的骨干师生李梯云、周维炯、漆德玮等加入中国共产党，成立笔架山农校党小组，组长李梯云。不久，该小组扩大为支部，成为以金寨为中心的豫东南地区第一个党支部，同时也是皖西地区第一个党支部。此后，一批又一批的农校师生加入革命洪流，发展党的组织和农民协会。

随着革命活动的蓬勃发展，国民党地方政府展开“清乡”，开始捕杀共产党员和农民协会骨干。1929 年 5 月 6 日，商城南部的丁家埠、南溪、吴家店（当时属河南商城县，现属金寨县）等十几个暴动点在一夜之间发起武装暴动，并取得全面胜利。由于起义的当天是立夏节，故称立夏节起义，又因为暴动点均在当时商城县的南部地区，也称商南起义。

暴动成功后的第三天，起义队伍在斑竹园朱氏祠会师，建立了中国工农红军第十一军第三十二师。1929 年 12 月，红三十二师攻下河南商城县城，这是红军在河南省攻下的第一座县城。

立夏节起义胜利后，中共六安县委下辖的中共六区区委秘密派员与红三十二师联系。在红三十二师的大力支持下，金寨南庄畈的六保联络自卫团成功举行暴动，接着金寨东部的流波䃥、金家寨、七邻湾等地相继举行武装暴动，成立农民赤卫军。由于各暴动点原属六安、霍山、霍邱等地，故称六霍起义。1930 年 1 月 20 日，中共六安县委将各起义部队合编为中国工农红军第十一军第三十三师。1930 年 1 月底，红三十三师在安徽境内攻下了第一座县城——霍山县城。

笔架山农校是大别山的革命熔炉、革命骨干的成长摇篮。从农校走出去的周维炯是红三十二师的师长，漆德玮是副师长，李梯云是政治部主任。红三十二师和红三十三师也是后来红四方面军的重要组成力量，为打击敌人、消灭反动势力英勇作战，作出了巨大的牺牲和贡献。

笔架山农校的所在地汤家汇镇，也是一片红色的土地。赤城县六区一乡列宁小学，鄂豫皖省委会议旧址、红二十五军和红二十八军会师地胡氏祠，赤城县邮政局等大批红色遗址被保存下来，默默地诉说着当年革命的艰苦卓绝。2014 年，汤家汇镇成为安徽省首批红色小镇，现存革命遗址 60 余处，其中全国重点文物保护单位 4 处、省级文物保护单位 11 处、县级文物保护单位 14 处。

站在豫东南道区苏维埃旧址接善寺门前的高处向远方看去，一幅以红色为主题，古色为映衬，绿色为理念的美好画卷，正在这个曾经是重点贫困乡镇的革命老区上空徐徐展开。

穿梭于汤家汇镇一处处革命旧址，一首广为传唱的红色经典歌曲似乎也在耳畔响起："八月桂花遍地开，鲜红的旗帜竖呀竖起来，张灯又结彩呀，张灯又结彩呀，光辉灿烂闪出新世界。"如今，在这片土地上，一批又一批共产党人正带领着当地人民朝着共同富裕、更加美好的未来健步前行。

（作者：胡遵远、刘超，原载《安徽法制报》2021 年 3 月 24 日）

立夏节起义

1929 年 5 月 6 日（农历立夏节），在中共商罗麻特别区委的领导下，安徽金寨西部地区（时属河南省商城县管辖）爆发了声势浩大的立夏节起义（也称商南起义），在大别山革命史上留下了重要一笔。

一、出其不意，提前举行武装起义

1929 年 3 月 13 日，中共豫东南特委和鄂东特委在河南柴山保附近的斑竹园举行联席会议，作出了“积极准备，尽快发动商南起义”的决定。由于当时商城县委遭敌破坏，会议决定商南党组织暂归鄂东特委领导，以便就近指挥。为加强对鄂豫边区的领导，鄂东特委决定将商城的南部、罗田的北部、麻城的东部划为特别区，成立中共商罗麻特别区委，领导商罗麻三县边区的工作。

4 月，中共商罗麻特别区委在金寨吴家店太平山成立。这个时候，商城反动当局加紧了“清乡”，各地民团都在内部清查“可疑分子”，中共商罗麻特别区委敏锐地意识到：准备已久的武装起义如不适时发动，地方党组织和革命力量随时都有可能遭受破坏。于是，5 月 2 日在吴家店太平山穿石庙召开紧急会议，决定把原定在中秋节举行起义的时间，提前到 5 月 6 日的晚上，乘民团忙于过节、疏于戒备之机，举行立夏节武装起义。

5 月 4 日，商城县委委员李梯云协助商罗麻特别区委书记徐子清，在金寨关庙墨园高氏祠召开商南各支部和农民武装负责人会议，传达特别区委的决定，具体部署起义行动。

二、不动枪和炮，智取大王庙

5 月 4 日晚上，周维炯在丁家埠大王庙后面的山树林里秘密召开党支部会议，传达上级会议精神。他说：“我们的任务就是夺取丁家埠民团的枪，全歼民团。行动直接影响到立夏节起义的成败，怎么个打法，同志们要好好地合计合计。”

听过几个人的意见后，年龄偏大、沉着稳重的田继美说：“丁家埠民团是杨晋阶（商城县民团头目之一）的主力，不仅枪好，而且民团中还有他的亲信走狗。依我看，我们还是想一个稳妥的办法，最好是智取。”“哎，这个主意好，咱们就来个智取大王庙！”周维炯赞赏地说。

立夏节的前一天，正好轮到周维炯“值星”。他找到民团中队长吴成格、队副张瑞生出主意：“队长、队副，明天是立夏节，叫兄弟们把屋里屋外打扫打扫，整一下，好让弟兄们干干净净地过个痛快节。”二人一听，满口赞同：“好好，周班长，一切由你安排。”

早饭后，周维炯吹哨子集合队伍训话：“明天是立夏节，队长叫我们打扫房子，把床铺和一些零零碎碎的都清理一下，枪支弹药划块地方放在一起，不准随便乱放。”在周维炯的指挥下，团丁们七手八脚地干起来。忙完一阵，里里外外收拾得干干净净，枪支弹药整整齐齐地挂在正屋的墙上。

立夏节到了，民团总头目杨晋阶派人给丁家埠民团送来了过节的薪饷，丁家埠街上的商人绅士和附近的农户送来了摊派的鸡、鸭、鱼、鸡蛋、米酒。伙房里忙开了，一股股诱人的香味直往鼻子里灌。那些团丁们早就等得不耐烦了，嘴里直流口水，恨不得立即把那些美味全都吞到肚子里去。我们的同志也在焦急地等待着夜晚的到来。

好不容易等到天黑，吃晚饭的时候到了。周维炯吹起了集合哨，点名时发现团丁田继美迟到，生气地责问道：“田继美，吊儿郎当的到哪去了？吹哨子集合没听到？弟兄们等着过节，你净耽误时间！”田继美一面系裤子，一面嘴里嘟囔着，说是在拉肚子，后来还和周维炯顶嘴。周维炯生气了，罚他站三炷香的岗。田继美很不情愿地站岗去了。由于晚上要过节，那些团丁们谁都想多喝几盅，谁也不愿站岗，这下见站岗的人有了，心里不由得高兴起来。其实啊，这些都是周维炯他们事前商量好的，故意在敌人面前演的“戏”。

晚饭开始了。5 张圆桌上摆满了鸡呀，鱼呀，肉呀，等等，团丁们围了上去，一个个狼吞虎咽地吃了起来，我们的同志也按原定计划分布在各个桌旁。席间，周维炯抓过一把酒壶，说：“弟兄们，今天过节，为了祝队长今后官运亨通，步步高升，我们敬他一杯酒，好不好？”话音刚落，一片赞成声起。紧接着一些团丁也跟着起哄，一起来敬酒，一会儿就让队长吴成格喝得摇摇晃晃，醉得站不住脚，进屋休息去了。

周维炯又把矛头指向副队长张瑞生，这个家伙不上当，死活不接受敬酒，并说：“别敬，别敬，会猜拳的我们猜几个。”严运生卷起袖子：“我陪队副来几拳。”张瑞生自恃拳高，傲慢地说：“来者不拒。”开始严运生输了，张瑞生赢了几拳更加得意，严运生仍满不在乎地继续跟他猜拳。这并不是严运生的酒量大，而是他事先就准备了两把壶，一把壶装酒，一把壶装水，严运生杯里是水，张瑞生杯里是酒。时间一分一分地过去了，后来经过周维炯指点，严运生反手连胜张瑞生。这家伙不服输，硬撑着猜，越猜越输，不一会儿，就醉成了一摊泥。

到这会儿，那些团丁们一个个喝得烂醉。周维炯见时机已到，喊了声“动手”，同志们立即收了早已集中在一起的枪支，把张瑞生捆得结结实实的，并叫醒了吴成格。这时外面接应的同志已到，严运生朝天空打了几枪，大声叫着：“共产党来了！”那些团丁们一听可慌了，酒也吓醒了，一个个乖乖地当了俘虏。周维炯向团丁们讲话：“弟兄们，不要惊慌，我们就是共产党，我们共产党是专门打富济贫的，是给穷人出力撑腰的，有愿意干的就留下，不愿意干的可以回家。”团丁们见周维炯就是共产党，又听说共产党是打富济贫的，大多数都愿意留下来。

几乎是在同一时刻，吴家店、包畈、斑竹园、沙堰、沙河、西河、李集、南溪等 10 多个地方都举行了起义，并取得胜利。

三、立夏节起义的地位和意义

立夏节起义是鄂豫皖地区三大起义之一，沉重地打击了商南地区的反动势力，极大地鼓舞了鄂豫皖边区党组织和人民群众开展武装斗争的信心和决心，在我党我军的历史上具有重要的意义。

第一，为红军建设注入力量。1929 年 5 月 9 日，各路起义武装在金寨斑竹园朱氏祠会师，成立了中国工农红军第十一军第三十二师。1930 年 3 月，中共中央决定将红三十二师和稍后同在金寨成立的红三十三师与先期在湖北成立的红三十一师，合编为中国工农红军第一军，直属中央军委指挥。1931 年 1 月，红一军与红十五军又合编为中国工农红军第四军。同年 11 月 7 日，红四军与同在金寨成立的红二十五军组建成中国工农红军第四方面军。可以说，立夏节起义所诞生的红三十二师是大别山区组建最早的红军队伍之一，是中国工农红军第十一军、第一军、第四军和红四方面军的重要组成部分。

第二，推动了革命根据地建设。立夏节起义胜利后，不仅迅速组建了红军队伍、建立了革命政权、开展了土地革命，而且创建了以金寨汤家汇、南溪、斑竹园为中心的豫东南革命根据地。随后，与皖西革命根据地、鄂豫边革命根据地一起，建成全国六大革命根据地之一、位居全国第二的鄂豫皖革命根据地。

第三，成功经验值得借鉴。立夏节起义的许多做法，比如发展党员、建立党组织，团结广大人民群众、凝聚斗争合力，坚定理想信念、发扬牺牲奉献精神，实行兵运农运结合、把敌人统治较薄弱的山区作为开展武装斗争的突破口，切实加强党的领导、深入一线指挥作战，认真谋划、统一领导、精心组织、协调作战，及时组建革命武装、建立红军队伍、夺取政权、开辟革命根据地，等等，不仅是党领导人民取得新民主主义革命胜利的重要经验，就是对今天的工作也具有借鉴意义。

（作者：胡遵远，原载《安徽党史上的重要事件》，中共党史出版社 2021 年版）

鄂豫皖革命根据地的重要地位和形成原因

2020年，是鄂豫皖红一军和鄂豫皖革命根据地创立90周年。本文主要就鄂豫皖革命根据地的重要地位及形成原因谈几点粗浅的认识。

一、鄂豫皖革命根据地的重要地位

大别山区是中国共产党的重要创建地、中国革命的重要策源地、中国人民军队的重要发源地，在我党我军的历史上具有重要地位、突出贡献、重大意义。习近平总书记对革命老区，特别是大别山区关心备至，2016年以来，先后2次深入到大别山腹地视察指导工作，并就大别山区的历史贡献、重要地位以及大别山精神和红色基因的传承与弘扬等相关工作作出重要指示。鄂豫皖革命根据地的重要地位集中体现在以下几个方面。

（一）鄂豫皖革命根据地是我党的重要建党基地

十月革命的一声炮响给中国送来了马克思列宁主义，五四运动的爆发使马克思主义得到了迅速传播、实现了“上山下乡”。五四运动之后，董必武创办武汉中学，积极传播革命思想；1922年，陈潭秋在黄冈建立了鄂豫皖边区第一个党小组；1926年秋，新县地区的第一个秘密党小组在一棵大松树下建立起来；1927年，毛泽东在武昌开办了中央农民运动讲习所，为大别山区培养了一大批农民运动骨干力量……星星之火可以燎原，革命烈火生生不息，鄂豫皖革命根据地最终发展成为我党的重要建党基地。

（二）鄂豫皖革命根据地是中国革命的重要策源地

1927年，面对蒋介石、汪精卫相继发动的反革命政变，中共中央在汉口召开了紧急会议（党的八七会议），确定了实行土地革命和武装反抗国民党反动派的总方针。会后，鄂豫皖边区的共产党人立即举起武装斗争的大旗，经过紧张的筹备，于当年 11 月 13 日发动了规模较大、人数较多、时间较长的黄麻起义，随后又相继发动了立夏节起义（商南起义）和六霍起义。三次武装起义分别组建了三支主力红军队伍、开辟了三块革命根据地。1930 年 3 月，按照中央的指示精神，军队实行“三师合一”，整编为中国工农红军第一军，根据地实行“三地合一”，创立了鄂豫皖革命根据地。

（三）鄂豫皖革命根据地是人民军队的重要发源地

1931 年 1 月，红一军与红十五军会师后改编为红四军，随后，红四军又与红二十五军合编为红四方面军。据统计，革命战争时期，大别山区先后有 200 万人投身革命，不仅先后组建了一大批成建制的红军队伍，而且走出了 2 支长征队伍、形成了 3 支重要的抗日武装力量。

（四）鄂豫皖革命根据地是全国第二大革命根据地

1930 年 6 月，鄂豫皖边区第一次工农兵代表大会胜利召开，标志着鄂豫皖革命根据地的正式形成。在中共鄂豫皖中央分局和中共鄂豫皖省委的共同领导下，苏区的政治、经济、军事、文化、医疗、教育等各项建设蓬勃发展。鼎盛时期，根据地的面积扩展到 4 万平方公里、人口 350 万，主力红军队伍 4.5 万余人，地方武装 20 万余人，建立了 3 个市级、27 个县级苏维埃政权，成为仅次于中央苏区的全国第二大苏区。

（五）鄂豫皖革命根据地创造了“28 年红旗不倒”的历史奇迹

在长期的革命斗争中，大别山军民浴血奋战、前仆后继，谱写了一曲曲气壮山河的英雄凯歌，创造了一个个惊天动地的历史奇迹。在艰苦卓绝的 3 年游击战中，英勇的红二十八军艰苦转战 45 个县，牵制国民党正规部队 17 万人，有力地支援了红军长征。抗日战争时期，新四军第四支队从这里集结、出发，新四军第五师在这里创建了鄂豫边抗日革命根据地。1946 年 6 月，中原部队在这里实施了中原突围、拉开了解放战争的序幕。1947 年，刘邓大军千里挺进大别山，实现了解放战争由战略防御向战略进攻的伟大历史转折。

（六）鄂豫皖革命根据地是我党我军的重要红色基因库

长期的革命斗争、伟大的革命实践，不仅给大别山留下了丰富的红色资源、宝贵的精神财富，而且铸造了伟大的大别山精神。

可以这么说，大别山的山山岭岭都历经过血与火的洗礼，大别山的沟沟坎坎都流淌过革命先辈的殷红鲜血，每一寸土地都有革命先烈的战斗足迹，每一个村庄、每一片山林背后都有红军战士机智果敢、英勇杀敌的传奇故事……这里的山山水水都浸润着大别山英雄儿女的青春热血，都熔铸着大别山英雄儿女的不屈忠魂。大别山区的革命遗址遗迹众多，等级高、价值大，它们都铭刻着中国共产党领导大别山人民为了民族独立、人民解放而英勇奋斗的光辉历程。

大别山精神彰显了中国共产党的性质宗旨、优良作风、价值追求和初心使命，它与红船精神、延安精神、井冈山精神、红旗渠精神一样，都是我党我军的宝贵财富，它们共同构成了中国共产党的精神谱系，并成为其中不可或缺的重要组成部分。进入新时代、迈步新征程，大别山精神蕴含的时代价值，仍然是鼓舞和激励中国人民不断攻坚克难、从胜利走向胜利的强大精神动力。我们一定要牢记习近平总书记关于“要把革命老区建设得更好，让老区人民过上更好生活”的谆谆教导，切实抓好大别山精神的深度发掘和创造性的转化运用，让大别山精神在新时代、新征程中焕发出更加璀璨的光芒。

二、鄂豫皖革命根据地重要地位的形成原因

大别山区之所以能够较早地成立党组织、举行武装起义、开辟革命根据地，这是多种有利因素集中在一起产生的综合效应。分析、探索鄂豫皖革命根据地成功创立与快速发展的主要原因和先进经验，主要是因为大别山区的各级党组织和广大军民具有以下几种强烈的意识和高尚的品质。

（一）信念坚定的政治意识

大别山区的革命前辈和广大军民具有坚定的信念、坚强的意志，相信党、依赖党，听党话、跟党走。纵然是面对敌人的屠刀、面对敌人的枪口，他们依然是初心不改、视死如归……被人称为大别山“江姐”的晏春山不幸被捕后，敌人给她灌辣椒水、上压杆、钉竹签、烙烙铁，但是，无论敌人怎样折磨她、摧残她，她始终都不屈服。后来敌人逼着她带路去寻找红军游击队，途中她高呼口号，跳下悬崖，壮烈牺牲。

（二）不忘初心的宗旨意识

虽然那个时候还没讲“不忘初心、牢记使命”这句话，但是，鄂豫皖地区的党组织和广大党员同志的实际行动就是如此。从最初的起义到红军队伍的组建、从革命根据地的创立到发展，这是一个既漫长、又艰辛的伟大“长征”。在前进的道路上，大别山军民始终不忘初心、始终不忘根本，始终牢记入党誓词，

始终朝着人民翻身解放、社会幸福美好的方向阔步前进、铿锵前行！始终把为人民服务作为一切工作的出发点和落脚点，想群众之所想、急群众之所急，与广大人民群众建立了鱼水关系、血肉联系，获得了民心、赢得了支持。

（三）顺势而为的机遇意识

勤于观察、善于思考、敢于决策、勇于斗争，这是大别山区红军队伍快速发展的又一重要法宝。国民党各派系军阀在共同镇压工农革命的同时，相互之间也在不断地进行分裂和混战。1927 年 10 月至 1930 年 11 月之间，鄂豫皖边界及周围地区相继爆发了宁汉战争、蒋桂战争、蒋冯阎大战。原驻防在鄂豫皖边界地区的部队均被外调参战，鄂豫皖根据地周围守备空虚。红一军抓住这个机遇攻占了霍山、英山，出击京汉路南段，实现了连战连捷。鄂豫皖苏区就是这样注重利用统治阶级内部的分裂与战争，利用“围剿”苏区的中央军与杂牌军之间的矛盾，利用三省敌军指挥上的不统一、行动上的不一致，在较大范围内选择一些有利时机和战场打击敌人，使红军队伍和根据地不断发展。另外，像东、西香火岭战斗，花园战斗，黄安战役，苏家埠战役等很多著名的战斗战役，也是我们党组织和红军队伍瞅准机会、抓住机遇，主动出击的结果。

（四）大胆探索的创新意识

创新也是革命的手段之一。大别山军民的创新意识强、革命智慧多，据不完全统计，鄂豫皖革命根据地有 20 多项革命工作，在中国革命史上均属首创、首例和第一，比如中国工农红军拥有的第一架飞机等。在蒋介石下令对根据地进行“清剿”，提出“血洗大别山”的口号时，苏区人民很快地就创立了多支党政军合一、灵活机动、使敌人难以对付的武装工作便衣队。这是鄂豫皖苏区的一大创举，为红军解决了筹粮筹款、搜集情报及掩护伤病员等诸多问题，被群众称为“流动的苏维埃政府”，成为党和红军联系群众的桥梁和纽带。

（五）牺牲奉献的大局意识

舍小家、顾大家，舍小局、顾大局，为了革命的胜利，不惜牺牲自己的生命。大别山区在土地革命战争时期，就有很多家庭全部牺牲，还有很多村庄也是全部牺牲，成了“白天不见人，晚上不见灯”的“无人区”。红四方面军在得到中央关于要求配合红一方面军进行长征的指示后，立即放弃用心血和生命铸造起来的川陕革命根据地，强渡嘉陵江、接应中央红军。在艰难困苦的长征途中，红四军政治部主任洪学智奉命为中央红军筹粮筹钱，他不怕牺牲、排除万难，为红一方面军筹到了大批军需物资，受到了刘少奇的充分肯定和高度称赞。

（六）抱团取暖的团结意识

团结是中华民族的传统美德和优秀品质。团结出凝聚力、团结出战斗力。秉承着中华民族优秀品质的大别山人民团结意识强、合作氛围浓。红一军的成立和鄂豫皖革命根据地的创立就是大别山人民和红军队伍团结一心的具体体现。大别山军民在长期的革命斗争中，相互理解、相互支持、精诚团结、通力合作，共同凝聚起攻无不克、战无不胜的伟大力量。

以上6种意识既是鄂豫皖广大军民身上所具有、所体现的优秀品质，也是鄂豫皖苏区不断发展壮大的精神支柱和动力源泉。我们要积极传承、大力弘扬这些优秀品质、高尚情操，并且努力让其融入血脉、沁入心扉，使我们在新时代、新征程中更加坚定信念、鼓足信心，更加顽强拼搏、奋勇向前，向着幸福美好的新生活、向着“两个更好”的目标，在实现第二个百年奋斗目标新的赶考路上铿锵前行、永远前进！

（作者：胡遵远，原载《祖国》2021年第16期）

红军中央教导第二师连战连捷

1931年2月初，根据中共中央的指示，红四军独立团在安徽省六安市金寨县东北部的麻埠镇扩编为中国工农红军中央教导第二师，肖方任代师长，王效亭任政治委员，方礼政任参谋长，下辖一、三两个团，全师1100余人。在此前后，红四军利用打破敌人第一次“围剿”后敌人转入守势的有利时机，适时转入进攻作战，各地国民党守军在红军不断胜利和正确执行瓦解敌军政策的影响下，军心日益动摇。早期打入驻六安城的国民党军第四十六师的共产党员魏孟贤利用这一有利时机联络该师内的秘密共产党员和进步官兵成功举行武装起义。起义部队随后进入麻埠苏区，编入新成立的红军中央教导第二师。

红军中央教导第二师成立后，积极投入保卫皖西苏区和开辟皖西苏区的战斗，并接连取得胜利。2月，该师帮助中共霍邱县委发起白塔畈农民暴动，接连消灭了叶家集、大顾店、姚李庙、洪集等地的反动武装，成立了以杜红光为主席的霍邱县临时革命委员会，扩大了根据地。随后，红军中央教导第二师悄然渡过沣河，在河口集对守敌一个营发动奇袭，全歼敌人，缴获了大量武器弹药。此次战斗胜利后，霍邱南部守敌闻风而逃，该地区迅速得以解放。

3月11日，红军中央教导第二师奉命南下英山，以凌厉的攻势攻占金家铺，接着挥师攻打英山县城，消灭守敌两个团。红军中央教导第二师在作战时，通过喊话等方式积极开展政治攻势，敌军中大量贫苦出身的士兵纷纷放下武器投诚。敌团长为阻止士兵投诚，亲到前线督战，结果被士兵开枪击毙。红军中央教导第二师夺取英山县城后立即挥师北上，于24日将侵入麻埠之敌第四十六师1个团及反动民团等3000多人击溃，俘敌700人。

4月1日，红军中央教导第二师胜利返回霍邱南部，消灭了多处反动武装。为了打击可能来自西边的敌军，3日，红军中央教导第二师又攻占了固始县黎集，击溃驻敌1个团，俘敌500多人。第二天，红军中央教导第二师又向商城的上石桥、武家桥、方集及固始南部郭陆滩等地发起进攻，歼灭地方民团和敌人小股部队，国民党军主力部队在遭受接连打击下，仓皇逃入固始县城以求自保。

从1931年1月下旬到4月上旬，红四军和红军中央教导第二师共歼敌1万多人，取得了反“围剿”的彻底胜利。根据地向西恢复到黄安、麻城以南，北面发展到光山、罗山城郊，东部恢复了六安、霍山、英山原有根据地的全部地区，并向北扩大到霍邱、固始南部；鄂豫皖根据地人口达到170余万。红四军由改编时的12000人发展到15000余人，红军中央教导第二师也由1100多人扩大到3500余人，部队不断发展壮大，装备均有显著的改善。

（作者：胡遵远，原载《人民政协报》2021年1月28日）

历史上的三支“红四军”

雄关漫道，鼓角争鸣。在人民军队波澜壮阔的历史中，“红四军”无疑是红军时期最响亮的一个番号。在中国工农红军历史上，曾经有三支部队用过“红四军”的番号。

第一支红四军是毛泽东、朱德于1928年4月在井冈山胜利会师后，成立的中国工农革命军第四军，5月25日改称中国工农红军第四军，简称红四军。这是中国工农红军历史上成立的第一支红四军，也是第一支打出“红军”旗帜的部队。军长朱德，党代表毛泽东，参谋长王尔琢。1930年6月19日，根据中共中央决定，红四军与红三军、红十二军在福建汀州合编为中国工农红军第一路军，后改称红一军团。1930年8月23日，红一军团与彭德怀领导的红三军团在湖南浏阳合编组成红一方面军。

第二支红四军是1928年6月贺龙等人在湘鄂西成立的中国工农革命军第四军，军长贺龙，参谋长黄鳌。1929年春，中国工农革命军第四军改称中国工农红军第四军，军长仍是贺龙。1930年7月4日，这支红四军与周逸群、段德昌领导的红六军合编组成红二军团，红四军改称红二军，贺龙兼任军长。1936年7月，红二军团与红六军团、红三十二军合编为红二方面军。

第三支红四军则是1931年在鄂豫皖边区建立的。1931年1月，由许继慎任军长的红一军与蔡申熙等领导的红十五军合编，改称红四军。军长旷继勋（后由徐向前接任），政委余笃三（后由曾中生、陈昌浩先后接任）。1931年11月7日，红四军与红二十五军合编成红四方面军。

在中国工农红军历史上，这三支“红四军”都曾占据重要地位，后来分别发展成为红一方面军、红二方面军和红四方面军。

那么，为什么当时各地成立的红军队伍都要用“第四军”这个番号呢？朱德后来在接受美国记者埃德加·斯诺的采访时说，这是为了保持北伐时第四军“铁军”的大名、发扬第四军英勇作战的优良传统。

1926年5月，国民革命军第四军由叶挺独立团作为先锋向湖南挺进，揭开了北伐战争的序幕。北伐时期的第四军是当时共产党影响力最大的部队，各级干部中很多是共产党员。在以叶挺为首的众多共产党员领导下，第四军在北伐中建立了赫赫功绩，被誉为“铁军”。

“四一二”反革命政变后，国民革命军第四军“东征讨蒋”进军到九江、南昌一带。1927年8月1日，由我党掌握的第四军参加了南昌起义，随后南下。不久，在朱德、陈毅率领下，该部转战湘南，并举行了湘南起义。

1928年4月下旬，朱德、陈毅率领南昌起义保留下来的部队和湘南起义农军到达井冈山，同毛泽东领导的工农革命军会师。为发扬大革命时期第四军英勇作战的优良传统，保留第四军“铁军”的英名，我党将这支军队命名为“工农革命军第四军”。

（作者：胡遵远，原载《中国国防报》2021年12月23日）

鄂豫皖红四军的辉煌战绩和历史贡献

在我军历史上曾经有过三支“红四军”。第一支红四军，就是中国共产党领导的第一支工农红军队伍，它于 1928 年 4 月建立，1930 年 6 月编入红一军团，1932 年底番号被撤销，一共存在 4 年半时间。这支红四军最初的队伍分别是由朱德和毛泽东领导的红军队伍，他们在井冈山会师后合编成红四军。第二支红四军是湘鄂西革命根据地的红军队伍。1928 年 3 月上旬，周逸群、贺龙等领导武装斗争，建立游击队；月底，人数达到 3000 余人。于是，他们就打起“红四军”的旗帜。到 1930 年 7 月，这支红四军与鄂西的红六军在湖北省公安县会师，改称红二军。

第三支红四军是鄂豫皖革命根据地的红军队伍，它是 1931 年 1 月中旬由红一军和红十五军合编而成。1931 年 11 月 7 日，红四军与红二十五军在湖北黄安（今红安）七里坪共同组建红四方面军。2021 年是鄂豫皖红四军成立 90 周年，本文讲述了这支主力红军队伍的发展历程、辉煌战绩和历史贡献。

一、鄂豫皖红四军的发展历程

1930 年 10 月 18 日，中共中央向鄂豫皖边界特委发出《关于贯彻三中全会精神及红一军、红十五军合编为红四军的指示》，命令红一军与活动于蕲、黄、广地区的红十五军合编为中国工农红军第四军。

红十五军在湖北省黄梅县考田镇组建之后，在军长蔡申熙、政治委员陈奇的率领下，先后发起进攻蕲春漕河镇、黄梅县城、蕲春张家榜等战斗。沿途，红十五军连续苦战，消耗很大，急需休整和补充给养，遂于 1930 年 11 月 18 日从英山、罗田北上，进入商南苏区（今安徽省金寨县境内），经铜锣关、古佛堂、吴家店来到果子园牛食畈、金家寨，寻找红一军。当时，红一军不在皖西，红十五军没有能够与红一军会合。12 月初，红十五军又开始西进，转战到黄安麻城地区。

此时，敌人还在对鄂豫边区进行大举“围剿”，红一军正在挺进皖西、商南地区，鄂豫边区无主力红军，形势十分危急。在此情况下，1930 年 11 月底，曾中生以中央特派员的身份在黄安七里坪主持召开原鄂豫皖边特委和邻近各县县委负责同志的紧急会议，着重解决当时最迫切的组织领导和反“围剿”方针问题。会议撤销了平汉行动委员会，成立了中共鄂豫皖临时特委、军委和临时特区苏维埃政府，统一指挥反“围剿”斗争。曾中生任特委书记兼军委主席，组织部部长郭述申，宣传部部长徐宝珊，军委副主席蔡申熙、郑行瑞，特区苏维埃政府主席甘元景。会议根据中共中央原则同意成立皖西北特委的建议，决定先成立皖西分特临时委员会。会议决定，一方面以地方武装结合广大人民群众开展广泛的游击战争，牵制、打击、袭扰和夜袭敌人，迫使敌军不敢冒进和分散“清剿”；另一方面准备集中红军主力，突破敌人弱点，以转变全部战局、创造新的局面。

1930 年 12 月中旬，红十五军 1000 余人到达黄麻边界地区，中共鄂豫皖临时特委当即以其为主力，配合地方武装反击敌人。虽然红十五军长途跋涉，艰苦转战，十分疲劳，但仍以高昂的士气于 16 日一举突入河口镇，歼敌一部。随后，又北上阻击进攻七里坪之敌。1931 年 1 月 4 日，红十五军冒雪夜袭麻城以北的福田河，缴获子弹 1000 余排和一些现洋、物资，使部队弹药十分缺乏的状况得到了缓解。战后，进入商南地区。

1931 年 1 月中旬，红十五军在商城县长竹园与红一军会师，听取了曾中生派旷继勋、蔡申熙等前来传达中共中央关于合编红一军、红十五军为红四军的决定。随后，两支红军队伍开往麻城福田河，合编为中国工农红军第四军，军长旷继勋、政治委员余笃三、参谋长徐向前、政治部主任曹大骏。红一军第一师与红十五军第一团合编为第十师，师长蔡申熙、政治委员陈奇、副师长刘英，下辖第二十八团、第二十九团、第三十团；红一军第二师与红十五军第三团合编为第十一师，师长许继慎、政治委员庞永俊、副师长周维炯，下辖第三十一团、第三十二团、第三十三团；活动在皖西的原红一军第三师第七团改为红一军独立团，肖方任团长。全军 12500 余人。根据党中央指示，红四军归中共鄂豫皖临时特委直接领导。

1931 年 1 月 20 日，为了加强党对整个皖西地区的领导，中共鄂豫皖临时特委派委员余笃三在金家寨召开六安中心县委成员、皖西各县委负责人和商城县委及红军代表联席会议，宣布撤销六安中心县委，成立中共皖西分特临时委员会，负责六安、霍山、英山、霍邱、寿县、合肥、舒城、桐城、潜山、商城 10 个县的工作。第一次执委会推选姜镜堂、余道江、吴其昌（杨季昌）、窦克难（薛英）、曾泽民 5 人组成常委会，姜镜堂任书记、余道江负责工人部、吴其昌负责组织部。并成立了鄂豫皖特区临时苏维埃政府东方办事处，由余道江、曾泽民、杜旭凯、张德山、窦克难等组成执行委员会常务委员会，主持日常工作，行使苏维埃政权职能。还成立了皖西分特临委军事委员会，主席姜镜堂（兼），副主席曾泽民。

鄂豫皖边区和皖西苏区的党政军领导机构发生的变化，对这一地区的革命斗争和红军发展产生了重大影响。红四军组建后，根据鄂豫皖临时特委的决定转入进攻作战，以主力红军突击敌人的弱点，调动敌人于运动中加以歼灭的作战方针，在鄂豫边区转战，接连取得胜利。皖西的红四军独立团在保卫和发展皖西苏区的战斗中发展壮大，为在麻埠组建中央教导第二师打下了基础。

二、鄂豫皖红四军的辉煌战绩

红四军在鄂豫边区辗转作战。1931 年 1 月中旬，红四军成立后，鉴于进攻鄂豫皖苏区的敌人处于守势，遂决定转入进攻作战。从 1 月下旬到 3 月上旬，集中主力先后攻占了麻城县磨角楼、光山县新集（今属新县）和平汉线的李家集、柳林两处车站及孝感县双桥镇（今属大悟县），捷报频传，共计歼敌 1 万多人。

（一）双桥镇战斗活捉敌师长岳维峻

红四军在平汉线上的作战行动，使敌人接连遭到打击。信阳之敌大为震惊，频频告急。郑州“绥靖”公署主任刘峙，急令赵观涛第六师主力开往信阳，并以该部第十八旅和第三十一师第九十一旅及张钫第二十路军第六十三旅等部，由信阳、罗山向南推进；武汉“绥靖”公署主任何成浚，亦令李定五新编第二旅固守广水，第三十一师主力由广水沿铁路线向信阳推进，岳维峻第三十四师沿平汉路东侧向北推进，企图南北夹击我军。3 月 8 日，敌三十四师师长岳维峻率第三、第四、第六团和炮营、特务连“进剿”，孤军进至我游击区湖北孝感县双桥镇。此时红四军已作好战斗准备，决定以第三十、第三十一团分两路由北向南、由东向西，实施正面突击，第二十九团向双桥镇西迂回，实施包围，第二十八、第三十三团为预备队。8 日夜，红军部队向双桥镇地区疾进。9 日拂晓，发起攻击。第三十、第三十一团同时从双桥镇西北和东北突破敌人外围阵地，歼敌两个连，夺占了部分高地，使镇内之敌受到威胁。岳维峻亲自指挥部队，在飞机和炮火掩护下拼命反扑，阵地几度易手，战斗极为激烈。党员干部带头冲锋、肉搏，伤亡再大都不后退。红十师师长蔡申熙手臂负伤，仍坚持指挥战斗。10 时许，红二十九团迂回至双桥镇西南，敌陷入四面包围。但敌仍据守镇边高地顽抗，战斗转成相持。此时，红十一师副师长兼三十三团团长周维炯正在观察地形，组织第三十三团随时准备出击。只见几个战士押来了一个俘虏，经审问得知这个俘虏是个连长，并从他身上搜出一张地图。周维炯向敌连长交代了政策，敌连长供出了地图上岳维峻指挥部的位置。这时南面枪声大作，军部命令总预备队第二十八团、第三十三团出击。周维炯立即带领第三十三团，冒着敌人密集的炮火，向岳维峻指挥部冲去，打瘫了敌人的指挥系统，使敌指挥失灵，敌阵溃乱。这时，地方党组织也发动了数千名赤卫军在周围山上打枪放炮，呐喊助威。岳维峻见势不妙，率领部分亲兵突围逃跑，周维炯率第三十三团紧追不舍，活捉了岳维峻。此役，俘敌师长岳维峻及以下官兵5000余人，毙敌近1000人，缴枪2000余支、山炮4门、迫击炮10门，这是红四军成立后第一个大胜仗，也是粉碎敌人第一次“围剿”后实施进攻作战所取得的第一次空前大捷，壮大了红军声威，根据地内一片欢腾。

（二）红四军取得第二次反“围剿”胜利

1931年4月中旬，红军中央教导第二师改编为红四军第十二师后，迅速投入到第二次反“围剿”的战役中。4月23日，红十二师在金家寨附近与从商城向皖西进军的红四军主力会师。红四军决定首先攻打驻六安县独山镇之敌，以红十一师第三十一团、第三十三团和红十师第二十九团进攻独山之敌，由红十一师师长许继慎统一指挥。以红十二师进占东西鲜花岭，阻止麻埠之敌向东增援。4月24日下午，第三十一团、第三十三团和第二十九团在独山镇西北的河滩上召开战斗动员大会。25日，在当地革命武装配合下攻打独山。战斗打响后，第二十九团异常勇猛，战士们奋勇向前，拼命杀敌，所向披靡。三个团密切配合，经过4个小时激战，歼敌2000余人，缴枪1200余支。独山之敌被歼后，红四军又给乘隙进犯的东线敌军“堵击”部队以迎头痛击。麻埠、诸佛庵守敌惧怕被歼，于当天下午仓皇逃回霍山县城。至此，皖西被敌侵占的村镇均又收复。红四军在取得皖西作战胜利之后，留红十二师镇守皖西根据地，军部率红十师、红十一师迅速西返，先后在新集以北的浒湾，黄安的桃花镇、十里铺，歼灭了大量敌军，迫使敌人处于被动地位。与此同时，红十二师又到霍邱，清除洪集等地之敌。在乌龙庙继续扫除敌人，采取挖沟放水的办法攻进了恶霸地主王振元的水旱圩子，缴获了一批枪支弹药和物资。第三十四团二营奉命清除史河边小集镇“小南京”的敌人。红军围了3天，敌人内外交困，后开门冲出，在红军的“缴枪不杀”的喊声中吓得全部缴械投降。副师长肖方带领第三十四团攻打叶集边上反动地主武装的顽固据点李后楼圩子，该圩子防守十分坚固。在群众的大力支援下，红军组织民工挖渠开沟，放干了圩塘的水。红军从而攻进圩内，消灭团匪，缴获钢枪300多支，还有大量的银圆和粮食等物资。5月初，六安由毛正初率领的革命武装举行了河西起义，攻占了新安集、火星庙、丁家集、郭店子、马头集、王家集等地，歼灭了这一地区的反动武装。在一个多月的反“围剿”作战中，红四军主力东西两线往返机动，南北两线避实击虚，对“追剿”“堵击”的敌军实行各个击破，先后歼敌5000余人。敌人的“追剿”部队到处扑空，各线“堵击”部队处处挨打，蒋介石梦想在5月底以前“完全肃清”鄂豫皖边区红军的第二次“围剿”又告失败。

红四军南下作战不断取得胜利。1931年5月下旬，鄂豫皖根据地取得第二次反“围剿”胜利后，蒋介石正在集中大量兵力对中央根据地发动大规模的第三次“围剿”，而对鄂豫皖根据地则暂取守势，这是红四军向外发展的良好时机。

红四军领导人曾中生等人根据敌我情况分析，向中共鄂豫皖中央分局建议，以主力南下英山，直取蕲水，巩固阵地向前发展，以配合中央根据地的反“围剿”斗争。7月中旬，徐向前与曾中生率领红四军南下的5个团，冒着酷暑，克服一切困难，由商城亲区向东南进发。8月1日，红十一师师长周维炯率第三十一、第三十三团，在红十二师1个多团的配合下，攻打英山县城。周维炯手挥大刀，带领战士勇猛冲杀，杀得敌人尸横满街。歼守敌第五十七师1个团和反动民团1部，生俘敌团长以下官兵1800余人，并将国民党英山县县长、县党部主任和豪绅地主一网打尽；缴获长短枪1000余支、机关枪18挺、迫击炮4门及大批弹药等军用物资，南下首战告捷。由于红军南下的不断胜利，打得敌武汉行营主任何成浚坐卧不安，急忙调动驻武穴的新编第八旅阻击红军继续南下。蒋介石亦命令敌十军军长徐源泉率第四十一、第四十八两师各1个旅，由鄂西经武汉赶来堵击。8月18日，周维炯率第三十三团配合第十师1个团，冒着酷暑，急行军100多里，奔袭进驻蕲春漕河镇的敌新编第八旅。红军于19日拂晓发起攻击。经过1个多小时战斗，全歼敌军。接着又乘胜攻占广济城，直接威胁黄梅、武穴、蕲春，与江南湘鄂赣红军遥相呼应，有力地支持了中央苏区红军的反“围剿”斗争。8月20日，敌第十军在进占蕲水（今浠水）后继续东进，妄图切断红军后路，把红军消灭在黄梅、广济（今武穴）地区。8月30日，敌第十军4个团进入洗马畈地区。9月1日，红四军乘敌立足未稳之机，突然发起猛攻，歼灭敌人3个团的大部。

红四军主力南下作战1个月，仅以5个多团的兵力，取得了连克英山、蕲水、罗田、广济4城，歼敌7个多团的重大胜利，俘敌5000余人，缴获长短枪4000余支、迫击炮28门、机枪26挺、电台1部和大批子弹、药品。既消灭了敌军主力一部，又牵制了敌人原拟派往江西的部分兵力，有力地配合了中央根据地的反“围剿”斗争。同时，缴获和筹集银圆7万块，黄金20余斤，白银1600余斤及南下部队的全部军衣，从而缓解了红军和根据地的经济困难，大大减轻了苏区人民的负担。

三、鄂豫皖红四军的历史贡献

（一）大胆探索、积极创新，创造了很多成功的经典战例

1931 年 1 月中旬，红一军和红十五军合编为红四军之后，简直是如虎添翼、所向披靡：他们主动发起进攻的磨角楼之战是鄂豫皖红军第一次有计划地运用“围点打援”战术取得的较大胜利；“新集挖地道攻城”是红军首次采取的“坑道作业方式”；李家寨车站“三战三捷”，双桥镇战斗活捉敌师长，毙敌近 1000 人、俘敌 5000 余人，此战既是红四军成立以后的第一个大胜仗，也是粉碎敌人第一次“围剿”计划后、实施进攻作战所取得的第一次空前大捷。被人称为“黄埔四杰”的曾中生、蔡申熙等，都是勤于观察、善于思考的表率，他们善于在新形势、新环境中寻找结合点、切入点、突破点，特别是红四军第十师师长蔡申熙，他可以说是一位能文能武、敢作敢当的英雄人物，“黄埔四杰”研究出来的新方法、新策略，全部由他负责组织试验、实施。

（二）服从领导、维护大局，作出了巨大的牺牲与奉献

在红四军“南下作战”期间，张国焘独断专行，红四军领导人顾全大局，在军事行动方针上虽不同意张国焘等人的冒险计划，但在组织上仍然是服从命令。1931 年 8 月 27 日，中央分局、军委会致信曾中生、徐向前，严厉指责红四军领导改变东进计划是“违抗分局命令”，批评红四军放弃援助中央根据地的任务、“重复立三路线”等，严令立即回师。9 月 1 日，红四军接到中央分局、军委会的来信后，不得不撤叶家湾之围，放弃继续歼敌的机会而遵令北返。9 月 13 日，红四军北返到麻埠。陈昌浩到军部宣布中央分局的决定，撤销了曾中生红四军政委的职务，由他接任政委。随后，张国焘等人就在红军中开始了大规模的“肃反”运动，以“改组派”“AB 团”“第三党”等莫须有的罪名，错杀了许继慎、周维炯、徐百川、肖方、廖业麒、廖炳国等一大批优秀的红军将领，给红军队伍造成了极大的损失，留下了极为惨痛的教训。此外，红四军积极参加反“围剿”斗争、倾力保护人民群众的生命财产安全，在夺取中国革命胜利和根据地的建设与发展等诸多方面都作出了重大的历史贡献。

（作者：胡遵远，原载《祖国》2021 年第 4 期）

红四方面军的奋战征程

红四方面军是红军的三大主力之一，与红二十五军一样，主要发源于安徽省六安市金寨县。1935 年 3 月，红四方面军强渡嘉陵江，攻克剑门关，揭开了万里长征的序幕。

八万雄师劲旅浩浩荡荡西移，破坚阵，摧强敌，挺进川西北，最终在雪山脚下与中央红军胜利会师。但是，由于张国焘的阴谋夺权，导致红军一度分裂，红四方面军由此走上了一条漫漫的长征路，在人迹罕至的雪山草地辗转长达一年之久，数万将士的鲜血洒满西北疆域……英雄的红四方面军最终用生命和鲜血战胜了恶劣的环境、反动的武装、错误的路线，夺取了红军长征的伟大胜利。因此，红四方面军的长征，更加艰难曲折、悲壮震撼、可歌可泣。

一、红四方面军的成立

中国工农红军第四方面军，简称红四方面军，与红一方面军和红二方面军共同构成中国工农红军三大主力部队。红四方面军下辖第四军、第二十五军。第四军军长徐向前，政委陈昌浩；第二十五军军长旷继勋，政委王平章。原第四军军部改为方面军总部，两军所辖各师归总部直接指挥，总兵力 30000 余人，是当时中国共产党控制下仅次于中央红军的军事力量。

二、鄂豫皖反“围剿”

1932 年 7 月开始，国民党军队以 300000 人的兵力，对鄂豫皖革命根据地发起“围剿”，这是第四次反“围剿”战争的一部分。同年 10 月 12 日，红四方面军主力离开鄂豫皖革命根据地，军部和主力红十师、红十一师、红十二师和红七十三师转战陕西南部，取消各军番号。同年 12 月转移到四川、陕西边界地区，建立川陕革命根据地。留下的红七十五师及各独立部队组建成新的红二十五军，由沈泽民负责领导，坚持游击战。

三、发起嘉陵江战役

红四方面军的长征，从1935年3月强渡嘉陵江开始，到1936年10月与红一方面军会宁会师结束，历时1年7个月，途经4个省，行程10000余里。

1935年3月，红四方面军为向四川、甘肃边界发展，并配合中央红军在川、黔、滇边境地区的作战行动，决定发起嘉陵江战役。

1935年3月中旬，红四方面军各部进行了充分准备后，一举攻克仪陇、苍溪，扫清了渡江障碍。3月28日晚，战役开始。红三十军一部在苍溪城南塔子山附近秘密渡江，迫近对岸时被守军发现，突击部队在炮火支援下登岸，全歼守敌1个营，攻占滩头阵地。3月29日拂晓，红三十军主力相继渡江投入战斗，攻占西岸飞虎山、高城山、万年山等制高点，并击退援敌1个旅。与此同时，红三十一军在苍溪城北鸳溪口强渡成功，一举攻占对岸险要阵地火烧寺，击溃守敌1个旅，直插剑门关。红九军一部在阆中城北涧溪口顺利渡江，于3月31日攻占阆中。第一梯队占领西岸要点后，迅速向守敌纵深及两翼发起进攻。第二梯队红四军从苍溪渡江投入战斗。红九军一部击溃守敌2个旅的阻击后向南疾进，并在红四军一部配合下，于4月2日攻占南部县城。红三十军及红九军另一部于3月31日攻占剑阁后，红三十军一部和红三十一军随即进攻战略要冲剑门关。4月2日抵达剑门关，经激战，全歼守敌3个团。接着星夜兼程，于4月3日攻占剑门关西北的昭化县城。

1935年4月14日至4月15日，红四方面军主力在江油以南击溃援敌，随即连克中坝、彰明。同时，红三十军一部溯白龙江而上，于4月10日攻占青川，而后北上摩天岭，歼胡宗南部1个营，4月14日攻占平武。红四军一部于4月21日攻占北川。至此，战役结束。

嘉陵江战役，红军共歼国民党军约10000人，攻克县城9座，控制了东起嘉陵江、西迄北川，南起梓潼、北抵川甘边界纵横均100余公里的广大新区，为红四方面军向川甘边发展创造了有利条件，并从战略上配合了中央红军的行动。

四、红军主力会师

1935年6月，红四方面军在四川懋功与红一方面军会师。8月，两军混编共同北上，红四方面军主力和红军总司令部为左路军。但是，张国焘率左路军穿过松潘草地到达阿坝后，拒绝执行中央北上方针，擅自率领左路军重过草地，向南退却到天全、芦山、大小金川等地。南下途中，部队损失严重，付出了重大代价，红军由南下时的10万之众锐减为40000余人。在党中央和共产国际的一再电令下，1936年3月，南下部队陆续撤离天芦地区，向西康东北部转移。4月上旬，攻占道孚、炉霍、甘孜等地后，部队进行了整编。

1936年6月，红四方面军与长征到达甘孜地区的红二、红六军团会师。同年7月2日，根据党中央的指示，红二、红六军团正式编成中国工农红军第二方面军。红军总部决定将第三十二军编入红二方面军建制。这时，张国焘在党中央的耐心争取和红二、红四方面军广大指战员的强烈要求下，同意北上同中央红军会合。7月初，红二、红四方面军编成左、中、右三路纵队北进。左路纵队由第四军第十师、第四军第十一师、第三十军第八十八师和红二方面军组成，由朱德、贺龙率领，7月3日从甘孜地区出发。中央纵队由第四军第十二师、第四军独立师、第九军全军、第三十一军第九十三师和红四方面军总部组成，由徐向前率领，于7月2日从炉霍地区出动。右路纵队由第五军和第三十一军第九十一师组成，由董振堂率领，于7月10日从绥靖（大金）、崇化地区出动，负责后卫。

1936年10月，红四方面军同红一方面军在会宁地区胜利会师。11月中旬，在前敌总指挥部总指挥彭德怀、总政委任弼时、总参谋长刘伯承的统一指挥下，红四方面军第四军和第三十一军协同红一、红二方面军，取得了山城堡战斗的胜利。12月2日，朱德、张国焘率红军总部到达保安同党中央及中革军委会合，顺利完成长征。

五、红四方面军的西征

红四方面军总部率第五军、第九军、第三十军共20000余人，于1936年10月下旬，根据党中央和中革军委的指示西渡黄河。11月10日，中革军委电令授予渡河部队“西路军”称号，指示组成西路军军政委员会，并指定陈昌浩为军政委员会主席，徐向前为副主席，统一指挥西路军的作战行动。由于敌人的强大和处境的恶劣，西路军经半年的征战厮杀，付出了重大牺牲，到1937年4月，终遭失败。余下的800多人由李先念等率领转战祁连山，在中央代表陈云的接应下，至新疆后返延安；另有900余人在王树声、李聚奎等率领下分散游击绕回陕北。徐向前与秦基伟在警卫全部战死的情况下，乔装商人艰难返回陕北。陈昌浩突围后，在当地一湖北老乡家隐藏近半年，寻找党组织未果，后返回湖北老家，3年后返回陕北。

六、奔赴抗日前线

1937年8月，红四方面军余部和红二十九军等整编为八路军第一二九师，结束了艰苦的流散历程，广大指战员紧密地团结在党中央和中革军委的周围，在党中央的直接领导下，投入抗日战争。

（作者：胡遵远，原载《半月选读》2020年第19期）

苏家埠战役：围点打援粉碎“围剿”

1932 年 3 月 22 日至 5 月 8 日，红四方面军在安徽省六安县苏家埠地区（位于今六安市裕安区）成功进行一次围点打援战役。此役是鄂豫皖苏区红军的空前大捷，也是中国工农红军战争史上围点打援的经典战例。

1931 年 11 月，国民党向鄂豫皖革命根据地发起第三次大规模“围剿”，兵败黄安、商城之后，又于 1932 年 3 月纠合重兵进占皖西苏家埠、麻埠等地，继续向根据地疯狂进攻，对根据地构成了巨大威胁。自 3 月 22 日起，红四方面军分割包围苏家埠、韩摆渡、青山店 3 个敌军据点，诱打六安、霍山出援之敌。敌军被围数月，弹尽粮绝。蒋介石急令皖西“剿共”总指挥厉式鼎，率 2 万兵力从合肥方向前往增援。红四方面军遂以主力打援，并于 5 月 2 日在陡拔河一带将其全部歼灭。

一、精心研判，巧选战法

战前，红四方面军总指挥部经过侦察，发现国民党军虽以第四十六师、第五十五师共 12 个团的兵力，从六安城至霍山沿淠河东岸，以苏家埠为枢纽，构成了一线防御，对根据地构成巨大威胁，但是敌二线兵力分驻于合肥、潜山、蚌埠等地，均距六安、霍山较远。

根据敌人的兵力分配情况，3 月 18 日夜，红四方面军总指挥部在独山召开军事会议，认真研究对敌方案。红四方面军总指挥徐向前指出，敌人虽然人多、武器装备好，但互不统属，派系林立，矛盾重重，红军只要指挥得当，便可以以少胜多、以弱胜强，打一个漂亮的歼灭战。他根据淠河一线驻防的敌军后方存在较大空隙的战场实际，决定采取“围点打援”的战术。具体战略部署是：地方武装从西面对敌实施佯动袭扰，隐蔽主力作战企图；以红四方面军主力自两河口东渡淠河，从敌侧后分割包围苏家埠、青山店、韩摆渡等地之敌，并依托有利地形，伺机歼灭来自六安和霍山方向的援敌。这样不仅能够克服红军暂无攻坚经验、缺少攻击技术装备等弱点，有效避免强攻敌军坚固据点时遭到援敌夹击陷入被动局面，还能充分发挥我军善于开展运动战的专长，集中主力形成局部优势，确保实现以弱制强，以少胜多。

二、抢抓战机，三打援敌

3 月 23 日，在红四方面军对青山店、苏家埠形成围攻之势时，敌遂以 2 个团兵力从六安出发，沿淠河南下增援苏家埠，行进至韩摆渡附近时遭我军伏击，一部被歼，其余四处逃窜。这是苏家埠战役中红四方面军第一次打击敌人的增援部队，实现了旗开得胜、首战告捷的喜人局面。

由于苏家埠、韩摆渡、青山店 3 个敌军据点工事坚固，不宜攻取，红四方面军决定在严密“围点”的同时，以第十一师 2 个团置于六安西南之平岗头、樊通桥一线，准备打击六安方向援敌。刚进据点的敌守军神气十足，不断朝外放枪挑衅红军。当守敌看到红军工事层层逼近，几次组织试探性突围又都被红军挡回时，士气逐渐低落。经过一个时期的围困，陷入包围的敌军粮草断绝、信心动摇。国民党第四十六师师长岳盛瑄眼看各地被困之敌陷入危急，决定孤注一掷。3 月 31 日，岳盛瑄再次组织六安和霍山 4 个团的兵力同时出援，并亲自督战。在岳盛瑄的严厉催逼下，敌军先头 2 个团向我军第十一师阻援阵地疯狂进攻，并一度突破我军防御。紧要关头，红四方面军将总预备队投入战斗，顿挫敌军进攻锐势，形成钳形夹击态势，将敌大部歼灭。此为二打援敌，大获全胜。

眼见六安、霍山之敌在我军重击之下已回天乏力，红四方面军总指挥部判断，六安、霍山的敌人遭此打击后，不会再轻易出援，下一步的援军可能会来自合肥。于是，预先在戚家桥、樊通桥以东地区设置了伏击阵地，除留下一部分兵力继续围困苏家埠、韩摆渡之外，主力部队东移到陡拔河两岸，准备伏击来自合肥方向的援敌。4 月下旬，蒋介石在岳盛瑄的频频告急下，匆匆任命驻扎在蚌埠的国民党军第七师师长厉式鼎为皖西“剿共”总指挥，率部 2 万余人分左右两路由合肥西进增援。5 月 1 日，其先头部队与红军遭遇后，红军“且战且退”，将其引入陡拔河。当敌军的大部队渡河时，红军主力迅速从两岸发起猛烈攻击，一举捣毁敌军总指挥部，活捉厉式鼎，敌军失去指挥，乱作一团，很快被歼。战至下午 5 时，敌 2 万援军全军覆没。苏家埠、韩摆渡的敌军数次突围均未得逞，在外无援兵、内无粮草及红军的强大军事压力和政治攻势下，于 5 月 8 日全部缴械投降。至此，红四方面军三打援敌，连战连胜。

三、政治攻心，全民上阵

苏家埠战役伊始，我军便展开强大的政治攻势，对敌展开政治战、宣传战、攻心战、瓦解战，分化瓦解敌人。地方党组织和政府派出宣传队，以通俗上口的顺口溜对被围之敌进行喊话宣传，如“老乡老乡，快快缴枪；放下武器，红军有赏；若不交枪，困饿死光；来当红军，前途亮堂；愿回家乡，发给光洋”等，对削弱敌军意志起到很大作用。

当敌人在苏家埠、韩摆渡被围数日饥饿不堪时，红军在敌军据点外摆放白面馒头，吸引敌军士兵。开始时，只有少数士兵偷偷过来用子弹交换食物，后来，据点内的敌军军心动摇，携械投诚者越来越多。尤其是在我军全歼合肥援敌后，敌两地守军内无粮草、外无救兵，彻底陷入绝境，最终只得委派 1 名团长前来请降。5 月 8 日下午，所有被围之敌均向我军投降。至此，历时 48 天的苏家埠战役胜利结束。

此役能够获得全胜，离不开广大群众的支援和配合。中共皖西北道委专门发布了《为红军东下告群众书》，号召工农群众配合红军行动，打倒土豪劣绅、贪官污吏和国民党军阀；六安县委专门成立“红军招待处”，各区、乡分别成立“招待站”，具体负责红军的物资供应和战斗支援；六安县三区和五区赤卫队在夜间打着灯笼火把，在两河口、老虎头为红军架起 9 座毛竹浮桥；皖西各地的群众组织，分别担任担架、运输、向导、站岗、搭桥铺路、救护伤员、慰劳红军、瓦解敌军、看押俘虏、协同作战等任务，形成了全民发动、全员上阵、众志成城的强大合力。

此役共歼国民党军 3 万余人，生俘敌总指挥 1 人、旅长 5 人、团长 12 人及营以下官兵 1.8 万余人，缴获大批武器装备和物资，并击落敌机 1 架，解放了淠河以东广大地区，使蒋介石对鄂豫皖苏区发动的第三次“围剿”尚未全面展开即被彻底粉碎。5 月 23 日，中华苏维埃共和国临时中央政府发贺电称，这次胜利“给予全国反帝国主义反国民党的革命运动以无限的兴奋，更加强了苏维埃红军对于革命运动的领导”。苏家埠战役是第二次国内革命战争中的著名战役，创造了红四方面军大兵团作战的经验，在中国革命史和人民军队发展史上都具有非常重要的历史地位。

（作者：胡遵远，原载《中国国防报》2022 年 4 月 14 日）

潢光战役中红军“四处开花”

1932年3月至5月，国民党第二十路军趁红四方面军主力在皖西苏家埠地区作战之际，调动在潢川县城附近的3个旅，分别攻占潢川以南的仁和集、东南的双柳树和潢川、固始间的桃林铺，又以新编第二十师分布于光山县城及其以南的椿树店、槐树店，企图长期据守并伺机继续向鄂豫皖苏区进犯。

苏家埠战役结束后，红四方面军总指挥徐向前迅速率领红四军第十、第十一师，红二十五军第七十三师及少共国际团（原方面军教导团改称），于6月初由苏家埠西返豫东南商城地区，与红四军第十二师会合。

为收复潢川、光山南部地区，红四方面军总部决定发起潢（川）光（山）战役，并迅速制定了“分割包围，各个击破”的作战方案。

6月12日，战斗打响。当天，红四军第十师迅速奔袭椿树店、槐树店，在消灭国民党守敌新编第二十师1个团大部后，乘胜进逼光山，直抵州河南岸，使敌新编第二十师主力不敢轻举妄动。当晚，红四军第十二师和红二十五军军部率新组成的第七十三师及少共国际团分别包围双柳树和仁和集；红十一师秘密进至潢川以南璞塔集、彭店地区，阻击可能由潢川南援之敌。13日，红十二师对双柳树反动突袭，消灭敌守军2个营大部，并乘胜追击，将逃敌追歼于薛店地区。同日，红十一师经一日激战，攻入璞塔集，歼灭由潢川南援的国民党军2个团及反动民团1000余人。红七十三师和少共国际团则对仁和集守敌采取“围而不攻，日夜袭扰”的战术，搞得敌人筋疲力尽，并及时将双柳树、璞塔集的敌人被红军歼灭的消息传给敌人。被围敌人因此陷入极度恐慌，多次组织突围，均被红军击退。

16日拂晓，仁和集守敌孤注一掷，冒死突围，冲开一个“缺口”。约2个团的敌人“突围”后向西逃跑，被红七十三师二一八团、二一九团随后追击，最后在谈楼地区被包围消灭，敌旅长李万林也被活捉。与此同时，红七十三师二一七团和少共国际团迅速堵住“缺口”，并乘势攻入寨内，很快将尚未逃出的国民党军1个团全部歼灭。至此，潢光战役胜利结束。此战，红四方面军共歼灭国民党军8个团，毙伤俘敌近万人（其中包括毙敌旅长1人，活捉敌第七十六师参谋长李亚光和敌旅长李万林），缴获各种枪7000余支（挺），不仅收复了商城以西、潢川和光山以南大片地区，更扩大了部分根据地，胜利粉碎了国民党军对鄂豫皖革命根据地的第三次“围剿”。

（作者：胡遵远，原载《人民政协报》2021年5月13日）

鄂豫皖苏区的红军公田制度

1931 年，鄂豫皖苏区政府根据上级指示精神，结合实际情况，出台了红军公田制度，又颁布了若干文件，进一步规范和完善了分配原则、分配标准及公田划定后的经营管理工作。红军公田制度的实施，有力地推动了鄂豫皖苏区土地革命的开展，为壮大和稳定红军队伍、扩大和巩固苏区提供了强有力的保证。

一、红旗高扬鄂豫皖

1927 年 11 月 3 日，中共黄麻特委召开会议，决定以湖北省黄安、麻城两县农民自卫军为骨干，发动武装起义。14 日晨，农民自卫军占领了黄安县城，随后成立了黄安县农民政府和工农革命军鄂东军。1928 年初，工农革命军鄂东军改编为工农革命军第七军，并逐步创建了鄂豫边根据地。7 月，第七军改编为中国工农红军第十一军第三十一师。1929 年 5 月，中共鄂东北特委与豫东南特委策划商南起义。5 月 6 日，在中共当地党组织的领导下，时属河南省商城县的南部地区爆发了立夏节起义（又称商南起义）并取得全面胜利。9 日，各起义武装陆续集结，宣布成立中国工农红军第十一军第三十二师，并打退了敌军多次进攻，初步建立豫东南根据地。1929 年秋，中共安徽临时省委在皖西六安、霍山地区组织农民起义。当年 12 月 26 日，红三十二师攻克商城后，成立了县苏维埃政府，并将商城改名为赤城。1930 年 1 月，六安县委将各游击队集中改编为中国工农红军第十一军第三十三师。红三十三师经多次转战，建立起多个革命政权，以金家寨为中心的皖西根据地初步形成。1930 年 6 月，召开鄂豫皖第一次工农兵代表大会，宣布成立鄂豫皖特区苏维埃政府。至此，以大别山为中心的鄂豫皖根据地形成。

二、苏区广大贫苦农民群众获得土地，掀起参军热潮

鄂豫皖革命根据地的土地制度肇始于武装起义之始。早在 1927 年 7 月，中共中央就明确提出，只有开展土地革命才能“集聚一切革命势力”。在中央路线、方针和政策的指引下，鄂豫皖苏区结合本地实际，开展了声势浩大的土地革命，并取得了显著成效。于是，一场彻底砸烂封建土地制度的革命风暴迅猛席卷大别山区。1929 年 6 月至 1930 年春，鄂豫边、豫东南根据地按照《临时土地政纲》《鄂豫边革命委员会土地政纲实施细则》，掀起了土地革命热潮。1930 年 4 月至 7 月，皖西根据地按照六安中心县委批转的六安县第六区《土地政纲实施细则》《森林办法》，也进行了轰轰烈烈的土地分配工作。很快，在鄂豫皖根据地范围内，广大穷苦农民群众成为土地的主人。

苏区广大贫苦农民群众获得了土地，并在自己的土地上取得了农业的丰收，因而充分认识到只有把自身的利益和革命的利益紧密地结合起来，与红军融为一体才能保住已有的革命成果。在“保卫红旗，保卫苏区”的口号鼓舞下，鄂豫皖苏区群众中很快地掀起了参军热潮。1930 年 5 月、6 月，鄂豫皖红军在鄂东作战时，部队接连 3 次扩编，仅黄安七里坪檀树岗招兵站 3 天内就有 2000 多人踊跃报名参军；1931 年，鄂豫皖苏区第二次反“围剿”胜利后，仅两个月时间整个苏区就有 1 万多名群众报名参加了红军。鄂豫皖红军在两年的时间里，由一个军迅速扩大为 4 个军，并拥有了 20 余万地方武装。

三、红军公田制度应时而生

为充分调动红军战士的作战积极性，解决其后顾之忧，鄂豫皖苏区政府实施了多项优待红军及其家属的优抚制度，由于红军指战员大多是来自农村的贫苦农民，土地是他们的根本经济来源和生活依靠，因此优待红军及其家属的分田制度就成为红军优抚工作的一项重要内容，“红军战士应当分得土地、享受土地革命的胜利成果”很快成为鄂豫皖苏区党政军民的统一认识和共同心愿。

1931 年，鄂豫皖苏区政府根据中共中央指示精神，结合实际情况，制定了红军公田制度，让红军战士及其家属分到了土地。几乎与此同时，苏区又颁布了《关于怎样分配土地的宣传材料》、《鄂豫皖苏维埃政府通知第十七号——统计和分配红军公田等》和《鄂豫皖苏维埃政府通令第十五号——为红军公田问题》等文件，并对分配原则、分配标准及其公田划定后的耕种管理等作了具体规定。

根据红军公田的分配原则，“红军、游击队员、不能生产的苏维埃工作人员

及其家属应分得田地”。各乡苏维埃政府分配土地时应“以乡为单位，提起一石[①]至五石不等的土地作为红军公田。这些公田要按现在没有分田的红军战士指标分配，其余的随时增加，随时分配”。红军公田“不要山地，只要路边的好田”，田块“无论就土质、阳光和水利条件，在这大山区里都是上等的公田，分配时，不可以面积为标准，要以产出为标准”。

根据《土地政纲实施细则》和“土地问答”等相关规定及广大群众的共同心愿，苏区各乡在土改过程中，都留下一块上等好田作为“红军公田”，并做一个石碑或木牌，上面写“红军公田”几个字，以作为标识和纪念。据记载，每当竖碑时，农协、赤卫队、妇女会、少先队、儿童团以及群众从四面八方涌向会场，会场正中放着那块红军公田的石碑，上面披一块红绸子，在阳光的映照下光彩夺目。在一片锣鼓声、欢呼声中，几个年轻力壮的小伙子，把红军公田碑抬到公田旁边竖了起来。“红军公田碑迎着朝阳，屹立在山下路旁，它像一个卫士，守卫着千万农民经过斗争而得来的胜利果实——土地。”

为解决红军公田的耕种问题，鄂豫皖苏区政府采取了动员群众耕种及雇人耕种的方法。在《关于怎样分配土地的宣传材料》中有如下建议：“各地在分配红军公田的同时，由当地群众开会讨论代耕法，顶好由代耕人公举一二人经常负看管责任。”后来，苏维埃政府直接规定：“红军公田的耕种，应由乡苏维埃负责召集当地群众举行会议讨论代耕办法。耕田的耕具、耕牛、种子，由苏维埃负责帮助……水道、禾稼、肥料要有专人负责料理。”

苏区政府多次强调，红军家属的土地和红军公田要优先耕种，要求“每个乡苏维埃负责动员农人，将有余力的牛组织成耕队，有组织地到别的乡去帮助春耕，首先就要帮红军家属”；同时又特别提出，“农民只替无生产能力之红军家属代耕，其余任何人不代耕”。

关于红军公田的收获产品，最初苏维埃政府规定：“出产代耕人得十分之三，红军得十分之七，苏维埃负责保存，由红军自己支配。”随着红军公田制度的进一步完善，其收获产品的分配政策也作出相应调整：“红军公田的出产品已经指明分配了的，除应留少数借用的耕牛、种子费外，其余完全交给该红军战士。没有分配的公田出产品，由当地苏维埃负责，作为救济红军家属和抚恤伤亡红色战士。”

鄂豫皖革命根据地红军公田制度的颁布与实施，对发展壮大红军队伍、巩固革命根据地起到了重要作用。值得一提的是，为鼓励白区群众和白区士兵前来投奔根据地，《鄂豫皖苏维埃政府通令第十五号——为红军公田问题》还特别提

① 石，面积单位，1石约7亩。

出：“从白军哗变过来的参加红军的革命士兵和在白区受不过豪绅地主的压迫而自动前来投身红军的工农苦力，这些战士当然也应得到好的土地。”由于有红军公田来保障生活，越来越多的白区群众和从白军中哗变过来的士兵投奔苏区，进一步促进了根据地的巩固和发展。

（作者：胡遵远，原载《人民政协报》2021年12月2日）

红军“土飞机”　攻城有威力

1931 年 1 月中旬，趁着进攻鄂豫皖苏区的国民党军处于休整守势，鄂豫皖红四军决定发起进攻作战，夺取主动权。

2 月 2 日，攻打河南省光山县新集的战斗打响，红十师三十团、二十八团担任主攻。由于新集有高大的石砌围墙围护，守敌用土炮居高临下射击，红军云梯无法靠近，进攻数次都未奏效。军部经过反复研究，决定采取挖地道接近围墙、用炸药将其炸毁。在当地群众的大力支持下，经过近 10 天的艰苦土工作业，部队挖出四五十米长的坑道，直接通到城墙下面。然后，找来一口棺材，将 150 公斤火药、数枚炮弹和铁屑装进去。2 月 10 日下午，装满炸药的棺材被推到围墙下点燃，随着一声巨响，城墙被炸出 1 丈多宽的缺口，红三十团的红军将士们立即冲进城去。经过 3 个小时的巷战肉搏，红军取得了全面胜利。这是有史记载以来红军首次采用挖地道、放炸药的作战方法，人们将其戏称为“土飞机”。

此后，各部队普遍推广坑道爆破作业，并注意收集爆破的各种数据和经验，以便整理成工兵教材。这一作战方法在攻城略地中发挥了重要作用。

一、炸开“铁打会昌”，守敌被捉“精光”

第三次反“围剿”胜利后，红军乘胜进击，使赣西南革命根据地和闽西革命根据地连成一片，初步形成了以瑞金为中心的中央苏区。但是在大片红区之中还留有几处“白点”——敌军据点“土围子”，红一方面军遂转入拔除这些土围子的战斗。

1931 年 10 月下旬，为迎接中华苏维埃第一次全国代表大会召开，遵照毛泽东关于迅速肃清红区内白军据点的指示，红三军团一部从瑞金城出发，经会昌、西江、洛口、白鹅、茶梓、高排到门岭，另一部从瑞金谢坊出发，经会昌板坑、罗塘到门岭。两部集结后联合包围了被控制在反动势力手中的会昌县城。

会昌县城四周城墙高大、厚实，东西北三面被贡江、湘江、绵江三江环绕，只在南面有一片开阔地，形成一个进可攻、退可守的地势，自古以来就有“铁打会昌”之称。有2000余人的地方反动武装靖卫团驻守在这里，他们妄图利用坚固的城墙负隅顽抗。

红军兵临城下，研究攻城计划。有的主张强攻，但强攻伤亡大；有的主张围城，但需要时间太久也不行。这时传来红军独立三师用“土飞机”攻下于都新陂土围子的消息，于是，大家立即建议也用这样的办法，炸掉城墙攻下会昌。这个建议当即得到红军指挥部的批准。指挥部从红一军团调来一个工兵连，在城南同时掘进6条坑道，利用坑道爆破攻城。

工兵连的大多数战士原来是安源煤矿的矿工，挖坑道很拿手，进展很快。即使在2条坑道被敌人破坏、2条坑道被水淹没的情况下，仍将剩余2条坑道挖到了西南方敌人炮台阁的城墙根下。随后，当地党组织立即组织人员把一担担来之不易的土硝送到红军驻地，百姓们还捐出了几副棺材。11月27日早晨，工兵连把3副装满土硝的棺材通过坑道放到城墙脚下，点燃了导火线。只听得“轰”的一声，会昌城西南角的炮楼随着尘烟腾空而起，城墙也被炸开三四丈宽的口子。这时，冲锋号随即吹响，红军将士们如潮水般冲进城去。敌人被吓破了胆，在一片“缴枪不杀”的喊声中，纷纷举手投降。此役红军俘敌700多名，缴枪千余支。百余残敌打开西门跳河逃跑，刚上岸就遇到早已等候在那里的红军伏兵，除欧阳莘逃脱外大都被一网打尽。

二、攻破寻乌城墙，活捉城内“县长”

1933年4月，红军独立二师、三师在地方游击队配合下，再攻寻乌城。当时的战斗部署是：独立团和地方武装坚守黄泥坳、五里亭等处，截住国民党陈济棠部第八师的援军；另一部分驻田背村，截断敌军的退路；由独立二师、三师负责攻城。

寻乌城由敌县长潘梦春带领的警察队及陈济棠的手下团长张英的部分部队把守。他们认为，外围有陈济棠的部队相助，且城内守军力量雄厚，加上城墙高厚坚固，城内粮食、弹药充足，定能固守。因此守敌将城门封死，只在城墙上向外放枪。

攻城开始时，因城墙周围是一片水田，无处隐蔽，敌人在城内居高临下，红军一连几次冲锋都被敌人的火力所阻，无法接近城下。战斗到第四天黎明，红军终于占领北门城下的一栋房屋。于是，独立三师利用攻打新陂的经验，在这座房子里挖掘地道。整整挖了一天一夜，待挖到北门的城墙下时，发现城墙高大坚固，无法挖通，一两包普通的炸药也不可能炸塌。于是，大家找来几口大棺材，在里面塞满炸药、铁片、碎石等，钉上马钉，外面再用铁皮、铁丝包捆牢固，放到城墙脚下，随后退出爆炸范围，点燃引信。随着一声巨响，寻乌城北门的城墙被炸开一个3丈多宽的缺口，红军趁着烟雾的掩护从缺口冲杀进城，迅速歼灭了城内2000多守敌，敌县长潘梦春也成了俘虏。

三、爆破沙县城墙，红军立功受奖

第五次反“围剿”期间，以彭德怀为军团长、杨尚昆为政委的红三军团，在福建沙县进行了一场艰难的攻坚战。

1934年1月3日，红三军团奉中革军委命令由江西广昌的头陂一带出发，向沙县进军。10日，红三军团到达沙县西北的富口、夏茂，11日，把沙县县城围得水泄不通。

在沙县西郊指挥部，彭德怀指着墙上的军用地图，对各级指战员说：“沙县城里有国民党新编五十二师卢兴邦部十团、十一团一营、师属炮兵营一连、工兵营一连及师司令部，还有两个旅部留守处和地主武装百余人。他们作战经验丰富，武器精良、弹药充足。城墙高又厚，好比坚硬的乌龟壳。所以，大家要有打硬仗的思想准备，要学习宁化泉上土堡作战的经验，顺利地拿下沙县！”

12日凌晨，红五师十三团、十五团和侦察连遵照彭德怀的命令，凭借夜色掩护，集结出发，到达预定位置。当日7时20分，红五师发出攻击信号，顿时，枪声大作，子弹呼啸，守敌负隅顽抗。红军暴露在敌人的有效射程内，强行突入异常困难。红五师分别从3个城门强攻3次，均告失利。

上午10时，红军停止攻城。军团指挥部及时改变战法，调整兵力部署，决定用坑道爆破攻城。他们当即选定了东、西、北门3处作为坑道突破点，由红五师抽调身强力壮的战士和工兵组成突击队。为掩护坑道作业，红军将神枪手组织起来，分布各处，采取点射狙击。守敌见这些天红军光打枪不攻城，心生疑惑，担心红军挖地道破城。于是，就在城墙边埋了几十个大水缸监听，听到嗡嗡响声便循声往下挖。

红军往东门挖的坑道与敌人地洞相遇了，红军战士立即扔出手榴弹，端起枪在洞里就对敌射击。之后又与敌人相遇3次，打了3次遭遇战。西门坑道也险些与敌人地洞相遇，红军遂改用弯曲路线，避开敌人。22日，3个方向的坑道已挖好，装上炸药。5时20分，军团指挥部在阵地上燃起火把，发出攻城信号。可几声震耳欲聋的巨响后，西门城墙只被炸开一个豁口，而东门和北门根本没被炸开。原来，因为挖坑道时没有测量仪器，爆破地点与城墙相距很远，没能奏效。

彭德怀、杨尚昆等一起研究分析了两次攻城失败的原因，决定调整兵力：将红五师调往尤溪，把更擅长攻坚的红四师从尤溪调回攻打沙县，集中突击西门城墙。

24日夜，坑道再次被挖通到了西门城墙根下。附近的老百姓抬来十几副棺材，装上炸药盖上板，钉上大铁钉。工兵连战士把这些棺材抬进坑道，用土石堵实。

翌日拂晓，军团部发出攻城令，战士点燃导火线，西门城墙顿时被炸开20多米宽的大缺口。战士们一跃而起，从缺口处冲进城去。霎时间，军号声、枪炮声、敌兵哭号声和红军战士的喊杀声响成一片。经过激烈争夺，反复冲杀，红军终于取得胜利。

在攻克沙县城战斗中，红军消灭敌军700多人，俘虏1300多人，缴获机枪、步枪1500多支，平射炮数门，迫击炮8门，子弹10万多发，炮弹2万多发，无线电台1部，兵工厂全部设备，还有大量食盐、粮食、布匹等，受到第二次“全苏大会”的通电嘉奖。“土飞机”攻城的作战方法，再次名扬天下。

（作者：胡遵远，原载《党史纵览》2021年第11期）

便衣队在鄂豫皖边区三年游击战争中的特殊贡献

1934 年 11 月，鄂豫皖省委率领红二十五军实行战略转移后，鄂豫皖边区的革命斗争进入了最艰苦、最险恶的三年游击战争时期。为了有效抗击国民党军对鄂豫皖边区进行的疯狂进攻和血腥镇压，保存和发展党的组织，扩大游击根据地，边区党组织和红军从敌我斗争的实际出发，组织和运用便衣队这种小而精、灵活隐蔽、快速有效的斗争方式。斗争中，便衣队紧紧依靠群众，运用灵活的对敌策略和正确的统战政策，积极配合主力红军和地方武装给国民党军以沉重的打击，让革命的红旗始终飘扬在大别山上。

一、便衣队是游击战争的重要创举

便衣队最早出现于 1933 年 7 月间，当时，国民党军正在对鄂豫皖根据地进行第五次“围剿”。为了既能反击敌人对革命老区的疯狂进攻和血腥报复，又能更好地保存自己，中共红安县二程区委和仙居区委摸索和创造出了这种独特的对敌斗争方式。它集党政军的职责于一身，既是当地党的区委（工委）或支部，又是当地的苏维埃政权和军事组织。便衣队人员少而精，三五人一队，身藏短枪、匕首进行活动。队员基本上是当地人，熟知民情、地形，战时是兵、平常是民，来得快、去得也快，因而不易被敌军发现，但却最容易发现敌军，善于避敌之长、击敌之短。

便衣队成立后，在为红军筹粮筹款，搜集敌人情报，偷袭敌人据点、碉楼，捕捉反动分子等方面，发挥了重要作用。当时，鄂东北道委书记兼鄂东北游击总司令郑位三对此斗争形式给予了充分肯定，说它是个了不起的创举，并以鄂东北道委书记的身份，举办便衣队训练班，向鄂东北各县推广。他将便衣队的任务概括为：做群众工作、侦察敌情、发展党组织、扩大武装、打击小股敌人、处决地方反动分子、负责上级党政军机关和红军给养。鄂豫皖省委书记沈泽民在 1933

年11月10日给党中央的报告中说，便衣队是“极为适宜的一种游击武装的方式”，“要建立白旗下的群众工作与秘密组织工作，首先最有效的还是发展便衣队的组织”，“现在最有希望及最重要的运动就是便衣队的运动”，省委“决定用党、苏维埃、红军及游击队的全部力量，去发展这种武装形式”。在省委的领导下，便衣队迅速发展，鄂豫皖革命根据地的形势由此出现转机，局面大为改观。

红二十五军离开根据地进行战略转移后，根据地的斗争形势更加严峻，中共鄂豫皖省委常委高敬亭在革命的危急关头，根据省委指示，将分散的红军集中起来，迅速重建了红二十八军，坚持鄂豫皖边区的革命斗争。红二十八军自成立之日起，几乎天天处于敌人的围堵之中，部队根本无法在一个地方长时间立足。于是便衣队的斗争形式便引起了以高敬亭为首的边区党组织和红军的重视。斗争的实践使他们深刻地认识到，便衣队是对敌斗争的一支坚强的重要力量，能完成主力部队不能完成的某些任务，已成为坚守老区、开辟新区的重要力量，是党和红军联系群众的桥梁、主力红军的得力助手、插向敌人心腹的利刃。于是，边区党组织和红军就把组织与发展便衣队放在了重要的战略位置。

高敬亭不仅要求地方党组织大力发展便衣队，还亲自选派富有群众工作经验的干部、战士，协助地方党组织来发展便衣队，并给他们独立处理党政军大事的权力。便衣队经过残酷斗争的锻炼，独立作战能力得到提升，红军主力部队在外线牵着敌人兜圈子，便衣队就潜入基层大显神通，开辟出一片又一片的游击根据地，来作为红军的依托。他们开展工作的主要方法是：依靠地下党和革命群众，从单庄独户开始，立稳足后，再用亲连亲、邻连邻由点到面的方式开展工作，由山区到平原、由一点到多点，点面开花连成一片，由一个队到几个队，由秘密活动（组织秘密的农民小组、妇女小组、青年小组发展地下党员）到建立隐蔽的游击根据地，逐步到公开建立便衣小队和游击队，成立党的领导机关，掌握基层政权，开设山林医院、被服厂、修械所，建设后方基地。便衣队日益发展壮大，敌人视之为心头之患，开始动用主力部队分片“清剿”。高敬亭则令各便衣队：“以智慧与勇敢，与敌巧周旋，以各种行之有效的办法，粉碎敌人的‘清剿’，不满足于虎口余生，要在斗争中进一步得到壮大与发展。”敌人对便衣队的发展和作用既震惊又无奈。国民党豫鄂皖绥靖公署在检讨其“清剿”失利的原因时，也不得不说：“皆缘此等赤匪，多为本地土著，所到之处，又有人从而勾引通窝，以致行动自由，飘忽无定，兵来匪去，已成惯技……”老便衣队长、水利部原副部长汪少川将军在回忆便衣队这段特殊的历史时曾经形象地说：“便衣队星罗棋布，形成夹攻敌人的奇观。”

三年的游击战争中，鄂豫皖边区共有大小111支便衣队、600余人，分布在鄂豫皖边界的22个县境内，活动范围东迄霍山、潜山，西跨平汉铁路至应山，南抵蕲春、黄梅、广济（今武穴市）和黄冈（今团风县），北达信阳、固始。这种以群众工作为主的武装工作队党政军三位一体，深深地扎根于人民群众中，积极配合主力红军和地方武装给国民党军以沉重的打击。可以说，便衣队不仅是边区党组织和红军坚持游击战争的战略铁拳，而且也为以后我党我军开辟抗日根据地和解放区的斗争提供了宝贵经验，成为鄂豫皖边区党组织和红军在三年游击战争中的一大创举。

二、便衣队巩固了游击根据地

毛泽东指出，游击根据地是“游击战争赖以执行自己的战略任务、达到保存和发展自己、消灭和驱逐敌人之目的的战略基地”①。没有这种根据地，游击战争是不能够长期地生存和发展的，这种根据地也就是游击战争的后方。

红二十八军成立之初，整个鄂豫皖边区仅鄂东北和皖西北还剩下几小块互不相连的游击根据地。部队在兵员补充、伤病员安置、后勤供应等方面都存在着严重的困难。为了解决这些困难，红二十八军几次用主力部队谋求创建新的游击根据地，但没有取得预期的结果。而皖西特委却以小部队配合便衣队，在敌人统治薄弱的霍山、太湖、舒城、潜山、英山交界的山区，通过打土豪、歼民团，发动了群众，建立了几小块新的游击根据地。事实证明，在敌人强大兵力统治的地区，以主力部队开辟游击根据地，势必吸引敌人，而便衣队隐政分收、灵活精干，便于联系和发动群众，容易避开敌人的“清剿”搜捕，能在当地生根立足。他们在开辟出一块块的游击根据地后，又将其逐步连成一片，从而在边区为红二十八军和地方武装提供了一块赖以生存的游击根据地。1935 年冬，鄂东北独立团领导人陈守信在河南省罗山县的灵山冲安排一支以徐国顺为队长、黄锦思为指导员的 10 人便衣队，就曾在平汉铁路两旁的罗山、信阳、应山 3 县之间的灵山、鸡公山、大青山、大观寺、四望山、茶山、花山一带的山区和朱堂店、杜集、新集、李家寨、杨家岗、小河、马鞍山等丘陵和平原地区，开辟出一大片游击根据地。

在星罗棋布的游击根据地中，便衣队为红二十八军提供了大批现款和相当数量的粮食及物资。1936 年 3 月，罗山便衣队接到罗陂孝特委关于尽快给红军筹粮筹款的指示后，在地下党组织的帮助下，抓到罗山县税务局局长，筹到 1000 块银圆，购粮后送给红军。黄冈便衣队在新洲抓到大土豪毛竹宇后，筹到现款 50000 元送到红军部队。便衣队还在霍山、岳西的包家河、青天畈、沈家桥等地

① 《毛泽东选集》第二卷，人民出版社 1991 年版，第 418 页。

设有红军地下商店，红军出钱、群众办店，秘密为红军采办油、盐、布匹、电池、药品等。包家河“万大兴号”经理徐诚证曾打入敌人内部，为红二十八军购买子弹等军用物资，直至最后献出了宝贵的生命。红军的伤病员主要靠便衣队来接收安置和医疗护理。在皖西，便衣一分队曾在岳西县的大岗岭办起“红军医院”；便衣二分队在鹞落坪一带安置红军伤员，最多时达到七八十人。从 1936 年 6 月到 1937 年 10 月的 17 个月中，鄂东的黄冈便衣队共安置、治好红军伤病员 200 多名。红二十八军手枪团团长詹化雨负伤后，就是被红安四区的便衣队安置在群众家中养伤的。特务营班长雷伟和在红安县北天台山负伤后，在无人区爬行几昼夜，后也是被红安四区便衣队发现，将其先后安置于红安四区（今红安县七里坪镇）的杨家洼、周八家一带村庄的群众家中养伤，直到伤愈归队。大批伤员由于得到妥善安置和治疗，痊愈后或重返主力部队，或成为组建独立团、游击师、战斗营和便衣队的骨干，从而极大地鼓舞了红军的士气、增强了红军的战斗力。

便衣队还帮助地方组建了大批的游击队和战斗营，这些地方武装以后又补充到主力红军中，使红二十八军拥有了稳定的兵源。鄂东北的老苏区、新苏区、红安苏区、光麻苏区的便衣队就曾多次为地方组建独立团，成立特务营、游击师提供兵员。黄冈便衣队曾动员 400 多名青年参军，先后组建了 2 个战斗营，并成建制地编到红二十八军中。灵山便衣队先后组建 10 多支小游击队，收缴反动民团长、短枪 480 多支，为红军输送了上百名战士。1935 年初，高敬亭政委在潜山县沙村河安排的以张作汉为队长的便衣队，与当地党组织紧密联系，组织发动群众，成立了皖潜游击大队，到当年 4 月就发展到 180 多人，以后又改编成独立营、游击师，并陆续补充至红二十八军中。更值得一提的是，便衣队在艰苦的斗争中，还锻炼出了一大批忠诚坚定、英勇顽强、灵活机智的革命骨干，其中很多人还被输送到红军和上级党的领导机关中。黄冈中心县委书记汪少川、光山县砖桥区委书记戴克明、鄂东北道委特务营营长易元鳌、三路游击师师长罗厚福、红二十八军手枪团三分队队长李世焱等，都是从便衣队中成长起来的革命骨干。他们在各自的岗位上，为开辟游击根据地、坚持游击战争直到取得最后的胜利，作出了积极的贡献。

鄂豫皖边区是南方三年游击战争时期 15 块游击区中保存力量最多的游击区。这一成绩与边区党组织和红军充分利用便衣队这一独特的斗争形式分不开。三年中，正是有了众多便衣队的英勇斗争和苦心经营，才使得红二十八军拥有赖以生存、发展的游击根据地，从而让边区红军主力能在艰苦卓绝的游击战争中发挥出巨大的威力，并最终取得了三年游击战争的伟大胜利。

三、便衣队开展统战工作成效显著

便衣队根据实际情况，灵活运用对敌策略来壮大自己，并大力开展统战工作，团结一切可以团结的力量，迅速打开了游击根据地的新局面。

为了突破敌人的封锁、控制敌人的后方，便衣队逐步纠正最初“左”倾错误的做法，运用打击与争取相结合的方针，来分化瓦解敌人的阵营，取得了较好的效果。比如，对地主、联保主任和保甲长等基层人员认真地进行区分，纠正以往不分青红皂白地加以处决的做法，改为只对那些罪大恶极、冥顽不化、严重危害革命的恶霸地主和反革命分子进行镇压，以收杀一儆百之效。对罪恶不大的人员，只提出警告，给他们规定交款交粮、保护群众、掩护红军的任务，只要他们遵守苏维埃的法令，完成便衣队交代的任务，就予以保护，对顽固不化的地主，则给以严厉的惩治，并没收其财产，分给贫苦农民。而对那些迫不得已，给敌人做事的联保主任、保甲长实行“一帮二看”，争取他们站到人民的一边来。后来的实践证明，大部分联保主任、保甲长表面上为敌人效劳，实际上则按便衣队的意图办事。赤城县委书记张泽礼领导的便衣队，取得了王姓联保主任的信任，他为游击队送粮食、送子弹、搞情报、买医药，掩护伤员及便衣队活动。在河南光山、商城便衣队控制的地区，地主富农向谁收租、收多少租，村长、保甲长的任免等，都要由便衣队决定。游击战争中，红军伤病员的安置是一个十分棘手的问题。但有了便衣队，这个难题便迎刃而解。很多地方的便衣队将伤病员送到联保主任、保甲长及地主豪绅家中疗养，责令他们负责照顾、确保安全。这些人也迫于对自身安全的考虑，想尽办法来掩护伤病员。一些同情革命的保甲长和地主还会瞒着敌军，主动要伤病员到自己家中养伤。由于便衣队灵活的工作策略，国民党的一些基层政权组织逐步成为“两面政权”、为我所用。不少便衣队实际上掌握了乡村政权，起了没有挂牌子的苏维埃政权的作用。便衣队十分重视对国民党中有革命意愿的军官的统战工作。朱超云原系国民党的一个旅长，因不满蒋介石出卖东三省而被撤职。他回到家乡安徽省宿松县后，便衣队与他进行了多次接触，了解到他是一个具有民族正义感的军人，其反蒋抗日的要求十分强烈。此后，朱超云在我党的教育和影响下，卖掉家产、购买枪支，组织群众拉起200余人的抗日救国军，在当地积极开展反蒋武装斗争，甚至还拖住了鄂东保安团对我主力红军的跟踪追击。朱超云的行动激怒了国民党军，他们报复性地烧掉了朱超云的家，挖了他家的祖坟。便衣队得到消息后，主动将朱超云的家属安置到罗汉尖山下的一个村子里避难。事后，朱超云深受感动，率队加入革命队伍，成为边区六路游击师的基础，以后又正式编入红二十八军。对待宗教和僧尼方面，便衣队以实际行动保障宗教信仰自由，僧尼等都主动配合红军，使深山老林中的庙宇道观成了便衣队的栖身之所。其中，岳西妙道山三祖庵、白杨岭的穿心庵、汤池的荣园庵等，是便衣队的常驻地和红军接待站，庙内的僧尼除为便衣队和红军提供食宿外，还帮助他们传递情报、采购药品。

便衣队灵活运用对敌策略，正确执行党的统一战线，团结了大多数人，壮大了革命队伍的力量，分化、孤立、削弱了最顽固的敌人。所以，尽管敌人的“清剿”一波接着一波，“移民并村”“封山倒林”“设递步哨”，层层封锁、堡垒森严，可谓是各种方法用尽，但便衣队依然做到了进攻能取胜、防守有保障、给养有来源，能够由少到多、由小到大、由弱到强地不断发展壮大。

四、便衣队与人民群众融为一体

毛泽东曾指出，“革命战争是群众的战争，只有动员群众才能进行战争，只有依靠群众才能进行战争”①。便衣队从群众中来、到群众中去，深深地扎根于群众之中，处处关心群众生活、保护群众利益、注意工作方法，把人民群众紧紧团结在党的周围，从而形成了便衣队生存和发展的基础。

便衣队发展初期，由于敌人的反复“清剿”和血腥屠杀，有些敌占区的群众不敢与他们接触，害怕被敌人的“坐探”发现后杀头。便衣队就白天在游击区活动，晚上再深入敌占区摸情况、搞宣传。告诉群众共产党和红军还留在根据地内。经过宣传发动，群众逐渐消除顾虑，主动向便衣队诉苦，并说出本村或附近一带的敌“坐探”姓名及活动规律。便衣队根据情报及时将敌人“坐探”处决，而后再偷袭敌人的保安队、民团。1936 年夏、秋，湖北省红安县七里区便衣队就在杨家山一带先后处决了敌人的 6 名“坐探”，歼敌保安队百余人。群众见便衣队神通广大，信心大增。国民党的“清剿”队伍一来，便衣队会立即掩护群众转移。不能行走的红军家属和其他孤寡老人有人照顾，便衣队员有时甚至亲自将其背进深山躲避。群众生活困难，便衣队将打来的粮食分给他们，并假借亲戚的名义帮助没有劳动力的家庭恢复生产。紫云区便衣队就曾向鄂东北道委申请 3000 多银圆，发给“把米无存”“吃野菜树皮”的第一、二、六、七、八、九乡的群众，帮助他们渡过难关。便衣队关心群众疾苦，以实际行动赢得了边区广大人民群众的信任，群众将他们当成亲人。河南省光山县、商城县一带，姑娘的房子是不准男人进入的，这是当地的风俗。可当地群众有时为了掩护便衣队员躲避敌人的搜查，却主动让他们藏在自家姑娘的床上。湖北省蕲春县将军山的便

① 《毛泽东选集》第一卷，人民出版社 1991 年版，第 136 页。

衣队安置红军伤病员在群众家中，群众一般是叫媳妇出来招呼，碰到民团“清乡”找到伤病员查问时，年轻的媳妇立即以“这是我丈夫”为托辞来进行掩护。当便衣队被困在山林时，当地妇女还会冒着生命危险上山送饭、护理伤员。边区人民虽然缺衣少食，生活极其艰难，但仍然把很少的粮、盐、衣物拿出来支援红军和便衣队。湖北省军区原副司令员戴克明将军曾经是光山县砖桥区的区委书记兼便衣队队长，被敌人称为“戴蛮子”。一年冬天，大雪封山，在敌人的封锁下，老百姓根本无法往山上送粮食。就在便衣队一筹莫展的时候，山上突然出现了一群鸭子，原来是山下的群众将鸭子赶上山来给便衣队充饥，砖桥区便衣队就是靠着这一群鸭子度过了最艰难的阶段。三年艰难的游击战争中，便衣队与群众水乳交融，许多群众为了掩护便衣队不惜牺牲自己甚至全家人的生命。红安三区便衣队在一户群众家中存放了 100 多支枪和一些银圆，有一次，3 个便衣队员在他家隐蔽，碰上敌军来捉，刚从外面回家的男主人见事情不好，立即挺身上前，有意让民团把自己抓走，以保护便衣队。他老婆边哭边追，他连忙用暗语告诉老婆，叫便衣队赶快转移。1935 年春，国民党军在长岭岗搜山时，一名叫曾少山的群众带着全家和红军伤员一起隐蔽在山洞里，当敌人正在山上搜索时，曾少山的孩子突然惊哭起来，为了掩护红军，他忍着泪水，掐死了自己的孩子。光山县的敌人别动队在夏青区行动，明明看见便衣队进了村，就是搜不到，原来是一个木匠把便衣队藏在自家的地洞中。敌人搜不到便衣队员，就将村民抓起来，逼问便衣队的下落，并当场杀死 3 人。可群众面对敌人的屠刀，宁死不屈，无一人吐露便衣队的藏身之所。

便衣队在党的领导下，紧紧地依靠广大群众，在极为艰苦困难的环境中，保持了党在群众中的信仰与联系，保存了党的基本力量，坚定了广大群众坚持革命到底的信心和勇气，从而得以将各方面的力量组织起来形成拳头，在敌后配合红军主力和地方武装夹击敌人，这正是便衣队坚持三年游击战争和不断发展的根本力量所在。

（作者：胡遵远，原载《实践论坛》2021 年第 2 期）

红二十八军的改编及新四军第四支队的抗战历程

1937 年 7 月 7 日夜，日本侵略军在北平西南的卢沟桥附近突然向中国驻军发起进攻，中国官兵奋起抵抗。中华民族全面抗战由此爆发。

一、举行停战谈判，签订停战协议

实际上，1936 年 12 月西安事变后，中国共产党以民族利益为重，力促停止内战、共同抗日，推动了第二次国共合作。1937 年 5 月，长期与中央失去联系的鄂豫皖边区党组织和红军派人到西安，得到中央代表林伯渠、红军总政治部主任王稼祥的指示和中共关于国共合作抗日的文件精神。7 月 14 日，红二十八军政委高敬亭决定与国民党豫鄂皖边区督办卫立煌举行停战谈判。为此，高敬亭致信卫立煌："我奉我党中央停止内战、枪口对外、国共合作、团结抗日的指示，向你提出：一、接信后凡驻我附近的国民党兵立即撤退；二、双方派出代表进行谈判。"

7 月 18 日，高敬亭化名李守义，以红二十八军政治部主任的身份与卫立煌的代表商谈正式谈判的有关事宜。高敬亭在此机智地提出了举行停战谈判的 3 个先决条件：第一，为创造一个停战谈判的和平气氛，包围红军驻地的国民党军队必须后撤 10 公里；第二，鉴于谈判在安徽省岳西县城举行，必须确保红军谈判代表的人身安全；第三，此次谈判只是局部停战谈判，涉及的一切重大问题应由国共两党中央解决。只有这三个先决条件得到确认和实施后，方能派出代表谈判。

此时的卫立煌刚刚经历了一场人生变故，思想有了很大的转变。西安事变发生时，他正住在西安最豪华的西京招待所，半夜里他在被一阵枪声和嘈杂声惊醒之后，便和住在招待所里的 20 多名国民党要员一起成了杨虎城的俘虏。他原以为像他这样一个和红军打仗最多、最狠、积仇最深的人，肯定是凶多吉少。然而，当西安事变在中国共产党的努力下得以和平解决时，他却意外地和其他国民党要员一起平安地回到了南京。回到南京以后，他回想起自己在西安事变中的惊险经历，以及张学良的谈话和中共方面的意见，不禁感慨万千，从而意识到抗日救国确实是全国人民的共同要求，不抗日就会沦为民族的千古罪人。共产党对他这样的人能不念旧恶，从宽释放，促使他下决心放弃内战，与共产党携手抗日。所以，当他接到高敬亭的信后，便以积极的态度来寻求和高敬亭进行停止内战、共同抗日的谈判。

7月28日，鄂豫皖边区国共双方经过数轮谈判，在岳西县九河签订了停战协议书，从而使中国共产党抗日民族统一战线纲领在鄂豫皖边区得以实现，成为南方八省中最早实现区域性国共合作抗日的地区。

二、谨慎定决策，勇赴“鸿门宴”

1937年8月上旬，红二十八军政委高敬亭发布抗日命令：“当此国难日亟、民族危亡之际，凡本部同仁愿意抗日者，一律到黄安县七里坪集中。”

停战协议签订之后，高敬亭在岳西县鹞落坪召开红二十八军和皖鄂边区特委干部会议，再次宣传党的抗日民族统一战线纲领，传达岳西停战谈判新达成的协议，着重研究向七里坪集中问题。高敬亭告诫全体同志，虽然停战协议签了字，但要提高警惕，严防国民党内的极端分子利用停战后的和平心理，搞突然袭击。为确保部队安全，会议重新确定了从皖西到七里坪的行军路线。会议还决定派人分赴各地，向红二十八军所属部队地方武装和便衣队宣传国共合作、共同抗日，通知他们到七里坪一带集中。8月上旬，高敬亭和皖西特委书记何耀榜率领红二十八军手枪团和二、三分队及潜太游击队，从岳西县鹞落坪出发，经罗田县北部的东界岭，麻城县乘马岗，经扶县（今河南新县）箭厂河、闵家山、高山岗、卡房等地，前往黄安县七里坪，没有按照国民党鄂豫皖边区督办公署规定的路线行进。事前，高敬亭还派出侦察人员了解情况，并命令部队分散行军，备足干粮，途中尽量不做饭、不耽误时间，以防被袭。

进驻七里坪之时，国民党武汉行营派极端反动的专员程汝怀在七里坪设“鸿门宴”，明里邀请何耀榜及随员赴宴，暗中却在七里坪及附近大量构筑工事，企图以其优势兵力，先逮捕何耀榜，再围歼到达七里坪附近的红军。地下党的同志及时送来情报，高敬亭和何耀榜等人分析：如果去赴宴，很可能遭毒手；如果不去，对方则可以借口红军放弃七里坪，撕毁原定协议。面对这一情况，红军采取积极对策：高敬亭指挥部队在外面做接应，何耀榜带领挑选出来的红军战士组成警卫队，前去“赴宴”。由于警卫队机智地控制了宴会厅，使对方慑于自身安危而未敢施以毒手，从而避免了一场可能发生的破坏停战协议的流血事件。程汝怀的阴谋失败后，国民党武汉行营致函红军，表示遵守停战协议，欢迎红军进驻七里坪。不久国民党一〇三师所部撤出，高敬亭率部进驻七里坪。

三、进驻七里坪，改为四支队

1937 年 9 月 9 日，高敬亭、何耀榜到七里坪后致信中共中央，报告了鄂豫皖边区三年游击战争及同国民党谈判的经过和结果。接到报告后，毛泽东于 9 月 15 日致电林伯渠，作出对红二十八军的指示。9 月中旬，郑位三、肖望东、张体学、程启文等受中共中央派遣来到七里坪。行前，毛泽东专门接见他们，作了重要指示，并对鄂豫皖边区党和红军胜利坚持三年游击战争给予高度评价。红二十八军和地方武装、便衣队集结后，由郑位三、肖望东等负责，在七里坪附近的秦家祠堂举办了干部培训班，学习毛泽东的《中国共产党在抗日时期的任务》《为争取千百万群众进入抗日民族统一战线而斗争》等文章和中共中央文件。

1937 年 12 月 25 日，根据国共两党达成的协议，国民革命军新编第四军军部在湖北汉口成立，叶挺任军长，项英任副军长，张云逸任参谋长，袁国平任政治部主任，周子昆任副参谋长，邓子恢任政治部副主任。全军辖 4 个支队和 1 个特务营，共 10000 余人。

在南方八省红军和游击队整编会议上，周恩来代表中共中央宣布活动在鄂豫皖边的红二十八军和鄂豫边红军游击队改编为新四军第四支队。1938 年 2 月中旬，新四军第四支队改编完成，高敬亭任司令员，肖望东任政治部主任，下辖 4 个团、3100 余人。

四、东进上战场，打响第一枪

1938 年 3 月 8 日，新四军第四支队召开东进誓师会，随即分别从七里坪和信阳县邢集出发，成为首批奔赴皖中、皖东抗日前线的新第四军部队。新四军第四支队东进抗日时，分别在七里坪和竹沟设立了留守处，这两处成为豫鄂边区抗战的战略支撑点。

1938 年 3 月下旬，高敬亭率领的新四军第四支队主力和由豫南人民抗日独立团改编的第四支队八团在皖西流波礶（今金寨县境内）会师。根据中共中央长江局的指示，成立了新四军第四支队军政委员会，高敬亭任主席，戴季英任副主席，林维先、吴先元、胡继亭为委员。随后，部队继续东进，于 4 月初抵达皖中地区。

1938年5月，日本侵略军继攻占南京并进行惨绝人寰的南京大屠杀之后，兵分两路向西猖狂进犯。日军侵略淮南后，疯狂掠夺当地的煤矿资源，残酷地榨取矿工的血汗，数以万计的工人惨死在日本侵略者的魔掌下。1938年5月12日，新四军第四支队先遣队在巢湖以南蒋家口西岸，出其不意地伏击日军巢县守备队，当场击毁两艘日军汽艇，毙、伤敌46人，缴枪11支，残敌狼狈逃窜。蒋家口战斗打响了新四军在华中敌后抗战的第一枪。这场战斗首战告捷，有力打击了日本侵略者的嚣张气焰，增强了华中军民的抗战信心。蒋介石于5月16日发出致新四军的表彰电："贵军四支队蒋家口出奇挫敌，殊堪嘉慰。"

1938年5月至10月，首先进抵华中抗日前线的新四军第四支队大力开展敌后抗日游击战争，英勇顽强地打击日军，配合正面战场的"武汉会战"，连续展开28场战斗，连战连捷，毙、伤敌940余人，俘虏日军8人，击毁敌军军车156辆，为打开江北抗战局面和创建皖、中皖东抗日根据地奠定了基础。

五、伏击棋盘岭，打个大胜仗

安合公路是日军进攻武汉的重要通道，公路上每日都有几十辆到上百辆日本军车通过。1938年9月2日，高敬亭根据侦察员的报告，了解到敌人对于安合公路天然要隘棋盘岭的警戒有些忽视。高敬亭抓住战机，果断命令新四军第四支队特务营配合七团三营，立即从驻地出发，到棋盘岭设伏。受命部队于3日拂晓前到达伏击地域，对伏击地域两端的范家岗和新安渡各派出一个排担任警戒，其余部队按照主攻、预备队分工，各占据有利地形设伏。

上午9点左右，由80多辆汽车组成的敌人车队逐渐驶近。当敌人前面两辆汽车来到棋盘岭隘口时，埋伏的便衣班一跃而起立即将其炸毁，第三辆车接着被集束手榴弹炸翻，车上10名日本兵被全部击毙。这时，敌人的车队全部进入了四支队的伏击圈，停在公路上有10里路长，敌人正在迟疑，伏击部队迅猛出击，车上200多名押车的日本兵纷纷跳车，四散逃跑：一部分被伏击部队的火力杀伤，一部分至棠梨山负隅顽抗。四支队用汽油烧毁了20多辆汽车，又用手榴弹炸毁了20多辆车，战斗持续了半个多小时。棋盘岭伏击战，新四军第四支队共击毙敌人70余人，毁坏军车50余辆，缴获大量枪弹和军用物资。

棋盘岭战斗后，高敬亭指挥部队先后攻克庐江、无为县城及肥西的刘家老圍子，肃清了皖中的国民党散兵游勇和一大批土匪，开辟了皖中抗日根据地。为了巩固根据地，高敬亭派出大批干部到地方上去做群众工作，四支队很快发展到8000多人，成为新四军的主力部队。据不完全统计，高敬亭从东进下山至1939年6月罹难的一年零四个月里，指挥所部先后同日伪军战斗90余次。其中，同敌千人以上集团作战4次，阻击80至500辆汽车的车队6次，毙、伤敌2300余人，俘敌400余人，消灭反动武装和土匪3700余人，缴获长短枪1400余支、轻机枪17挺、军马20匹，击毁汽车156辆、汽艇2艘，给日伪军以沉重打击，给人民群众以极大鼓舞。

六、花开两朵并蒂红，兵分两路建功勋

1939年5月，新四军军长叶挺、政治部主任邓子恢等相继从皖南来庐江，于江北四支队驻地严家松园组建国民革命军新编第四军江北指挥部，张云逸任指挥，徐海东、罗炳辉任副指挥，赖传珠任参谋长，邓子恢任政治部主任。

1939年7月，新四军第四支队分编为两个支队。原红二十八军军长徐海东任新四军江北指挥部副指挥兼第四支队司令员，戴季英任政委，下辖第八、第九、第十四团，开辟了以定远藕塘为中心的津浦路西抗日根据地；第五支队司令员罗炳辉，政委郭述申，下辖第八、第十、第十五团，开辟了以来安半塔为中心的津浦路东抗日根据地。

1939年12月21日至23日，新四军第四支队在徐海东指挥下于周家岗等地同日伪军激战，毙、伤敌160多人，收复大片失地。

1940年3月4日至12日，新四军第四、第五支队在定远自卫反击战中，歼俘顽军3000余人，并乘胜攻克定远城。1941年1月25日，新四军第四、第五支队改编为新四军第二师，开创了淮南抗日民主根据地，坚持到抗战胜利。解放战争时期，他们先后编入华东野战军、第三野战军序列，在莱芜战役、孟良崮战役、济南战役、淮海战役、渡江战役、解放南京和上海等一系列重要战斗中功勋卓著。

（作者：胡遵远，原载《文史月刊》2020年第9期）

简述安徽省动委会

安徽省民众总动员委员会（简称安徽省动委会），是全民族抗战初期国共两党在安徽地区进行合作抗日的一种统一战线形式，是以共产党员和进步力量为主体的、抗日爱国的各党派、各人民团体和社会贤达的广泛联合，是安徽省动员民众抗日的指导机关。它虽然存在的时间不长，但在安徽抗战史上写下了浓墨重彩的一笔。

说到安徽省动委会的建立，自然要说到安徽籍国民党著名左派人士朱蕴山，正是他的大力推动才使安徽省动委会建立起来。1937 年 7 月全民族抗战爆发后，朱蕴山积极投入到抗日救亡活动中。他辗转到南京，找到中共办事处，见到董必武、叶剑英。他们赞成朱蕴山回到安徽发动群众开展抗日救国工作的想法。次年 2 月，朱蕴山向第五战区司令长官兼安徽省主席李宗仁建议成立民众总动员委员会，集中人力、物力、财力，以制胜于疆场。李宗仁接受这个建议，并请朱蕴山参与筹建。

1938 年 2 月 23 日，安徽省民众总动员委员会在六安正式宣告成立。国民政府安徽省政府代主席张义纯兼任主任委员，主持日常工作的章乃器、朱蕴山、光明甫、沈子修、常恒芳等，都是进步人士和社会贤达。中共党员周新民、张劲夫等也在其中任重要职务。中共安徽省工委在动委会中成立秘密支部。

当时长江以南在军事上划归第三战区指挥，为了指导皖南的动员工作，1938 年 5 月 5 日，安徽省动委会在屯溪成立了皖南办事处。

1938 年 9 月底，廖磊接任安徽省政府主席并兼省动委会主任委员。廖磊对省动委会工作极为重视和支持，省动委会机构也得到进一步健全。特别是在 1939 年 1 月，动委会增设了战时文化事业委员会和妇女工作委员会，并将经过训练的青年大批充实到各级工作团中。在工作团的推动下，各县动委会相继建立起来，有条件的区、乡镇也成立了分会。据不完全统计，到 1939 年 7 月，全省有 124 个区动委会和 798 个乡镇分会。

但是，好景不长。1939 年 1 月，国民党召开五届五中全会，确定“溶共”

“防共”“限共”方针，桂系在安徽也逐渐转向反共。廖磊加强对省动委会的组织领导，采取多种措施对动委会加紧控制，排挤共产党员及进步人士，将动员工作的重点引向帮助桂系健全基层行政机构。随后，开始排挤章乃器、朱蕴山、周新民等进步人士，调其亲信主持动委会各部室工作，使民众动员工作受到诸多限制。

1939 年 10 月 23 日，廖磊因病去世。10 月 31 日，第五战区副司令长官李品仙继任安徽省政府主席。抵皖后，他极力推行反共政策，将矛头指向安徽省动委会和工作团，下令改组省动委会。

李品仙的所作所为引起了安徽省动委会和全省动工人员的强烈不满。为了避免损失，中共中央中原局和鄂豫皖边区党委发出通知，要求动委会、工作团中的中共党员和广大工作团员拒绝“受训”，迅速撤离。

省动委会改组后，李品仙兼任省动委会主任委员，再由他聘请 25 名设计委员，负责“策划动员业务之一切事宜”。由于广大动工人员的抵制，虽然李品仙在 1940 年 2 月又密电各地工作团员全部按期到立煌（今金寨县）去“受训”，并在报上公开威胁“如再逾期，决不收容”，但结果愿意去“受训”者不足千人。

李品仙的倒行逆施，遭到许多进步人士的抵制。广西学生军第二中队易凤英等 40 人联名致电李宗仁、白崇禧，宣布脱离桂系。随后，张百川、朱鸿祥等各级动委会工作人员 2500 余人通电李宗仁、白崇禧，历数李品仙的“一切倒行逆施”，宣告脱离桂系。其余各县动委会指导员及工作团团长也发表了联合宣言，严正宣告退出安徽省动委会。至此，安徽省动委会已名存实亡。1942 年 7 月，国民党国防最高委员会和行政院明令裁撤各省、市、县动委会。至此，安徽省动委会结束工作。

4 年多的时间里，安徽省动委会及其工作团开展了多项抗日民众动员活动，中共安徽省工委也利用省动委会，“开辟了大别山区八年抗战中最生动活泼的政治局面”。

一是及时把大批进步青年汇集到抗日民族统一战线的旗帜之下。南京沦陷前后，大批沦陷区的青年纷纷流亡内地，加上安徽本省各县流亡青年，大批云集到皖西大别山区。在此前后，还有一批从陕北公学、延安抗大毕业的学生，也被派到大别山区开展抗日救亡工作。

李宗仁到六安就职时，就下令安徽省政府收容安徽省和苏、鲁等省流亡青年 1000 多人，在六安北大营举办乡镇人员训练班，准备结业后分配到乡镇工作。省动委会成立后不久，恰逢乡镇人员训练班结业，于是经省政府同意，由省动委会组织部出面，将这批学员及潢川青年军团和外地流亡学生组织到工作团内，经过短期培训编组后分配到安徽省内长江以北各县专门从事民众动员工作。

据安徽省动委会1939年5月统计，“省动委会直属工作团编组到43个，委托工作团达30个，县属团正式呈报者34个。直属团以20人为定额，委托及县属团平均亦每团约20人，合计约为2400余人之数”。省动委会还在立煌、麻埠举办4期干部短训班和妇女训练班，培养青年和妇女干部。此外，全省先后建立起各级各类抗敌协会，这些抗敌协会的成员主要由青年组成。

安徽省动委会以工作团为基本力量，把青年和民众组织到各类抗敌协会中，深入开展抗日救亡工作，团结和培养了大批进步青年，使他们汇集到抗日民族统一战线的旗帜下，其中的大部分人最终走上了革命的道路。

二是积极开展轰轰烈烈的抗日救亡运动。安徽省动委会各级工作团和救亡团体到全省各地后，开展了灵活多样的抗日宣传活动。如举办训练班、召开座谈会、创办报纸刊物、开书店、写标语、演戏、教唱抗日歌曲，等等。

1938年，安徽省动委会领导各县分会举办了“民众总动员宣传周”“肃清汉奸宣传周”“防空宣传周”“雪耻宣传周”“兵役宣传周”。3月中旬，省动委会成立伊始，就在六安举办了“动员工作扩大宣传周”。3月14日在六安公共体育场召开市民大会，省动委会主要负责人张义纯、章乃器等人参加了大会。章乃器和在六安的救亡团体联合会代表、民众代表均发表演说。广西学生军，皖西工作队、六安少年宣传团等团体合唱《救亡进行曲》《义勇军进行曲》《大刀进行曲》等抗日歌曲。参加大会的人员多达万人。在合肥地区的直属第二十三工作团，在石塘举办漫画展5天，参观者超过千人。

工作团还经常抓住节日前后的时机搞突击宣传，取得很好的效果。当时，进步作家臧克家和姚雪垠以第五战区战地记者身份在阜阳动员刊物《淮流》上发表了不少抗日诗文。孟波率领的音乐界救亡团体一行几十人，也在皖西活动过一段时间。省动委会还专门编印了64开的宣传手册。省动委会创办了机关刊物《动员月刊》，并在《大别山日报》开辟《全民动员》副刊，在《皖报》开辟《动员周刊》副刊，经常交流各地动员工作的经验，以推动各地动员工作。

各级动委会、工作团还在各地成立各种类型的抗敌协会，把各阶层的民众动员和组织起来。据安徽省动委会1939年10月统计，全省江北地区所组织的各级各类民众抗敌协会总计有2884个，会员人数总计为40.6万人。另据中共皖南特委给中共中央的报告，皖南事变前皖南地区各类抗日群众团体会员达25万人。

三是扎实开展民主民生斗争。安徽省动委会及其工作团在各地民众动员工作中开展了民主民生斗争。章乃器于1938年3月8日被国民政府行政院任命为安徽省财政厅厅长后，建议在全省开展铲除贪污浪费运动，惩办贪官污吏。李宗仁采纳了此建议，以省主席兼保安司令的名义，宣布对贪污浪费严重和克扣税款公款的人员，一律按军纪惩处，使被各县截留的税款得以及时上缴。

第二十九工作团乘势查清了霍山县诸佛庵保长能海庵、石家河保长秦仲恒、黑石渡保长熊义元敲诈勒索、贪污税款的罪证，敦促县政府逮捕了其中2人，撤职查办1人，群众拍手称快。

（作者：胡遵远，原载《安徽党史上的重要事件》，中共党史出版社2021年版。）

刘邓大军何以赢得民心

——瓷茶壶“诉说”鱼水情

安徽省金寨县革命博物馆收藏着一件珍贵的革命文物——刘邓大军千里挺进大别山期间，邓小平在金寨县使用过的一把瓷茶壶。这把瓷茶壶与几十年前农村群众家里使用过的瓷茶壶没有多大区别。但是，它的特殊之处在于：它见证了刘邓大军千里挺进大别山的英雄壮举，而且铭刻着刘邓大军心系群众、一心为民的鱼水深情，仿佛一直在那娓娓地向人们诉说着刘邓大军在大别山区取信于民、赢得民心的动人故事。

1947 年 8 月 7 日，刘伯承、邓小平遵照党中央和毛泽东关于把战争引向国民党统治区的指示，率领晋冀鲁豫野战军（刘邓大军）主力突然甩开敌军，分兵三路，向南疾驰，开始了千里跃进大别山的英雄壮举。

从开始进军大别山，到在大别山立足以至建立根据地，刘邓大军面临着极其艰难的环境和非常棘手的问题。刘邓大军的前身是红四方面军，大别山是红四方面军的发源地和根据地。多年的战争，特别是国民党的黑暗统治，已经把大别山搞得贫困不堪，加之历史上我们的部队曾经四出大别山（红四方面军西征、红二十五军长征、红二十八军东进、人民解放军中原突围），因而，人们对刘邓大军能否站住脚、立住根持怀疑态度。因此，刘邓大军刚进入大别山时，老百姓不敢接近，怕国民党报复。

针对这些实际困难和问题，邓小平在向中央军委的报告中提出两点。一是多打胜仗，“如果我们不在半年内歼灭十个旅以上的敌人，就无法使群众相信我们不会再走而敢于起来斗争”①，这一点通过十万将士的拼死奋斗，很快就做到了。二是严守群众纪律，这“是树立良好形象，使群众敢于接近的先决条件”②。为了落实这一条，部队“约法三章”：枪打老百姓者，枪毙；掠夺民财者，枪毙；

① 《邓小平文选》第一卷，人民出版社 1994 年版，第 95 页。

② 《邓小平文选》第一卷，人民出版社 1994 年版，第 95 页。

强奸妇女者，枪毙。邓小平还亲自部署成立执法小组，严厉惩处违反纪律者。

下面是几个至今仍然广为流传的小故事。

一、含泪枪毙赵连长

当时影响最大的一件事，就是邓小平直接下令枪毙一个违纪的老八路。这个老八路名叫赵桂良，是野战军总部警卫团三连的副连长。一天，他到一个镇上买东西。见店里没人，无人收钱，他就拿了一匹花布、一捆粉条、一刀白纸和几支毛笔回连队了。据直接调查此事的总部保卫科科长张立轩向邓小平报告，赵桂良拿的东西没有一件是给他自己的：他拿花布是为了给连里最小的战士牛原平做棉衣；拿的纸和笔是给连里出黑板报用的；拿粉条是为了给喜欢吃炖粉条的一位首长改善生活……邓小平听后，长叹一声："我们有过规定：掠夺民财者，枪毙！问题既然已经发生了，只好从我们身边开刀了，张立轩同志，通知部队，下午召开公审大会，另外派一部分同志上山，动员群众下山参加。"

刘伯承也知道，这是一个很不错的副连长，懂得关心战士，打摆子还替战士站岗，打起仗来特别勇敢。刘伯承嘱咐张立轩："你对他讲，对他的处决，我和邓政委都很沉痛。希望他能理解，老百姓不是命里注定要跟我们走的，如果我们的纪律搞不好，老百姓为什么不可以跟别人走呢？"

这天下午，公审大会举行。会场的一侧坐着部队，整齐肃穆；会场的另一侧坐着群众，寂静无声。晋冀鲁豫野战军组织部部长陈鹤桥宣布公审大会开始。参谋长李达宣读了对赵桂良处决的命令，他沉痛的语气更增添了大会的沉重气氛。跑到山里躲避大军、刚刚赶回来参加大会的店铺老板跑到会场台前，拍着台板大哭："早知道大军的纪律这么严，说什么我也不往山上跑。如果家里有人，也不会发生这事呀！请刀下留情，刀下留情啊！"野战军政治部副主任张际春的手被颤巍巍跑上台的一位老妈妈拉住："首长啊！我也闹过红，当过交通。我知道红军的纪律。可……可拿了几把子粉条和几丈花布也算不了啥，你们千万、千万莫枪毙他呀！我求你啦，首长！"老妈妈"扑通"一声跪在台上。张际春连忙扶起老妈妈，掏出手巾替老人擦泪。

面对群众赤诚而悲烈的情绪，面对眼前慈母般的红军亲属的一再哀求，被人们称为"政委妈妈"的张际春再也无法自制，再一次去请示刘伯承和邓小平。邓小平说："那位老妈妈的话是肺腑之言，大家理解，我也理解。但我这样想，我们终究不能'叶公好龙'啊！事情虽小，但军纪如山哪！一个没有纪律的军队是打不了胜仗的。特别是在目前的情况下，我军的纪律更应该是铁是钢，而不能是豆腐渣，不能够一碰就碎！所以，我的意见，还是要……坚决执行纪律！"

他握起刘伯承的手，再次征求这个老搭档的意见，他发现刘伯承的手冷得像冰……只见刘伯承默默地点点头，潸然泪下。

公判场上的枪声响了！邓小平使劲地控制住自己的泪水，说：“如果赵桂良同志的死能够唤起、激发十万大军的斗志，有利于我们建立起巩固的大别山根据地，那么他会安息的。还要通知地方政府，按烈士军属待遇照顾他的家庭。赵桂良同志犯了错误，我们没有教育好，对不起生他养他盼望他回家的老妈妈……”警卫团三连的官兵们捐出自己为数不多的积蓄，买了口厚棺材，安葬了他们的副连长。

二、派人送回两“光洋”

刘伯承、邓小平在亲自抓纪律、搞整顿的同时，还处处以身作则，带头执行自己制定的群众纪律。1947 年 10 月 21 日，部队来到湖北浠县三角山的半山腰，休息时，警卫员康理找了个向阳背风的地方，铺上干草，扶刘伯承坐下。刘伯承突然听见自己的衣襟里发出“叮叮当当”的金属碰撞声。仔细一摸，有两块银圆被缝在他前襟的补丁里。刘伯承撕开补丁：“我刘伯承真是老眼昏花喽。这一定是房东大娘给补进去的。糟糕糟糕!”

警卫员康理也想起来了。之前刘伯承住在山脚下张家榜的一户老乡家里。早上，刘伯承正在伏案研究地图，房东老大爷泡了一壶茶端上来，谁知水装得太满，不小心洒在了地图上。房东见闯了祸，慌忙用袖子擦地图，结果又把茶壶碰到地上摔碎了。“不要紧，不要紧。这叫岁岁（碎碎）平安嘛。”刘伯承一边弯腰收拾茶壶碎片，一边说着吉利话。又掏出两块银圆说：“你是为照顾我们摔碎了自家的东西，应该由我们赔偿。”房东说什么也不肯收。刘伯承就把钱塞进他的衣袋里。“损坏东西要赔偿，这是我们的纪律。你要是不收下，我心里会不安的。”房东没了主意，赶忙回屋去找老伴商量。康理在院子里听见房东大娘骂她老头：“你真是越老越糊涂了！东西是你自己摔坏的，能让人家赔吗？再说，还收人家两块银圆，你那把破壶能值那么多钱吗?”过了一会儿，房东大娘又端上两碗茶水，递给刘伯承。她发现刘伯承的衣襟上破了个大口子，叹道：“你们这些当兵打仗的人哪，就像薛平贵，衣裳破了都没人缝补。快脱下来，我帮你补补。”刘伯承难却大娘的好意，就把军装脱下来交给了大娘，没想却让她“移花接木”了。

刘伯承掂着两块亮光闪闪的银圆说：“这倒成了难题了。钱是一定要还的，可是已经上了半山。我再回去，你们肯定不同意。那么，只好麻烦哪位辛苦一趟了。”警卫员们都争着要去。于是，刘伯承就选了一个身强体壮的，把银圆放在他的手中，“那就请你代劳了。记住，务必送到!”直到送银圆的同志回来报告说银圆已经送到了老大娘手中，刘伯承才放下心来。

三、坚决找回那头牛

一天晚上，邓小平和李达在金寨沙河下楼房与漆店区委书记江川一起研究土地改革问题。一位姓漆的老人跑来告状，说他家的耕牛被解放军牵走了。房东吴大娘说：“你胡讲什么，这里住的是人民军队，就是当年的红军，他们怎么会牵你的耕牛呢?”这时，邓小平刚好从屋里出来，问吴大娘发生了什么事。吴大娘就向邓小平说了漆老头找耕牛的事。邓小平便详细地询问了他丢失耕牛的情况，并且说：“真是解放军牵了你的牛，他一定会还给你的。”邓小平心想，这肯定是一场误会。于是，就叫江川和区武装工作队好好查查，要坚决找回大爷的耕牛。

第二天中午，江川报告说，前天夜晚，二纵十三团在黑河村和抢劫老百姓财物的土匪打了一仗，耕牛是土匪抢去又被十三团的同志们抢回来的，因为当时不知道耕牛是谁家的，所以就放在十三团养着，他们准备开个群众会，让群众来认领。邓小平听了，高兴地说：“十三团考虑得很好，要让他们在群众会上好好地宣传一下人民军队的三大纪律、八项注意，欢迎人民群众监督人民军队。”

第三天早上，漆老头提了一篮糍粑和一袋红芋来见邓小平，连声说：“我是来请罪的，你们军队这么关心老百姓，我却冤枉说你们军队牵了我的牛……”邓小平说：“一点误会，没有关系，你丢了耕牛向我们报告，说明你老人家相信我们。”漆老头一定要邓小平收下糍粑、红芋。邓小平说：“我们有三大纪律、八项注意的，请你老人家理解我们。”漆老头说：“你要是不收，就是看不起我们穷人，你们不是说军民一家吗?”邓小平看一时难以说服他，又见他满脸惭愧之情，便说：“我们可以收下你的东西，但必须付钱。”他叫警卫员拿一块银圆给漆老头。漆老头说：“长官，你吓死我了！这点东西最多值几十文钱，你却给我这么多钱，我怎么也不能收啊!”邓小平说：“军民一家，就算是我们互赠礼物吧。”

四、坚决不收那筐蛋

1947 年秋，刘邓大军前线指挥部驻扎在金寨沙河下楼房。住在隔壁的房东吴大娘见邓小平天天和大家一样吃着稀饭和青菜，心里很是过意不去，于是，便把准备留给女儿“坐月子”吃的一篮鸡蛋煮熟，叫警卫员拿去给邓小平吃。

邓小平说：“这怎么行?”说罢，便叫警卫员送一块银圆给吴大娘。吴大娘生气地说：“我要是急着用钱的话，鸡蛋不早就卖了?”她坚决不收。

邓小平说：“那就把鸡蛋再送给吴大娘。”吴大娘更生气了！她对警卫员说：“跟你们首长说，我儿子也是红军，你们住在这里，就是住在自己家里，难道吃几个鸡蛋还要给钱吗?你把鸡蛋拿回去，哪个首长说不要，就叫他自己给我送来，我跟他说说理!”警卫员只得把鸡蛋又拿了回来。

邓小平提着那篮鸡蛋来到吴大娘房里，对吴大娘说：“大娘，你关心我们，我们领情了。但是，革命军人吃老百姓的东西是要给钱的，这是纪律。听说你儿子也是红军，他吃了老百姓的东西也一样要付钱呀!”

吴大娘说：“你们的政策我懂，但是，这和别人家的东西不一样。你们住在红军家里，吃自家的东西，不算违反纪律!”说着，硬是把鸡蛋提到邓小平的房里，转身就走。

这时刘伯承刚好进来了，听邓小平说了吴大娘送鸡蛋不收钱的事，也很为难，他想了想，说：“还是老办法，我们临走时，把钱留在她家神台上!”

邓小平说：“好!”

五、老乡舍身救亲人

刘邓大军一到驻地便忙着为群众挑水、扫地，连邓小平等首长也不例外。战斗间歇期间，指战员们还要帮群众抢收抢种。张家店战斗枪声刚停，战士们便急忙冲上街头为民房灭火。部队每解放一地，就打开敌人的粮仓，将粮食分给贫困、缺粮的群众。

军爱民，民拥军。广大指战员以自己的实际行动，赢得了群众的信任和爱戴。具有拥军传统的大别山人民虽然生活十分艰苦，但是仍然尽最大的努力支援部队，有的群众宁肯自己饿肚子，也要把仅有的一把米拿出来送给部队。部队行军作战需要穿鞋，许多老百姓就把自己的衣服剪掉做鞋子。

战时，群众还热情地为部队运粮食、抬担架、送伤员。部队流动性大，许多群众便冒着风险将伤员接回家里养伤。三纵副司令员郑国仲负伤后就隐蔽在群众家里。虽然老百姓生活很苦，却四处搜求鸡蛋、大米为他增加营养。在群众严密保护和精心调养下，郑国仲很快痊愈，重返前线。群众还主动地为部队传送情报，为部队充当“千里眼”“顺风耳”。

曾任金寨县委书记的张延积，写下了他亲身经历的一件事情。有一天，敌四十八师“清剿”一区，张延积正在某村做工作。敌军突然包围了村庄，他突围不成，只好藏在一个老乡家。敌人到处搜索，最后找到了这家，百般威逼拷打，要老乡说出张延积藏在哪里，结果不但大人不说，就连两个不满 10 岁的孩子也始终不肯吐出一个字来。敌人无奈，气恼之下用火烧了这位老乡的房子。事后，张延积要给老乡盖几间新房，老乡坚决不让盖，他说只要把蒋介石打垮了，就不愁住不上好房子。

当年到地方担任区长的肖明回忆说，有一天他到村里去布置工作，被敌人盯上了。他一时无法脱身，就跑到殷鹏庙湾，一个叫肖本银的汉子把他藏在家里。刚藏好，尾随追来的敌人就进了村。肖本银的妻子为把敌人引开，不顾自己 5 个月的身孕，扭头就往山上跑，她在山上跟敌人兜了一天的圈子。最终，肖明脱险了，她却流产了。

当时任麻城东木区副书记兼武装工作队队长的赵金良回忆说，有一天他正在乡下布置“土改”工作，敌人突然进村了。为了掩护同志们转移，他拔腿就朝村外跑。赵金良一口气跑到李家湾，敌人跟着也进了村。赵金良就越墙、跳房，跑了半个村子也没找到合适的藏身之处。一会儿，敌人堵住了所有出村的路口。赵金良忽然看到一家农民的门口贴着大红喜字，于是他就抬腿闯了进去。房子中间坐着一圈人，正举杯为新郎官祝酒。满屋子人大眼瞪小眼，惊呆了！赵金良说：“打扰了！”三两步跨进洞房。洞房里新娘一个人坐在床上，见慌慌张张地进来一个陌生人，又羞又怕，浑身哆嗦。赵金良明言快语，亮明自己的身份，说实在无奈才来此避难，叫她不要怕，敌人如进房搜索，就说新郎不胜酒力、在床休息。赵金良刚刚钻进新人的被窝，敌人就闯进了外屋，问：“刚才有个人跑到你们家里来了吗?”老百姓七嘴八舌：“没有哇。老总辛苦了，喝杯喜酒暖暖身子。”“老总，赶上了，让弟兄们来喝一盅吧。”“喜酒，大吉大利……”门帘被挑开，敌人凶狠地问新娘：“床上睡的是什么人?”新娘从容地答道：“我男人，酒喝多了，睡着了。”看着新娘那神态悠然的样子，敌人信以为真，退去了。赵金良永远记得那家男主人姓詹，新娘姓胡。他说：“大别山的乡亲们一次又一次给了我生命，我没齿不忘!”

（作者：胡遵远，原载《安徽文学》庆祝中国共产党成立 100 周年特刊）

英雄大别山　杏林百花艳

在长期的革命斗争中，英雄的大别山人民用鲜血和生命谱写了一曲曲惊天地、泣鬼神的壮丽凯歌，创造了“28 年红旗不倒”的英雄奇迹；在这块红色的热土上，曾经建立过许多红军医院，培养了成千上万的杏林人才。

曾经被毛泽东称赞为我党我军的好党员、好干部的“三让将军”（让职务、让级别、让军衔）徐立清，就是六安金寨人，他在长征途中曾担任红四方面军总医院政治部主任、红四方面军总卫生部政治部主任。1936 年 10 月下旬，红西路军 2 万余人西渡黄河，开始了更加悲壮、更加艰险的“西征”。面对任务多变、缺衣少食、敌众我寡、损失惨重的严峻形势，徐立清带领西路军总卫生部机关和医院的同志们，在零下二三十摄氏度的寒夜里，一边突围、一边救护收容伤病员。在几个月的雪地行军中，他们渴了吃雪、饿了还是吃雪。但是，无论情况多么困难、形势多么危险，徐立清他们总是想方设法地照顾和抢救伤病员。没有消毒药水，他们就用盐水雪水；没有医用纱布，他们就撕开自己的衣服为伤病员包扎，尽心尽力地护理伤员。

开国少将丁世方，也是六安金寨人，他曾担任红四方面军中医院院长、海军后勤部卫生部部长、原总后勤部卫生部部长等职，他还亲手创办了海军第二医科大学。在万里长征中，他吃尽了苦头、立下了汗马功劳。为了及时有效地做好医务保障工作，他一方面教育改造俘虏过来的国民党医生，一方面团结地方上的老中医举办训练班，带领大家采集、自制中草药，使大批伤病员得到有效治疗、恢复健康、重返战场，受到了方面军总部的表扬。

特别值得一提的是，在大别山区还有很多英雄的群体、革命的团队。比如，红二十五军的“七仙女”。说是“七仙女”，其实就是红二十五军医院的 7 名女医务人员。她们的革命意志坚定、革命热情高涨，在红二十五军开始长征、准备将她们就地安置时，她们坚决要求跟着党、跟着红军队伍，她们说：“我们活着要做红军的人，死了要做红军的魂！”在长征途中，她们发挥了比男同志更为重要的作用，除了行军打仗之外，还要肩负救治伤员和开展政治宣传两项重要的任务。特别是在救治伤员过程中，她们克服种种困难，作出了突出贡献。比如，“七仙女”之一的周东屏，先后两次从死神手中把红二十五军军长徐海东救了回来。

在三年游击战争期间，在豫皖交界的金刚台上，还涌现出一支英雄的“娘子军”，她们的名字叫“金刚台妇女排”。她们之前大多也是红军医院的女医务人员。她们在极其苦难的条件下，坚持游击战，与数倍于我的敌人进行周旋。她们作风硬、纪律严，留下了许多感人的故事。

王明玉是一名红军女护士，也是金刚台妇女排的一员。一年冬天，她不幸落入敌人的魔掌。敌人看她背着药箱，就知道她是一名红军医生，便严刑拷打她，逼着她说出伤病员的下落。但是，她却咬紧牙关，什么也不说。敌人将王明玉推倒在雪地里，用皮鞭狠狠地抽打，王明玉身上单薄的破衣服，一会儿就被打成了一条条的碎片，鲜血随着敌人的鞭子落在雪地上，染红了一大片。

眼看硬的不行，敌人又用糖衣炮弹诱惑她。但是无论怎样，王明玉始终不为所动。残忍的敌人叫嚣着要将她活埋。王明玉仍然是毫不畏惧、毅然决然地理了理凌乱的头发、扯了扯被打得稀烂的衣服，高喊着：“共产党万岁！”“红军万岁！”然后昂首阔步、纵身跳进坑里……为了革命，为了人民，为了战友，王明玉献出了年仅 19 岁的生命。

（作者：胡遵远，原载《皖西日报》2021 年 10 月 21 日）

第二部分

血染风采

笔架山下播火种

詹谷堂，1883 年出生在金寨县南溪镇葛藤山脚下的一个小山村。由于家境贫寒，直到 14 岁时才开始读书。1914 年秋，他应聘到河南省固始县志成小学任教。1921 年，与另一位教员曾静华倡议成立“读书会”。1924 年，他经无产阶级革命文学的先驱蒋光慈介绍加入中国共产党，而后，他领导创建了安徽省金寨县第一个党支部，成为皖西地区第一个党支部的创始人、豫东南革命根据地和红三十二师的主要创始人之一。他带领人民群众与敌人英勇斗争的英雄事迹，在皖西地区广为传颂。

一、深入农校搞发动

1924 年秋，詹谷堂以教书和讲学作掩护，在志成小学发展本校教师曾静华等人入党。詹谷堂认为党组织首先应该在知识分子中发展党员。于是，他决定把党组织发展工作的重点放在家乡的笔架山农校。为此，他常以讲学和看望在笔架山农校教书的弟弟为名，将传播马列主义和新文化运动的进步书刊带给笔架山农校的罗志刚、李梯云等进步师生，准备在条件成熟时，到该校建立党组织。正当詹谷堂和曾静华等认为时机成熟之际，笔架山农校郑校董向他们发出了讲学的邀请函，他们心中暗喜，欣然接受。

1924 年 10 月初的一天，他俩到达笔架山农校，见过郑校董。寒暄之后，学校让詹谷堂的弟弟詹甫堂陪同，安排上课和吃住。晚饭后，詹谷堂和曾静华回到客房，以了解学生对成语知识掌握程度和征求授课意见为名，约学生谈话。

詹谷堂先让詹甫堂找来李梯云，这是他们确定发展的第一个对象。詹谷堂问过学习和讲学的情况后，转而让李梯云谈谈自己对时局的看法和学校的情况，李梯云侃侃而谈，詹谷堂和曾静华连连点头。尤其是当李梯云绘声绘色地说到学生和廖校董、王财主的两次交锋并取得胜利的情况时，大家笑得前俯后仰。詹谷堂因势利导地问李梯云：“两次你们都赢了，你分析了没有，这是什么原因?”李梯云答道：“这是因为我们都占在理上。”詹谷堂又问：“还有呢?”李梯云语塞，摇摇头。詹谷堂见状，循循善诱地启发：“光占在理上还不行，还要敢于抗争。你看，我们的农民大众饱受地主的剥削和欺侮，地主是没有理的，由于没有起来反抗，不就一直受压迫吗?”李梯云点头称是。“光有抗争精神还不够，”詹谷堂看着李梯云全神贯注的样子接着说，“最重要的是要有好的领头人。”“是的，没有领头人不行。就是群龙，无首也办不成事。”李梯云深有感触。“比如说，学校这两次胜利不就是有你在领头吗?”詹谷堂笑着说。“我算不了什么领头的，只是我年龄大一些。周维炯、漆德玮我们几个人志同道合，有事爱在一起商量。”李梯云有些不好意思。

“我知道你们是一个团体，你领头的一个团体。这个团体很重要。你看，当今社会，在帝国主义、封建主义的统治下，灾难深重，百姓困苦，民不聊生，反帝反封建斗争风起云涌。尽管全国各地都在酝酿奋起反抗，但是如果没有一个先进团体统一领导，那还是一盘散沙，是不会胜利的。现在我们光宣传还是不够的，需要有俄国的布尔什维克一样的党组织，领导大家干才行。”

李梯云茅塞顿开，眼睛发亮。“詹老师，听说我们国家已经有了像俄国的布尔什维克一样的党组织，叫中国共产党，是吗?”

詹谷堂声音放低了些：“确实有这个组织，你愿意参加吗?”李梯云惊讶地说：“还真有这个组织!”接着又问：“我们这里有吗?”詹谷堂点点头，用期待的目光看着李梯云。李梯云笑着说：“老师参加，我就参加。”詹谷堂小声说：“我已经参加了。”李梯云认真地表示：“那我也参加!”“梯云同志，参加中国共产党组织是光荣的。中国共产党由先进分子、优秀分子所组成。她要领导全国人民起来革命，可能要流血牺牲。你怕吗?”詹谷堂紧紧地握住李梯云的手问。李梯云看到詹老师对自己的信任和真诚，感到欣喜和激动，他坚定地说：“老师不怕，我也不怕!”詹谷堂宽慰地笑了。

“梯云，一个人的力量有限，人多力量大。光你参加不够，你看还有哪些人符合条件，能发展他们参加进来?”李梯云不假思索地回答：“我看周维炯、漆德玮、漆禹源，还有漆海峰，他们都可以发展参加。”“老师中呢?”“罗志刚老师可以。”李梯云又补充道。“那好。梯云，党组织是有严肃纪律的，今天所说，你要绝对保密，不能告诉任何人，包括你刚才说的那几个同学和老师。记住了吗?”詹谷堂神情十分严肃。“放心吧，老师，我一定做到。”李梯云非常认真地回答。“好！你现在去找周维炯同学来。”李梯云转身打开房门，迅速离去。

在讲学期间詹谷堂和曾静华利用休息时间，以听取学生老师意见的名义活动，先后找周维炯、漆德玮、漆禹源、漆海峰、罗志刚等谈话，他们都表示愿意加入中国共产党。

在讲课结束的当天晚上，李梯云、周维炯、漆德玮、漆禹源、漆海峰、李声武、罗志刚按照事先的约定先后来到客房。曾静华在外面房间把门。

詹谷堂庄严地宣布：“从今天起，你们都是中国共产党党员了。我和曾静华同志是你们的入党介绍人，请举起右手宣誓。”宣誓结束，詹谷堂说，从今天起，笔架山农校党小组就成立了。根据工作需要，由李梯云担任组长，请大家服从他的领导，开展好党的工作。

在皖西地区，中国共产党的一个党小组就这样在笔架山农校诞生了，随后不久就发展成为党支部，这是金寨地区建立的第一个党支部。此后，笔架山农校党支部发展了一批又一批党员。随后，笔架山农校党支部和詹谷堂在家乡建立的南溪党支部一起发展为特别支部，詹谷堂任书记。

二、演出台前斗顽凶

笔架山农校党支部建立后，主要开展两方面活动：一方面通过读书会向青年知识分子传播马克思主义；另一方面利用演剧社、歌咏队，向人民群众宣传新思想、新文化，进行反帝反封建斗争。演剧社演出的白话剧《过年》和《农人怨》深受贫苦农民欢迎，在当时产生了很大的影响。《过年》演的是一对夫妻为过年争吵的故事：丈夫要将过年买米的钱拿去买香纸敬神，妻子反对，双方争吵激烈时，妻子一气之下，将家里一座木雕神像甩到粪窑里。《农人怨》表现的是农民的悲惨生活，农夫欠地主租课被逼死，其幼女又被迫到地主家做童养媳，备受摧残，悬梁自缢。由于这些戏批判了有神论、揭露了封建地主阶级的罪恶，因而受到地主豪绅们的强烈反对。

一次，演剧社在地藏王大庙演出《过年》时，先是地方上廖、易、王三大家族的族长聚众起哄，后又联名上告到商城县政府，说学生无视神灵、辱没佛教圣地，是过激派，要求解散演剧社，开除演剧社学生周维炯、漆德玮等人。学校被迫挂出了开除周、漆等学生的公告牌。但这个公告牌当即被学生砸烂，一些支持演剧社的进步教师也集体罢教。周维炯、漆德玮等人还带领 50 多名学生到商城县政府请愿。县政府怕事情闹大，指令学校向演剧社道歉，宣布开除学生公告无效，并撤了校董廖石甫的职务。

1925 年农历三月二十八日，周维炯带领演剧社去双河大庙演出，遭到了双河地区大地主冯少卿的百般刁难。演剧社被迫打出商城县长李鹤鸣要来看新剧的招牌，才把冯少卿镇住。上演时，冯少卿又请来 4 个大戏班子，和演剧社唱对台戏，争夺观众，想排挤演剧社。但是，演剧社上演的《农人怨》吸引了大批观众，特别是演到童养媳备受凌辱、悬梁自尽时，台下观众泣不成声。演剧社带头喊起了“打倒封建主义”“反对剥削和压迫”的口号，台上台下群情激愤，口号声连成一片。

见此情景，冯少卿再也沉不住气了。他看到自己请来的4台大戏几乎没人看，演剧社那边却人山人海，还不断呼喊口号，气得火冒三丈。于是来到演剧社台口，指着带头喊口号的周维炯喝道：“快停演！快停演！”

周维炯说：“为什么要停演？”

冯少卿说：“这个戏有伤风化，辱没佛教圣地，就是不准演！”

周维炯反驳道：“哪点有伤风化？你女儿要是给人家当童养媳，受人凌辱，上吊自缢，你心疼不心疼？”

冯少卿气得几乎昏死过去，只好灰溜溜地走了。

演剧社在双河大庙连演3天，受到了附近农民的热烈欢迎。

笔架山党支部通过读书会、演剧社等团体组织活动，团结了很多青年知识分子和青年农民，他们中大部分人都走上了革命道路，有不少人后来成为鄂豫皖苏区党政军中的骨干。

三、火神庙前显本色

1926年7月31日（农历六月二十二日）是南溪火神庙会期，每年这个时候，都会有几千善男信女来此焚香朝拜。詹谷堂决定利用庙会人多的机会，举行一次反对封建主义的大宣传，会后进行示威游行。这期庙会主持人是人称“笑面虎”的南溪大豪绅陈玉英，他探听到这一消息后，便和商城县民团团总周凤山秘密策划进行破坏。

7月31日上午，南溪附近三个保的农民协会动员了1000多名农民，举着写有“打倒土豪劣绅”“废除苛捐杂税”“减租减息”的红绿纸三角旗，来到火神庙集会，加上前来烧香朝拜的四乡群众和詹谷堂任教学校的师生，足有3000多人。火神庙前，早有学生用课桌排成了讲台，詹谷堂站在讲台上，大声疾呼：“乡亲们，静一静，我今天和大伙儿说几句心里话！”台下立即响起一阵热烈的掌声。

詹谷堂说：“乡亲们今天来烧香拜佛，我不反对，但菩萨是没有的，谁也没见过。就是大伙儿说真有，那也是保佑富人的。穷人世世代代、年年月月，省吃俭用，烧香敬神，可是菩萨神仙都是宝贵眼，专保富人发财，穷人永远是穷光蛋！我的话是专对火神爷的，他要是显灵，立刻烧了我家房子，那才算灵验！”

詹谷堂见群众听得入神，便把话题一转，说：“我今天不只是说菩萨神仙是假的，而是要向乡亲们讲穷人是怎么穷的、富人是怎么富的。”接着他讲穷人如何受剥削，吃苦受累、当牛做马，富人是如何剥削穷人，富了又富的道理。语言通俗易懂，风趣诙谐。台下民强小学的师生带头高喊：“打倒土豪劣绅！”“实行减租减息！”其他群众也应声高呼。

正在这时，一个穿着纺绸大褂的绅士蹿上讲台，这就是人称“笑面虎”的劣绅陈玉英。他笑嘻嘻地向台下鞠了一躬，说：“詹先生今天讲话，鄙人不敢妄加评论。古人云：人各有志。人各有好，强夺人意、强人所好，非君子也。不过，我陈某是本期庙会主事，特请县城周凤山团座亲自来为火神爷上香，为南溪黎民百姓消灾除难，这也算好事一桩吧。”

詹谷堂抓住陈玉英的话，问道：“陈先生说强人所好，非君子也，很有道理。你年年收那么多租，放债利息那么高，可你的佃户一年忙到头，食不供口，衣不供身，饥寒交迫，他们是自愿的吗？这是不是强加于人的？”

陈玉英笑嘻嘻地说：“出租放贷，古已有之，愿租愿借，两相情愿，没有任何巧取豪夺之意。”詹谷堂大声地说：“乡亲们，陈先生说没有巧取豪夺之意，现在是民国了，三民主义是民国的根本，不能再按古已有之的办法了。民国的政策是减租减息，保护民主，我们要求陈先生拥护民国的减租减息政策，你们说好不好？”

“好！”大伙儿齐声赞同。“谁不减租，谁就是劣绅！”口号一阵接着一阵，陈玉英非常尴尬，不知如何下台。这时，民团团总周凤山骑着马带着 20 多个团丁向火神庙赶来，陈玉英像得到救星似的，连忙迎上前，并在周凤山耳边嘀咕了一阵。周凤山用马鞭指着詹谷堂号叫：“你身为读书之人，不守师道，却在这里鼓动百姓抗租抗税，想使地主无衣食来源、政府无俸禄供给，岂不是有意捣乱吗？”

詹谷堂怒不可遏地推开周凤山的马鞭子，反驳道：“我向乡亲们说的是国民革命的宗旨，宣传的是三民主义，你身为民国官员，竟敢反对三民主义，大伙说怎么办？”

1000 多名农协会员高喊道：“打倒周凤山！”“拉周凤山游街！”“国民革命万岁！”

周凤山看人如潮涌，不禁胆怯起来，赶紧溜走了，陈玉英也跟着溜走了。詹谷堂便带着农协会员和学校师生高喊“打倒封建主义！”“打倒土豪劣绅！”“实行减租减息！”的口号，在南溪上中下三保游行示威。

四、视死如归浩气存

1929 年 5 月，立夏节起义（也称商南起义）胜利后，党组织决定在南溪彭氏祠成立学兵团，由周维炯和詹谷堂负责；建立政权机构，成立商城县苏维埃临时办事处，詹谷堂任办事处副主任。

革命形势的迅速发展，根据地的日益扩大，引起了国民党反动派的极大恐慌。1929 年 7 月，湖北夏斗寅部的两个团，会同商城县民团头目顾敬之、柯寿恒等民团共 3600 余人，分三路向商南地区进攻。红军奋战数日后，终因敌我力量过于悬殊，遂向鄂豫边境的黄安、光山方向转移。詹谷堂因根据地工作需要，留下坚持斗争。红军主力转移后，敌人开始疯狂地搜山。8 月 18 日，给詹谷堂送饭的乡亲被当地恶霸发现，詹谷堂不幸被捕。他被带到南溪后，顾敬之欣喜若狂。晚上，他亲自在火神庙审问："你就是詹谷堂吗?"顾敬之趾高气扬地问道。"既然知道，何必废话！"詹谷堂大声喝道。顾敬之一愣，停了一会又问："詹谷堂，你办的是什么党?""我办的是党上之党！"詹谷堂巧妙地回答。顾敬之见问不出究竟，气得不断挠头，强忍怒火继续问："詹先生，你熟读圣贤书，还是个秀才，为什么要干共产党?""为了消灭你们这些吃人的野兽！"

詹谷堂的回答让顾敬之气得说不出话来，顾敬之再也不顾斯文，暴跳如雷，拍着桌子大声吼叫："打！给我打！狠狠地打！"皮鞭、木棍雨点般地落在詹谷堂身上，他昏了过去。"用凉水浇！"一盆凉水泼过去，詹谷堂苏醒了，顾敬之还没有来得及问，只听詹谷堂说道："打吧！杀吧！共产党是打不垮，杀不完的！"敌人的第一次审讯就这样失败了。

第二天早晨，顾敬之奸笑着走到詹谷堂跟前，用拉家常的口吻说："你今年才 46 岁，家中还有老母、妻子、儿女，你这样死了……""我死了没有关系！革命的种子已经撒出去了，不久遍地就要开花结果。革命的星火已经点燃，很快就会燎原！你们的末日就要到了！"不等顾敬之话讲完，詹谷堂的话语就像排炮似的轰过去。顾敬之惊怒交加，但还是捺住性子往下问："你说共产党有多少？在哪里?""多得很！天上有多少星星，地下就有多少共产党员！"詹谷堂嘲弄般的回答，气得顾敬之像一条疯狗乱蹦乱跳，他恶狠狠地威胁："你再不讲，我就要你的命！""你杀了我詹谷堂，灭不了共产党！""上刑！上刑！"顾敬之气急败坏地吼道。

用烈火烤，用烙铁烙，詹谷堂咬紧牙关，昏死过去。当天下午，詹谷堂被带出了牢房。他和 10 多个同志一起被押往刑场。詹谷堂意识到最后时刻到了，他奋力高呼："中国共产党万岁！打倒国民党反动派！"一阵枪响，同志们一个个倒下，詹谷堂又被带回牢房。原来这是敌人让他陪斩，妄图以此摧垮他的意志，妄想从他身上获取有用口供。

继续提审，继续用刑，詹谷堂依然有问有答，但敌人想要的东西却一字不吐。

继续陪斩，继续摧残。在威武不屈、富贵不移、大义凛然的詹谷堂面前，顾敬之束手无策！

8 月 28 日晚上，顾敬之抱着侥幸心理，最后一次对詹谷堂进行了审讯，依然毫无结果。半夜时分，被打得皮开肉绽、奄奄一息的詹谷堂被拖回牢房。他感觉自己的血快要流尽了，想在生命最后时刻给自己的母亲——中国共产党作个告别的留言。他挣扎着站起来，用手指蘸着自己伤口流出的鲜血，在墙壁上一笔一画地写下“共产党万岁”。

当他将最后一笔写完后，脸上露出满意的笑容。随后倒在地上，永远地闭上了眼睛……

（作者：胡遵远，原载《人物传记》2021 年第 4 期）

周维炯：立夏节起义领导人

“大别山，峰连峰，出了个英雄周维炯。打入民团闹暴动，闹得满天红!”这首在鄂豫皖边区广泛流传的民歌表达了大别山人民对革命先烈周维炯的深情礼赞。

周维炯烈士是豫东南苏区和红军的主要创建者之一，是鄂豫皖红三十二师师长，率部积极策应六霍暴动，为红三十三师和皖西苏区的建立作出了重要贡献。他是红一军第三师师长，红四军第十一师师长，率部参加鄂豫皖苏区第一、第二次反“围剿”和蕲（春）黄（梅）广（济）地区作战，为鄂豫皖革命根据地的创立和发展建立了不朽的功勋。

一、学运骨干，兵运领袖

周维炯，安徽省金寨县人，1908 年生。1921 年秋，进入南溪明强小学读书，受到新文化的熏陶。1923 年秋，他和表兄漆德玮一同进入笔架山农校学习。在罗志刚等进步教师的影响下，积极参与组织青年读书会、英（语）数（学）研究会、演剧社，迅速成长为学生组织骨干。1924 年秋，经李梯云、漆德玮、漆禹源介绍，在笔架山农校加入中国共产党。

1926 年 7 月，周维炯从农校毕业，赴武汉国民革命军政治部教导团学习。

1927 年 7 月，汪精卫背叛革命，武汉政治形势骤变。周维炯返回家乡，在小河古楼房以教书为掩护，秘密组织农会，开展“借粮”“均粮”斗争。

1928 年 7 月，乘国民党地方当局建立和扩编民团之机，周维炯受商南区委的选派，利用其二舅漆树人的关系，打入丁家埠杨晋阶民团，担任军事教练兼班长，以这一公开身份作掩护开展兵运工作。他常以岳飞和梁山泊英雄的故事，向团丁灌输反抗思想，启发他们的阶级觉悟；他利用传统的烧香拜把子形式组织兄弟会，在民团和附近农民中发展共产党员 11 名，建立党支部，并担任书记。

1929 年 5 月 2 日，中共商罗麻特别区委在平头山穿石庙召开紧急会议，根据当时的政治形势，决定把原定在中秋节举行的暴动提前到5月6日立夏节晚上进行。会议成立了暴动指挥部，推举徐子清、肖方负责总的指挥，周维炯负责军事行动。会后，周维炯立即赶回丁家埠，召集11名党员召开秘密会议，传达穿石庙会议精神，落实暴动计划。

立夏节当天，恰好是周维炯担任值星班长，他以整理内务为名，向民团副队长张瑞生提议把枪支全部集中存放，又安排共产党员田继美在晚饭前集合时故意迟到，借此罚他站三炷香的岗，以控制夜间岗哨。晚饭时，周维炯与严运生、王玉田等共产党员密切配合，巧摆宴席，敬酒猜拳，灌醉张瑞生等人。半夜时分，周维炯等人顺利控制了民团的枪支，宣布起义。在他的动员下，除极少数团丁要求回家外，其余30多人全部参加了暴动队伍。

在周维炯的领导下，丁家埠民团兵不血刃，起义一举成功。当天夜里，11处暴动点亦按照预定的计划同时进行起义。一夜之间，起义武装控制了商南和、乐两区，暴动获得完全胜利。5月9日，各地暴动武装在斑竹园朱氏祠胜利会师，宣告成立中国工农红军第十一军第三十二师，周维炯任师长、徐子清任党代表、漆德玮任副师长，下辖第九十七、第九十八团，共计200多人，长、短枪100多支。

二、巩固暴动成果，创建豫东南根据地

5月11日，在周维炯的率领下，红三十二师从桥口出发，先后在李家集、南溪、冈家山、大埠口、胭脂坳等地肃清残余的反动武装，收缴地主武器，没收地主豪绅的粮食和财产。5月16日，在南溪以西地区打退了王继亚率领的商城县保安大队和顾敬之民团的联合进攻，俘获驻在余府山土地庙的王继亚部48人枪。接着，又向双河、皂靴河民团进攻，收缴枪支20余支。

6月至7月，红三十二师和赤卫队在人民群众的全力支持下，连续多次打退地方民团和湖北军阀夏斗寅部的进犯，保卫了起义的基本区域。

8月中旬，国民党对豫东南和鄂豫边根据地发动“会剿”。敌夏斗寅部在麻城、罗田反动民团的配合下，分别从松子关、长岭关、铜锣关北进犯豫东南，驻皖西敌桂振远旅一部进至南溪，北路敌李克邦和顾敬之民团也趁机堵截，豫东南根据地遭到疯狂的摧残。鉴于敌强我弱的军事形势，为保护我军有生力量，红三十二师决定向麻城、光山等地转移，与鄂东红三十一师会合，开展游击战争。9月下旬，周维炯率领红三十二师返回商南地区，恢复和发展根据地，相继建立起商城县第一至第四区及乡、村各级苏维埃。10月初，成立商城县工农革命委员会，形成了以南溪、斑竹园、吴家店为中心的纵横近百里的豫东南革命根据地。

三、东征南下建奇勋，大别山上立丰碑

1930 年 5 月，红三十一、红三十二、红三十三师合编为红一军。周维炯任第三师师长。5 月，中原大战爆发，给鄂豫皖苏区的发展创造了极好的机会。红一军前委决定红一师出击平汉路，红二、红三师东征皖西，再向南发展。6 月中旬，周维炯率红三师和红二师一起向六安、霍山西部进攻，接连收复流波　、麻埠等地。接着，东渡淠河，第三次攻占霍山县城，歼敌地方武装 1000 多人。获得整编后的第一次大胜利。

7 月初，红二师和红三师共同南下英山，打击唐生智部韩杰旅。全歼敌韩杰旅 1000 多人，缴枪 1000 支，获得东征皖西的第二次重大胜利。

1931 年 1 月中旬，红一军与红十五军合编为红四军。周维炯调任第十一师副师长兼第三十三团团长。3 月 2 日清晨，周维炯率第三十三团奔袭平汉路李家寨火车站，全歼刚刚进站的一列敌军兵车，当场击毙敌新编第十二师第一旅旅长侯镇华，缴获了大量军用物资。接着，他又以侯镇华的名义在车站给敌武汉绥靖公署打电话，佯称路遇红军伏击，请求派兵增援。下午，敌军果然派出一列兵车增援，被周维炯率部全俘其一个手枪营。

3 月 8 日拂晓，红四军发起双桥镇战斗。敌第三十四师副师长岳维峻凭借武器和兵力优势孤军深入，战至 10 时许，战场形成僵持。周维炯通过审问敌连长，获悉岳维峻的指挥部的具体位置，当即率领红三十三团冒着密集的炮火，向岳维峻的指挥部冲去，打瘫其指挥系统，活捉岳维峻。毙敌近 1000 人，俘敌 5000 多人，缴枪 2000 多支、山炮 4 门、迫击炮 10 门。这是红四军成立后取得的第一个大胜仗。

1931 年 5 月，周维炯升任红十一师师长。此时，国民党军正在集中兵力进攻中央根据地，而对鄂豫皖苏区暂取守势，这是红四军向外发展的良好时机。7 月中旬，徐向前、曾中生率领红四军 5 个团冒着酷暑，发起南下作战。8 月 1 日，周维炯率红三十一、红三十三团再次攻克英山县城。歼敌第五十七师张汉泉旅 1 个团和反动民团一部，生俘敌团长以下官兵 1800 多人，缴获长短枪 1000 多支、机关枪 18 挺、迫击炮 4 门等。南下作战，首战告捷。

8 月 18 日，周维炯率红三十三团不顾炎热，急行军 100 多里，奔袭刚刚驻防蕲春漕河镇的敌新编第八旅。19 日拂晓发起攻击，仅一个多小时即全歼该旅。活捉敌旅长王光宗以下官兵 1600 多人，缴枪 1200 多支。接着，乘胜攻占广济县城，直逼黄梅、蕲春，有效地牵制了敌军派往江西的力量，极大地支援了中央红军第三次反“围剿”斗争。

9月1日，红四军对敌第十军4个团突发洗马畈战斗。当夜，周维炯率红十一师从广济奔袭而来，红三十三团担负正面主攻，战斗异常激烈。一天之内，红三十三团与敌拼刺刀7次。为了争夺一块竹林阵地，周维炯率部与敌反复冲杀5次，充分展现出身先士卒、英勇顽强的战斗作风。此战，歼敌3个团之大部，残敌突围而逃，复被我军包围在叶家湾。可惜，后因中央分局的来信而撤围，未能全歼残敌。

由于反对张国焘"左"倾冒险计划，1931年9月中旬，周维炯在跟随红四军返回途中，在商城县余家集因莫须有的"改组派""反革命"罪名而被捕。10月中旬，在河南省光山县雀园被杀害，年仅23岁。周维炯以其英勇无畏、足智多谋的军事才能永远被鄂豫皖边区人民所铭记。

（作者：胡本昌，原载《安徽党史上的重要人物》，中共党史出版社2021年版）

漆德玮：足智多谋的红军师长

漆德玮，安徽金寨人，1909 年出生于斑竹园老鸹窝。他自幼聪明好学、成绩优良，思想进步、积极向上。1924 年漆德玮加入中国共产党，1927 年考入黄埔军校。1929 年 5 月参与了立夏节起义（亦称商南起义）的准备工作，起义后任组建的中国工农红军第十一军第三十二师副师长兼第九十七团团长。后任中共商城县委军事部部长，红一军第二师师长兼第一〇二团团长。1930 年被派往中央苏区，任红一军团第十二军第三十四师第一〇一团团长，参加了中央苏区第一至第三次反“围剿”作战。1931 年 9 月在江西苏区不幸牺牲。

漆德玮智勇双全，创造了很多战斗奇迹、留下了很多传奇故事。

一、将计就计

1929 年 5 月，立夏节起义胜利，组建了中国工农红军第十一军第三十二师，周维炯被任命为师长，徐其虚任党代表。漆德玮虽然被任命为副师长，但未宣布。原来，为了使武装起义顺利进行，中共商南区委认为必须在民团中开展士兵工作，掌握民团枪支，为武装起义创造更为有利的条件。商南区委决定乘各民团都在积极扩充势力之机，派一部分党员骨干打进去，开展士兵运动，组织士兵哗变或起义。1928 年冬，周维炯、漆德玮等通过关系打入民团内部。到 1929 年春，商南地区民团中共有党员 30 多名，并成立了党支部。200 多人的民团武装，党组织掌握了半数人员。但起义前漆德玮被调防，未能直接参加起义，所以未暴露秘密身份。

立夏节起义后，反动县长李鹤鸣要民团大队长王继亚带兵征讨周维炯。王继亚说：“县座放心，要征剿，我手到擒来；要收编，也是易如反掌。最好是收编，许给周维炯一个官位，收编后，缰绳拉在我们手里，随便怎么处置他都可以。”李鹤鸣说：“那就依你的高见，我们先礼后兵！”王继亚得到李鹤鸣的赞许，很是得意，便打起收编周维炯的主意。他本打算亲自出马，但一想起丁家埠民团团总杨晋阶曾经跟他说过，周维炯是神枪手，又胆寒起来，万一闹僵了，子弹可是没长眼睛的。

于是，他准备派一个合适的人选去收编周维炯。他把几个中队长都掂量了一下，觉得漆德玮挺能干，也算是文武全才，又是自己最近刚刚亲手提拔起来的中队长，应该对自己很忠诚。于是，王继亚把漆德玮找来。以防万一，他对漆德玮“一哄二吓”，很神秘地说：“李县长有一件美差，叫我给你揽来了。丁家埠民团反了，本来，那几个毛草兵，我一去，就可以轻而易举地收拾他们。但是，李县长向来是以仁义为主政之本，又听说起义的周维炯和你是至亲，不便武装讨伐，于是就决定派人去收编，要我推荐一个人选。我说漆德玮文武双全、有勇有谋，李县长便决定叫你去。李县长还说，事成之后，你当县民团大队队副。兄弟，那时，这商城县民团大队的几百人枪，就是你我哥俩的了。”

此时此刻，正在想“如何回到红军的怀抱”的漆德玮听说让他去收编周维炯，正中下怀，心里十分激动。但他还是表面十分平静地对王继亚说：“我怕不能胜任啊！”王继亚说：“这没有什么关系，你们是表兄弟，什么话都好说，又不是叫你去动武，我们先礼后兵。谈成了，周维炯就当丁家埠民团团总；谈不成，也不要紧，李县长和我自有办法。”

漆德玮未能参加起义，早想回到红军的怀抱。这次，王继亚派他去收编，真是个难得的好机会。但他知道王继亚是很狡猾的，他怕王继亚是在搞试探，玩欲擒故纵的阴谋。因此，便和王继亚绕起圈子来。他说：“李县长能如此信任我，全是你王大队长的栽培。你要我去办的事，只要能办到的，我一定在所不辞！”说到此，他又吞吞吐吐，欲言又止，好像有什么话不敢讲似的。王继亚说：“你有什么困难和要求，只管讲出来，好商议。”漆德玮心想，“我一个人去，便宜了你”，便进一步试探说：“王大队长，周维炯武艺高强，他要是翻脸不认人，我不是自投罗网吗?”王继亚说：“不怕，我不是说过了嘛，我们这是先礼后兵。你们是至亲，他不会不仗义的。你只管放心地去，万一有什么情况，我这几百人枪，还治不了他那几个毛草兵？他不会不考虑这个后果的！”漆德玮说：“我想，我们最好还是带点武装去，讲得好就讲，讲不好，我就设法把周维炯诓出来先干掉。树倒猢狲散，也就大功告成了！”王继亚听后很赞成。

于是，第二天一早，漆德玮便把自己在民团中发展的 7 名党员带上，向南溪、丁家埠一带进发，每人都佩带了长、短枪。为了防止遭王继亚暗算，漆德玮当晚派一名党员送一封密信给周维炯，要他派兵接应。

和漆德玮一起去的几位同志，个个精神抖擞、十分兴奋，接二连三地向漆德玮打听周维炯。大家一路谈笑风生。“上挥旗山了，翻过这座山，就是红军的地界了！”漆德玮鼓励大家加快步伐前进。

周维炯此时和漆德玮是同样的心情，真是朝思暮想啊！周维炯认为，漆德玮要是回来了，他们这支红军队伍就会如鱼得水！昨晚接到漆德玮的来信后，他兴奋得一夜没有合眼。为了接应漆德玮，他兵分两路，前往挥旗山布防，自己率领第九十八团，就在挥旗山顶等候。

整个上午，周维炯一直在向山下观望。临近中午时分，当他看到百米之外有几个人影在树丛中时隐时现时，他的心头一阵发热，那领头的熟悉身影，不就是漆德玮吗？他禁不住大喊“德玮哥！”然后箭一般地冲下山去。漆德玮也快步迎上来，一对同志加兄弟拥抱了很久很久。一会儿，两边的同志都见面了，那高兴的劲头、那热烈的场面，简直无法用言语形容。

王继亚这回算是干了一件“大好事”，他不但给红军送来了十几条长、短枪，还给红军送来了一批骨干力量。漆德玮回来后，正式担任红三十二师的副师长。

二、杯酒夺枪

漆德玮正式担任红三十二师副师长后，积极出谋划策，在扩大红军、培训骨干、解决枪支弹药、加强部队建设等方面出主意、献方案。他牵头创办了列宁室，亲自负责部队的军事训练和思想教育工作，培训了一大批红军骨干。

红军队伍初创时，扩军任务很重。为此，漆德玮就想方设法动员部队协助地方苏维埃做工作，他自己更是亲力亲为。

一天，他路过丁家埠附近的茶棚岭，遇到挑柴农民丁江成，便问道：“柴往哪里挑?”“挑到李家集卖了买米。”丁江成累得满头大汗，边走边答。“靠卖柴买米，吃了上顿无下顿，会长年饿肚子的；要想家中常有米，只有拿起枪杆子干革命。”他向丁江成讲了穷人缺米断盐、受苦受累的原因和当红军的好处。他最后说：“我讲的这些话你回去好好想想，想通了就来报名当红军，我们欢迎你。”丁江成想当红军，又为眼前“揭不开锅”的穷家发愁。第二天，漆德玮派人给丁家送去了一袋米。丁江成想：这米是红军打土豪得来的，我若不参军也对不起红军救命恩啊！再说，地主豪绅也会找我算账。想到这里，他便毅然决定去找漆德玮当了红军。

当时，红军的枪支弹药十分缺乏。当地地主豪绅的枪支已经被收缴完了。初成立的红军造枪局，每天最多只能生产 10 支枪。新入伍的红军战士、赤卫军、少先队，只能拿着大刀、长矛站岗放哨。漆德玮深知“革命需要枪”。

一天，他带领部队在吴家店一带活动，突然得到一份特殊的情报：古佛堂附近有一帮“外来人”，整天在山林里不敢露头。他当即派交通员小李化装成卖油条的去探明。

这是一支有100多人、200多支枪的土匪队伍，专门抢劫大户的钱财，身上的子弹和银圆都背不动，为首的叫张大汉。他们从外地来到鄂豫皖苏区一看，到处红旗招展、岗哨林立、盘查甚严。又听说这里个个都能飞檐走壁，枪打空中鸟、弹中河中鱼，吓得他们在山林里隐着不敢下山。当地群众不知道他们的身份，便将其称为“外来人”。

当小李告知这是共产党和红军领导穷人闹革命时，那个张大汉大喜，提出要见红军的头目。漆德玮连夜回了信。可是，那个张大汉见信后却勃然大怒，十分见怪地说：“自愿和我们称兄道弟、结为一体，为何不来迎接?”漆德玮得知后，立即开会商量对策。大家一致同意漆德玮提出的隆重欢迎、设宴收买的办法。于是，红军队伍星夜动员、积极配合。次日傍晚，漆德玮等带着几匹枣红大马亲往迎接。

那个张大汉见此情景十分满意，立即整队下山，与红军会合。在草场坪前，红军举行了隆重的欢迎仪式。锣鼓喧天、鞭炮齐鸣，一侧屋里还摆满了30多桌丰盛的酒席，每桌各坐宾主4人。宴席上，人人喜笑颜开、气氛十分热烈。

欢迎“外来人”下山的酒会开始了。漆德玮站起来，首先敬张大汉等一杯酒，然后说：“我们是朋友之交，今天弟兄们互相见见面。你们发的是地主豪绅的钱财，我们是打富济贫为穷人，都是一家人。我代表红军、赤卫军、少先队战士们，向你们下山表示欢迎!”

酒一直喝到深夜三更，“外来人”一个个都被灌醉了。上了膛的枪一支一支地离身靠到墙拐角去了，全部掌握在红军手中。当他们酒醒之后，一看枪都不在了，心里就明白了，有的放声大哭起来。

“外来人”在一个大院子里集合起来。漆德玮跟他们讲道理、指前途，宣传红军的政策：“你们愿意在这儿干我们欢迎，不愿意在这儿干就回家去种田，不要再干这个事了。我们绝不搜你们的腰包，没有盘缠回家的我们还送给你们路费。”

对愿意回家的“外来人”漆德玮等热情欢送。那个张大汉骑着红军送给他的枣红大马，带着他的同伙高兴而去。红军得到这批枪支弹药之后，如虎添翼，战斗力明显增强，接连打了好几个大胜仗。

三、智取商城

1929年11月，漆德玮参与指挥了有名的智取商城战斗。是役，红军创造了以少胜多、自身几乎无伤亡的战斗奇迹。

商城是鄂豫皖边区的战略要地，城坚壕深，历来的统治者都把它吹嘘为坚不可摧的“铜墙铁壁”。敌保安大队凭借这座反动堡垒作威作福，土豪劣绅们也把它当作保险柜，拼命往里钻，还想借助这支反动武装出师“剿匪”，向红军和根据地人民进行报复。

为了摧毁这座反动堡垒、夺取敌人枪支、扩大红军武装，中共商城县委和红三十二师根据漆德玮的建议，决定乘商城县民团和城防民团互相混战之机，攻下商城。漆德玮根据县城四个门经常关闭三个、只留南门出入的习惯，制定了一个乔装智取的攻城方案。

首先，派一个班的精壮便衣队混进南门、拆除岗哨、占领城门，掩护先头部队进城。然后，从城内夹攻东西北三门，接应全师进攻，并以南门枪响为信号。

方案通过后，漆德玮挑选了便衣队人员，购买了乔装物品。便衣队分别扮作土豪、商人、农民模样。经现场“表演”后，漆德玮详细交代注意事项、严明纪律，并要求大家灵活机动地完成攻城任务。

部队深夜冒雪出发，便衣队先行。漆德玮亲率第一〇〇团承担主攻南门任务，紧跟便衣队前进，拂晓到达商城县城。大队在城外四周埋伏，便衣队随着人流混进南门。“土豪”和“商人”穿着皮袄大摇大摆地进城。“农民”一到城门口，敌人的哨兵就大声喝：“放下，检查!”便衣队的枪都插在身上或柴草里，情况十分危急。于是，大家丢下柴草，拔枪撂倒了两个哨兵又缴了另外两个哨兵的枪。进入城内的便衣队员伺机解决了城门上的几个保安队员。

南门的战斗打响后，城内的敌人从梦中惊醒，慌忙调兵增援，便衣队奋力抵挡。这时，漆德玮带领的第一〇〇团赶到，一阵冲锋就把敌人打退了。第一〇〇团除留一个中队把守南门外，又兵分两路，接应攻打东西两门的第九十七团和第九十八团。完成接应任务后，第一〇〇团和大队一起向纵深插进，一部由漆德玮率领直取县衙。红军从四面八方猛烈攻来，敌人被团团包围在县衙里。漆德玮命令部队向敌人展开政治攻势，宣传红军政策。红军边打边喊“缴枪不杀”“穷人不打穷人”，在军政齐攻下，敌人纷纷缴械投降。一个保安队的头目欲垂死挣扎，被漆德玮一枪击毙。敌人自我吹嘘、百年不克的“铜墙铁壁”，不到半天就被红军攻破了。300多名保安队员除被打死的60多人外，其余的均被俘虏，和保安队一起守城的“红枪会”顷刻瓦解，藏身于城内的土豪劣绅们也被一网打尽。

商城解放了！这是红军在河南省攻下的第一座县城。漆德玮利用人熟地熟的有利条件，带领部队动员群众参加红军，同时，又吸收了国民党民团内的一批进步士兵，新成立了第一〇一团，进一步扩大了红军队伍。

商城解放后，漆德玮经常带领三五十人的轻骑，在商东、商西、商北地区活动，组织农民闹暴动、打土豪、筹集粮款和枪支弹药。12月底，他带一个班的红军战士，来到商城西部重镇余家集，发动农民闹暴动，成立了百人游击队。随即，他又带领暴动队伍攻打了两户大地主的庄园，获得了大批粮食、衣物、银圆和部分枪支子弹。红军和游击队都得到了新的装备，群众也分到了一些浮财，工作很快打开了新局面，成立了苏维埃政权，为红军向河南光山、湖北黄麻地区活动开辟了新的道路。

（作者：胡遵远，原载《中华魂》2022 年第 2 期）

袁大桂：我编草鞋送红军

袁大桂1893年出生在金寨县古碑镇七邻湾一个贫苦农家，一家人生活困苦，衣食不周。17岁时，她被嫁出家门。没过几年，丈夫因病去世，她又改嫁给燕子河金坪岭上一位刘姓木匠。夫妻两人互相体贴，苦日子过得还算融和。

1929年冬，燕子河地区革命武装暴动成功，霍山县六区苏维埃政府成立。翌年初，红三十三师在流波𥕢成立。贫苦群众打土豪、分田地，沉寂的山村沸腾起来了。这时，袁大桂虽然已经37岁了，但是她毅然走出家门，参加革命，成为拥军优属的积极分子，不久便担任了拥军慰劳队队长。她走到哪里，就在哪里替红军家属挑粪、播种、插秧、打场、栽菜。她还积极地向乡亲们宣传红军和苏维埃政府的政策以及革命成功后的远景。因此，群众都喜爱她、尊敬她。

1930年4月初的一天傍晚，春雨蒙蒙，山区寒气彻骨。一队红军露宿在袁大桂家门前的草堆边。他们瘦骨嶙峋，但是精神抖擞，纪律严明。

袁大桂看到很多红军还是十几岁的娃娃，有的脚板磨出了血泡，有的脚后跟裂开了血口。袁大桂非常心疼，仿佛小战士的伤痛是在自己身上一样，于是她决心为战士们编草鞋，帮他们缓解痛苦。她把自己的想法告诉了慰劳队的姐妹们，大家都说一定要保护好红军的脚板，让他们走得稳、跑得快，多消灭敌人，多打胜仗。为鼓励多做草鞋，她编了很多歌谣，在妇女群众中教唱。她编的《草鞋歌》，至今还有人会唱：

我编草鞋为哪个哟，
送给红军好哥哥。
红军穿上布草鞋哟，
打击敌人多利索。
布草鞋，厚登登，
编双草鞋送红军。
草鞋虽轻情意重，
它是姐妹一片心。

袁大桂不分白天黑夜，不管严寒酷暑，在家编草鞋，出门收草鞋、送草鞋。饿了，咬几口玉米粑粑；渴了，掬一捧山涧清泉；病了，也顾不得休息。人们都亲切地称她为“草鞋队长”。

每当袁大桂来到红军营地时大家就一片欢腾，有给她端凳的，有给她递水的，有给她盛饭的，像迎接久别归来的亲人。袁大桂应接不暇，连声说：“不喝水，不吃饭。我要给大家换双新草鞋，准备打胜仗。”接着她向红军战士介绍一番群众拥军的热乎劲，再讲一段生动的拥军故事。红军战士深受鼓舞，更加情绪高涨。然后，在一片亲切的呼唤声和热烈的掌声中，袁大桂又迈开大步，登山攀岭，继续去完成新的任务。

1930 年下半年，袁大桂入党了，并担任了六区苏维埃常委。她的担子更重了，但她并没有放弃“草鞋队长”的责任，还承担了红军伤病员的护理工作。当时，环境极为艰苦，红区和白区交叉，往往是一涧一岗，没有固定的界线，双方拉锯频繁，红军时有伤亡。袁大桂帮伤员们包扎伤口，端水喂饭，洗涤鞋袜衣物等，照顾得十分周到细心。

1932 年秋，红四方面军撤离大别山。袁大桂恰在此时患了严重的眼病，几乎失明，无法随军转移，只得留下，后被燕子河恶霸地主余景高手下的一群匪徒逮住。

“刘家嫂子，受惊了！”余景高假惺惺地说，“你留下来就好，改恶从善，既往不咎。就你一个？不会吧，听说还有不少伤病员，他们在哪里？只要你说了，我们一概以礼相待。嘿嘿，都是地方人嘛！”

袁大桂一声不响，昂首望着遥远的天边，心里祷念着：“红军伤病员啊，你们快快地走远吧，不能再落入这群野兽的魔掌里……”

余景高催促道：“嗯，刘家嫂子，快说啊。”

袁大桂从容而坚定地回答：“你们这些丧尽天良的坏蛋，不可能知道红军的秘密！”

余景高气急败坏，疯狗似的对袁大桂施以各种酷刑。面对敌人的残酷刑讯，袁大桂视死如归，坚贞不屈，严守党的秘密，最后英勇牺牲。

（作者：胡遵远，原载《江淮英烈故事汇》，安徽教育出版社 2021 年版）

余品英：面对酷刑无所惧
主动穿上“红绣鞋”

余品英，1911 年生，安徽金寨人。1929 年，余品英参加革命，同年加入中国共产党，历任乡苏维埃宣传委员、区委宣传部部长、中共豫东南道委常委兼妇女会主席。她负责三区教育和扫盲工作时，因工作成绩显著，多次受到县苏维埃政府的表扬。

一、英勇无畏的她，乔装打扮出入白区

1931 年夏，红军取得了鄂豫皖苏区第二次反“围剿”的胜利。敌人为了报复，经常出动飞机在苏区撒化学毒剂，导致很多人皮肤溃烂、中毒死亡。

这时，余品英已调任豫东南道委妇女会主席。她看到群众遭受如此痛苦，十分不安。一次，道委在讨论如何治愈群众中毒感染的问题时，分管医疗工作的同志提出，治疗这种感染一定要用一种德国产的抗生素。但是这种药在苏区根本没有，只能到白区去买。当时到白区的道路都被敌人封锁，无法通行，药很难买进来。余品英主动提出由她去商城县城找同乡——仁济药房老板王泽芳买药。组织上开始不同意，怕她一个女同志会有危险。余品英说：“正因为我是个女同志，所以才容易活动。”组织上被她说服了，同意她去买药。

一天，余品英化装成一个卖柴的村姑，和一个老交通员潜入了商城县城。为了试探敌人搜查物品的方式，余品英开始并未到仁济药房买药，而是买了一些日用杂货。她同老交通员各背一个包，来到商城县城南关哨卡。她发现敌人对穿着不好的穷人查得严格，而对穿着阔绰的富人，不但不搜查，反而点头哈腰，施礼放行。这给了她很大启发。她立即找到仁济药房老板王泽芳说明来意，并在王泽芳的帮助下雇了一顶大轿，把药装在一个皮箱里放在轿座下面。她化装成一个阔少妇坐在轿子里，老交通员化装成佣人，随着轿子向城门南关而来。到了哨卡，敌人刚要来掀轿帘，就被她大骂一顿，敌人吓得只好让他们出城了。

她就这样机智地往返于苏区和白区之间，不仅买回了大量药品，还购买了很多急需的军需物品，解决了苏区药品和其他军需物品短缺的难题。

二、机智勇敢的她，足智多谋英勇善战

1931 年秋，为了配合红军主力进行鄂豫皖苏区第三次反“围剿”，豫东南道委命令余品英和道委直属独立团第五营营长夏学山带着两个排的兵力，开展游击战争，相机打击敌人，保卫苏区人民。

一天，余品英获悉，敌人在胭脂河坪、鸡蛋坪一带疯狂屠杀红军家属和革命群众，便决定和夏学山前去营救。不巧，中途和敌第五十四师一部遭遇，他们虽多次冲锋，但均未击退敌人。由于我军子弹缺乏，不能恋战，余品英便命令夏学山立即率部向右侧山峰突围，她则带领警卫员李承贵负责掩护。夏学山坚持由他掩护，要余品英带队突围。余品英严肃地说：“现在不是争论的时候，望夏营长服从命令。”夏学山说：“我是奉道委命令保卫你的，我突围了，你要有闪失，我怎么交代?”余品英说：“你既然是保卫我的，就要听我的命令!”夏学山拗不过，只得服从命令，带着部队向右侧山峰突围。

余品英攀上一棵大树，向敌军连开数枪，并高声喊道：“白军们听着，我们是红军游击队，希望你们只和我们交战，不要伤害黎民百姓。你们也是中国人，要讲良心，屠杀自己的骨肉同胞是历史的罪人，不算好汉!”喊罢，她又连发数枪。敌人听到这突如其来的枪声和喊声，立即扑了过来。

余品英迅速溜下树来，和警卫员李承贵藏进一个石洞里。敌人号叫着搜了一阵，连人影也未见到，只得离去。

晚上，余品英带着李承贵摸回了娘家，可是家里被敌人糟蹋得一片狼藉。他们正想找点吃的，一个连的敌人又包围了过来，一部分敌人已窜到了门口，余品英顺手提起一个火炉向窜进门的几个敌人砸去。敌人被炉灰迷了眼，余品英迅速拉着李承贵跳出窗子，潜入山林，敌人又扑了一个空。

三、意志坚强的她，视死如归浩气长存

1932 年秋，鄂豫皖苏区第四次反“围剿”失利，红军主力撤离鄂豫皖根据地。国民党军乘虚而入，整个苏区笼罩在一片白色恐怖之中。豫东南道委指示余品英和夏学山负责带领一部分逃难群众向深山转移。可是，他们来到椿树坳的山岭时，不幸被敌人包围了。

狡猾的敌人怕搜山挨“黑枪”，便放火烧山。熊熊烈火向战士们和逃难的人

群扑来，“突围出去！”余品英和夏学山商量之后，决定将逃难的群众分成两组，两人各带一个排的战士和一组群众，向东、西两个方向突围。可是余品英还没走过一个山梁，就有退回的战士向她报告：夏营长受伤被俘，战士们大部分壮烈牺牲，逃难的群众也多被敌人打死或抓去。余品英听到这个不幸的消息，向战士们高喊：“同志们，夏营长负伤被俘，战士们大部分牺牲，逃难群众也伤亡很多，为人民报仇的时刻到了！”说罢，她命令一名班长继续组织群众突围，自己则率领 20 多个战士冲出火焰，杀向敌群。血战半个小时后，20 多名战士几乎全部倒下，她将仅剩下的两枚手榴弹盖子拧开，正准备与敌人同归于尽时，被身后窜过来的两个敌人抱住了。

敌人每天都对余品英、夏学山进行严刑逼供。可是任凭敌人如何凶残，始终无法从这两个坚强的战士口中得到任何消息。

一天，审讯又开始了。残暴的敌人钳了两个烧得通红的犁铧尖，对余品英说：“这是给你准备的一双‘红绣鞋’。你要是自首了，就不用穿了；你要是再硬下去，你就把它穿上！”

余品英说：“难为你们知道我的爱好，这鞋，我穿！”说着，把鞋子脱下，毫不畏惧地站在两个通红的犁铧尖上。余品英虽然痛得大汗淋漓，但是未叫一声。敌人无可奈何，又将夏学山残忍杀害。敌团长对余品英说：“他就是你的镜子，你要是愿意自首，我还可以成全你！”

余品英悲愤地说：“不要啰唆，你们的任何手段，都吓不到共产党人，我等着你们的这一招！”敌人无计可施，便将余品英残忍杀害。就这样，这位年轻的女英雄，为了党和国家献出了自己宝贵的生命，用热血谱写了壮丽的人生篇章！

（作者：胡遵远，原载《江淮英烈故事汇》，安徽教育出版社 2021 年版）

吴书芳：粉身碎骨浑不怕 要守秘密在心间

吴书芳，1914年出生在商城县南乡（今属安徽金寨）一个贫苦农民家庭。家中虽有几亩自耕山田，但经过各种各样苛捐杂税的反复压榨，再加上经常遭受乡绅族霸的敲诈勒索，全家8口人常常缺吃少穿。

吴书芳14岁就参加了革命。1929年立夏节起义，震撼了大别山区的千山万壑，在吴书芳的家乡也产生了巨大的反响。在共产党的领导下，广大贫苦百姓成立农协会、青年团、妇联会等各种革命组织，打土豪、斗地主、分田地，热火朝天。吴书芳成天跟着乡亲们一起打土豪、捉劣绅，心里乐开了花。由于工作积极、敢于斗争，不久她就加入了共青团，并被选为乡妇女会的组长。她对妇女工作十分热心，发动妇女做军鞋、缝军衣，为红军家属挑水打柴、代种代耕，多次受到表扬。

一、用心思，智斗地主

一次，吴书芳听说当地地主吴中礼将剥削来的贵重财物密藏起来，便主动向农协会请求让自己带人去搜查。农协会主任夏昌廷说："吴中礼狡猾得很，你能搜得出来吗?"吴书芳说："他狡猾，我有治狡猾的办法，保证完成任务!"夏主任看她很坚决，就同意她去了。

吴书芳是个很有智慧的姑娘，她并没有直接去吴中礼家，而是先找到吴中礼的几个长工，做了一番调查，得知吴中礼把贵重财物都藏在一个夹墙里。吴书芳心里有底了，便带着搜查队来到吴中礼家，对吴中礼说："吴中礼，上次打你家土豪，你把贵重东西藏起来了，对抗农协会。今天你要再不老老实实地将东西交出来，就要把你当劣绅打了!"吴中礼向吴书芳哭诉家里确实没有什么值钱的东西。吴书芳毫不客气地说："查是要查的，不过还是你自己交出来好。要是查出来，就算你不老实，要当劣绅打。东西被没收，你还要受罚!"吴中礼认为自己的东西藏得隐蔽，不会被查出来，便狡猾地说：“查出来，甘愿受罚；查不出来，你们可不能再说我不老实了！”

吴书芳说：“你只要不后悔，就一言为定！”便命搜查队拿着锄头铁锹，直奔堂屋夹墙，很快把夹墙挖出一个大洞。

吴中礼看到秘密被发现，拼命哀求，说愿意交出财产，不要把他当劣绅打。吴书芳说：“这是农协会章程，谁也不能改！”夹墙很快就被挖倒了，几只皮箱全部被扒了出来。吴中礼只得老老实实认罪受罚。

吴书芳的这次行动受到了区、乡领导的好评，当即被任命为乡苏维埃妇女主任，并被破格（她当时只有 16 岁）吸收为中国共产党党员。1931 年 2 月，她又被任命为区苏维埃妇女部部长，经常领导区宣传队、教护队和慰问队到前线配合红军的反“围剿”战斗，并多次立功受奖。

二、设埋伏，巧打民团

1932 年 10 月，鄂豫皖苏区第四次反“围剿”失利后，红四方面军主力撤离大别山。当时，吴书芳正在赤南县苏维埃所在地银沙畈学习。县委指示她赶回六安三区坚持后方工作。就在吴书芳返回途中，敌第五十四师在当地反动民团的引导下，进犯吴家店、斑竹园一带，无恶不作，六安三区几乎全部沦陷。吴书芳辗转回到六安三区，而区苏维埃干部和武装人员已转入地下活动，不知去向。“哪怕只剩下一个人也要坚持战斗。”吴书芳说服大哥吴书炎，找到乡苏维埃秘书吴中云，一同来到东高山准备联络各地革命武装力量坚持斗争。不久，他们就联络了区苏维埃及五星县独立团的 20 多位同志，并和县委取得了联系，成立了六安三区游击队。由于吴书芳机智勇敢，又参加过反“围剿”作战，有实战经验，她被县委任命为游击队队长。从此，这个游击队便以三县（赤南、六安、五星）交界处的三姑寨、大湾和吊桥这三座大山为依托，积极开展灵活机动的游击战争。

为了赢得群众的拥护与支持，吴书芳带领队员们帮助这三座山上散居的几十家农民收割庄稼，组织他们和游击队一起下山打地主、分粮食，帮助他们解决生活上的困难，很快就和农民们建立了鱼水相依的军民情。农民们把游击队看成自己的亲人，经常帮助游击队探听情报、传递消息，并在村前屋后设置了向游击队通风报信的记号。

一次，游击队员们深夜从前畈回来，发现几户农民设置的“平安无事”标记不在了，吴书芳知道有敌人上山了，立即带队埋伏在进山要道的两边。一会儿，果真看到当地的团匪 40 余人搜山归来。团匪刚走进游击队的伏击圈，吴书芳大喊一声“冲”，便带头冲向敌人。敌人不知虚实，被打得哭爹喊娘，狼狈逃跑，以后再也不敢上山了。

为了更有效地打击敌人，配合红二十五军开展反“围剿”斗争，吴书芳经常把游击队员化装成老百姓或国民党兵，到蔡河、前畈和古碑等地截取敌人物资，相机打击敌人。莲花山、佛堂、燕子河等地的反动民团以及国民党军队均遭到过游击队出其不意的打击。但由于敌人“围剿”大别山的兵力不断增多，红二十五军主力转移到外线作战，根据地经常遭到敌人的袭击。一些地方民团也趁机嚣张起来，倚仗国民党军队撑腰，到处横行霸道、无恶不作，游击队的活动越来越困难了。

三、守秘密，视死如归

地主吴中礼的财物被吴书芳没收以后不久，他的父亲吴书长也被苏维埃政府处决了。吴中礼便投靠到燕子河民团头子黄英门下，伺机报复。

1933 年 12 月 22 日深夜，吴书芳带领两个战士下山打听消息。因行动被吴中礼探知，吴书芳和两名战士遭黄英匪兵 200 余人包围。虽然奋力抵抗，但因敌众我寡且子弹耗尽，他们最终被俘。

吴书芳被带到黄匪团部，当夜就受到严刑审讯。敌人要吴书芳交代共产党组织和游击队的活动情况，吴书芳毫不畏惧地说：“共产党员多得很！游击队也多得很，就是不告诉你们！”

吴中礼也假惺惺地出来当说客，并把吴书芳的弟弟吴书梓抓来，说：“一笔难写两个‘吴’字，只要你答应黄团长的条件，就可以安全回家，不然都活不了！”吴书芳痛斥道：“你姓的是吃人肉、喝人血的‘吴’，我们从来不是一家。我来了就不准备活着回去，你们少费口舌！”她又对痛哭不止的弟弟说：“书梓，不用怕，红军会打回来为我们报仇的，他们的日子不会长的！”

黄英还不死心，便亲自审问，但得到的仍是痛斥和责骂。这个杀人不眨眼的刽子手气急败坏，命令匪兵们用乱石将吴书芳活活砸死。

这位年方 19 岁的大别山之女，直到牺牲前，仍然高呼：“共产党万岁！红军万岁！”

（作者：胡遵远、姜茜，原载《江淮英烈故事汇》，安徽教育出版社 2021 年版）

王坚：金寨县首任公安局局长

王坚，原名王淮东，1917 年出生于河北省故城县朱往驿村一个地主家庭，是为革命英勇牺牲的安徽省金寨县第一任公安局局长。

据《金寨县公安志》记载，王坚自幼聪敏好学，16 岁考入河北冀县第十四中学，在校期间积极参加进步活动。七七事变后，在“平津危急！华北危急！中华民族危急！”的紧急关头，他毅然投身到抗日斗争的革命洪流之中，不久加入中国共产党。

王坚参加革命后，开始做抗日宣传工作，随后联络进步同学，秘密发展党组织。1939 年，河北省冀县抗日政府成立，他任战地委员会主任。1940 年，受中共冀县县委派遣，王坚去冀南行署公安总局受训，同年 9 月回冀县组建公安局并任局长。

1942 年，是抗日战争最为艰苦的一年。日军对冀南抗日根据地进行了三次“大扫荡”，实行了惨无人道的“三光政策”和“铁壁合围”战术，疯狂屠杀抗日军民。

面对严峻形势，王坚带领公安局的干部战士机智灵活地同敌人进行周旋，保卫了县委、县政府的安全。他在打恶霸、斗地主、锄汉奸、破坏敌人通信设备和交通线方面取得了显著成绩。

在此期间，根据上级指示精神，王坚从局公安队和县大队里选调 10 名同志，专门组建一个精干的侦缉队。侦缉队在他的直接领导下，神出鬼没地惩处汉奸、特务和叛徒。赵家庄的大恶霸宋金荣，一贯与人民作对，仇视抗日力量，并杀害共产党的一名区委书记。为惩恶扬善、打击敌人，王坚派人跟踪侦察、了解敌伪内情，利用敌人之间的矛盾将其引出来，活捉后在赵家庄枪决了这个民族败类，并张贴布告，历数罪状，震慑了其他汉奸敌特，鼓舞了人民群众的抗战斗志。

王坚经常带领侦缉队背着电话机在野外与敌伪通话，宣传共产党的抗日政策，分化瓦解敌人。一个名叫张云峰的国民党士兵，在强大的政治攻势面前，秘密地投靠了共产党，并不断提供情报，做了很多有益于人民的事情。

王坚很善于做群众工作，具有很好的群众基础，在开展对敌斗争中，深受群众拥护。一次，王坚和一名警卫员执行侦察任务时，迎面走来了一队汉奸，他俩来不及躲避，就从容地走到附近正在锄地的两个农民跟前，接过他们的锄头，与农民边锄地、边谈心，巧妙地避过了敌人。

王坚虽然出生在一个地主阶级家庭，但他的革命立场十分坚定，对共产主义事业信念坚定、忠心耿耿。他对不能吃苦、政治立场不稳的人深恶痛绝。冀县抗日政府里，有一位县长受不了艰苦环境的考验，与敌伪暗中勾结，准备出卖同志、投靠日伪。王坚得知这一情况后，立即亲自侦查，不分昼夜地跟踪守候，终于掌握了证据，及时采取有效应对措施，使革命避免了一场损失。1947 年 7 月，刘邓大军千里挺进大别山。根据工作的需要，组织上从河北老解放区抽调大批地方干部随军南下，帮助新解放区建立人民民主政权。王坚奉命带领本局干部徐庆福、陈孟盈、宋之光等十几人，来到位于大别山区的安徽省金寨县组建公安局，并任局长。中共金寨县委从正规部队里抽调大批干部、从地方选派一批积极分子，迅速组建起一支公安队伍，在很短时间内就发展到 170 多人。

王坚担任公安局局长后，一方面向当地群众了解敌情、社情，一方面培养积极分子、部署隐蔽力量，为公安机关搜集提供情报，充分掌握对敌斗争的主动权。

王坚十分注意政治学习，他一直随身带着革命书籍，一有空就读书学习，经常告诉同志们：“干革命没有理论作指导是要走弯路的，历史上这样的教训太多了。”他还经常引导公安局的干部战士认真学习、掌握政策，自觉地按党的要求去工作。

当时的金寨，敌情比较严重、形势非常紧张，县公安局和县委、县政府机关经常开展游击活动。王坚是县委委员，时常带领工作组到区乡指导工作。在基层，他紧紧围绕党的中心任务，建立群众治安组织、积极开展治安工作。为此，他常常吃不好、睡不安，但他一直以极大的政治热情，为保卫党的事业而奋斗着。

王坚每到一地，都把打粮筹款作为一项重要任务，带领公安队把没收地主恶霸的粮款分给贫苦农民。他经常向群众宣传革命道理，号召大家团结起来，同反动势力作斗争。

1948 年 2 月，王坚带领公安队在金寨南溪一带剿匪。一天傍晚，公安队留在途中宿营，王坚连夜赶回公安局驻地（南溪葛山槐树坪）处理紧急事务。第二天一早，在途中宿营的公安队被国民党两个团的正规军包围，160 多名公安干部战士英勇抗击，子弹打完了，就搬起山上的石头砸向敌人……最终，因为寡不敌众，全部壮烈牺牲。

当晚，王坚得知这一不幸的消息后，心情十分沉痛。他一方面向县委汇报，一方面命令身边的几名干部战士赶去清理战场、掩埋烈士遗体。谁知，时隔不久，公安局驻地也被国民党军队包围，王坚率领仅存的公安干部战士边撤边打。战斗中，王坚不幸负伤，同志们要背他走，他坚决不肯。他把随身携带的几份文件资料交给身边的同志后，命令他们突围出去，自己则留下来掩护。当同志们安全突围后，王坚只身一人、一直坚持战斗到最后一刻！

（作者：胡遵远，原载《皖西日报》2021 年 9 月 16 日）

刘晓松：壮丽的青春之歌

刘晓松是安徽省金寨县油坊店乡人，生前系海军工程大学舰船内燃机动力工程系 1999 届毕业学员。

1999 年 7 月 9 日，刚刚毕业的刘晓松与其他 12 名同学在赶赴南海舰队报到途中，所乘列车行至湖南衡阳茶山坳地段时意外脱轨倾覆。在这危难时刻、生死关头，刘晓松和他的战友们将自己的安危置之度外，奋勇抢救 200 多名受伤严重的旅客。而他自己却因伤势过重，失血过多，最终献出了年仅 21 岁的生命。

此后，《中国青年报》、中央电视台及安徽省有关新闻媒体纷纷对“衡阳抢险英雄集体”的感人事迹进行了专题报道。胡锦涛同志先后两次批示，要求各新闻单位大力宣传他们的英雄壮举和感人事迹；中央宣传部、解放军原总政治部、共青团中央联合在北京、武汉、南京及英雄的家乡六安、金寨等地分别举行了 19 场英雄事迹报告会；海军工程大学、海军党委及金寨县委、县政府、六安地委、行署相继作出《关于开展向刘晓松同志学习的决定》；海军党委授予他“舍己救人的军校优秀大学生”荣誉称号。

时光倒回到 1999 年的 7 月 9 日。刚刚毕业的刘晓松与其他 12 名学员登上了武昌开往湛江的 461 次列车，他们怀着激动的心情前往南海舰队报到，憧憬着即将到来的军旅生活。

22 时 48 分，列车行至湖南衡阳茶山坳路段时突然脱轨，刹那间，12 节车厢扭曲、翻转、挤压，像一条被斩断的巨龙，横卧在路基上。

车祸发生的瞬间，刘晓松所在的加 1 车厢翻转在铁轨旁，拱起的铁轨把 7 号、8 号铺位之间的窗子连同下面的车体撞开一个直径 1 米多的大洞。这个洞，就在刘晓松身边。猝不及防，睡在 8 号中铺的刘晓松与 7 号中铺的武汉市江岸铁路幼儿园教师官望芝，同时被甩出洞外。刘晓松头部撞到碎烂的钢化玻璃，右额头鲜血如注。官望芝被仰面朝天地摔在地上，不能动弹。“阿姨，阿姨，你怎么样?”听到声音，官望芝睁开眼睛，只见原本睡对面床铺上的小伙子正在向她爬来。“这是怎么了? 我这是在哪里?”官望芝惊叫道。“列车出事了，您伤着没有?”刘晓松的语气平静而镇定，他伸手扶起官望芝，把她连拖带背地拖到一处平地上。猛然，官望芝撕心裂肺地哭喊起来：“女儿，我的女儿还在车上!”刘晓松安慰她：“阿姨，你别动，我去找她!”说着，他又走进车厢，找到那个洞口爬进列车。过了好久，他抱着一个十几岁的小女孩回到官望芝身边，气喘吁吁地说：“阿姨，这里很安全，你不要动，会有人过来的!”说完，他又转身向列车跑去。

官望芝一把抱住11岁的女儿，失声痛哭，她摸摸女儿的脸蛋，满手黏黏糊糊的全是血，再摸女儿的身上、裙子上，也是斑斑血迹。她疯了一般撕开女儿的衣服寻找伤口，翻来覆去却找不到。她蓦然意识到，这些血都是刘晓松身上流出来的！但是，当她放下女儿，想唤回刘晓松给他包扎伤口时，刘晓松的身影早已在雨帘与夜幕中消失了……

刘晓松回到车厢的洞口旁，大声喊道：“我是海军工程大学的学员，大家不要慌，这里有一个出口，听我指挥，一个一个地出来!”人们寻声而来：漆黑的洞口的边缘布满了尖锐的铁皮和木刺，像狰狞的虎口。人们迟疑了。刘晓松向车上的旅客张开双臂：“不要怕，我在下面接着!”人们一个一个地扑向刘晓松，有老人、有妇女、有孩子……他们身上都沾染了刘晓松的鲜血。在这个洞口，刘晓松先后把20多名旅客接到安全的地方；江岸幼儿园的张汉臣后来回忆说，微弱的星光下，他看见刘晓松一个一个地招呼大家：“快下来，我接着你”……看见这些，张汉臣不禁心头一热，他没有跳下车厢，而是留在洞口，帮助刘晓松疏散着车上的乘客。当洞口附近的乘客疏散完毕后，刘晓松又站在山坡上喊：同志们，跟我到别的车厢去救人!”说完，带头向4号、5号车厢奔去……由于失血过多，加上救人体力消耗，刘晓松最后仰面昏倒在铁轨上，脑枕骨碎裂，与额前的伤口形成致命的对冲伤。23时50分，深度昏迷的刘晓松被送进衡阳市中医院手术室时，呼吸、脉搏已经相当微弱了：输氧，无效；注射强心针，也无效。

7月10日凌晨5时45分，刘晓松的心脏停止了跳动，主治医师李学期介绍说，刘晓松没有脑干原发伤，如果在摔出车厢后及时包扎治疗，不会有生命危险，救人晕倒又第二次跌倒，是刘晓松牺牲的主要原因。从第一次摔倒到第二次倒下，这中间只有几个小时；然而，就在这短短的几个小时里，英雄完成了一生中最壮丽的人生跨越！但是，英雄之所以成为英雄，绝非偶然！

1999年11月15日，笔者有幸随金寨县人民政府主要领导及相关部门负责人前往海军工程大学参加海军党委专门为刘晓松举行的荣誉称号命名大会。在他学习、生活了4年的海军工程大学，笔者听到了许多关于刘晓松的动人故事。

帮助别人、关心集体是刘晓松的一贯表现。从小学二年级开始，刘晓松就经常利用放学时间和节假日，为学校附近的孤寡老人郝奶奶扫地、抬水、拾掇家务。上初中后，他经常送水、送粮到敬老院，帮助老人洗被子、打扫卫生。“这孩子很善良。”刘晓松的小学班主任陈世银说。他清楚地记得，有一年刘晓松过生日，舅舅给他买了一个新书包，他第二天就事先到学校送给了一个家庭困难的同学。那时，学校的窗户都是用塑料纸挡风，塑料纸破了，隔不两天就有人悄悄地用化肥袋子钉上。后来才知道，那都是刘晓松做的。一年冬天学生宿舍失火，有的同学的棉被被烧，刘晓松主动捐了 10 元钱，那是他一点一滴地积攒好久得来的。

1995 年 9 月，刘晓松考入了海军工程大学。入学不久，当时的队长唐洪和就发现，在新学员中，刘晓松的适应能力和组织能力明显高出一筹，于是就让他担任兼职干部，从班长到副区队长、区队长，一干就是 3 年多。在他担任副区队长之前，他所在的区队成绩排名全年级倒数第一。他上任后，找同学们逐个谈心、了解情况，采取有效的措施，激发大家的学习热情和竞争意识。

来自东北的吴威，入学时父母双双下岗，家庭生活十分拮据，训练与学习都受到很大影响。刘晓松得知后，开导他：如果你学习不好，训练不好，不是更增添父母的烦恼与担忧吗？经过多次耐心细致的交谈，吴威终于振奋精神，很快像变了个人似的，以崭新的精神面貌投入到学习、训练之中。学员小唐的性格内向，四级英语统考连考 3 次都没通过，十分自卑，发誓宁可毕不了业，也不再补考了。刘晓松得知后，主动与小唐结成对子，牺牲自己的大量休息时间，对小唐进行耐心辅导。在他的帮助下，小唐的英语水平明显提高，终于以较好的成绩通过了考试。

1996 年夏天，学员尤海荣的家乡遭受了特大洪水，他家的房屋倒塌，生活十分困难。家庭生活并不宽裕的刘晓松得知后，便把刚刚发到手里的 50 元津贴寄去。在他的带动下，同学们纷纷解囊相助，捐款 30000 多元，帮助尤海荣家解了燃眉之急。

刘晓松的一副热心肠感染和激励着区队每一名学员。经过一段时间的艰苦努力，他所带的区队学员成绩迅速提高。一个学期过后，总评成绩进入年级前三名，到第二学期末，就排名全年级榜首。在校内，他们区队的各项活动一直稳居全校前三名；在校外，刘晓松带领的海军工程大学代表队在武汉地区高校广播体操大赛中荣获第一名。为了班级和区队的荣誉，他吃了多少苦受了多少累，操了多少心流了多少汗，大家都看在眼里。

勤奋刻苦、精益求精是刘晓松的自律标尺。在海军工程大学的 4 年里，刘晓松的刻苦钻研精神令人佩服。为了学习英语，他自费订阅了一份英文版《中国日报》，一学期下来，厚厚的一沓报纸，每一张上都写满了密密麻麻的注解。在毕业实习中，他勤学好问，一有空就钻到机舱里了解机电设备管理分布情况。按规定，出海训练每转一班就应返回船舱休息，他却坚持跟班作业，一个班次下来，记了厚厚一本实习笔记。实习中，他还和几十名学员凭着一股钻劲，修好了一台有“顽症”的柴油机，连船上的“老机电”们也对他刮目相看。

春华秋实，毕业的钟声就要敲响。毕业论文和毕业设计是对学员学习成果的直接考查。刘晓松选择的设计课题是对舰艇主机某型隔震装置的效果分析。这是高技术领域里一个难度相当大的前沿性课题。第一次答辩，尽管刘晓松进行了长达几个月的准备，可还是在教授紧追不舍的发问中卡了壳。此时，他没有推诿于资料不详或计算失误去勉强通过。而是严格要求自己，更加细致地查阅资料，细心演算，最终找到了问题的症结。一周之后，刘晓松再次坐上答辩席，这一次，他回答得有理有据，无懈可击。可由于不是一次性过关，他的成绩只能定为“良”。走下答辩席，教授问他有什么感想，刘晓松真诚地说：“谢谢您的严格要求，这次答辩我终生难忘，您让我知道了在科学的道路上严谨是多么重要，同时也知道了未知的领域是多么宽广。”

1998 年初，报考研究生的工作开始后，专业基础十分扎实的刘晓松再次作出了一个令人意外的选择。他舍弃自己很有把握的舰船动力工程专业，填报了军事理论专业，队长杜奎责怪他不该弃长就短，他却解释说：“我不是单为了一个学位而考研。现代战争对科技人才的要求越来越高，只有掌握了现代军事理论的人，才能更好地驾驭未来高技术战争。”

遵章守矩、严于律己是刘晓松的行动准则。1997 年 2 月，寒假过后，刘晓松从家乡返校。由于长江水位太低，他所乘的客轮在九江搁浅。刘晓松心急如焚，马上向船长表明身份，请求放小艇送他上岸，小艇一靠码头，刘晓松就拦住一辆长途客车，站了整整 7 个小时赶到武汉。一看返校的时间快到了，平时生活十分节俭的刘晓松平生第一次破费打车，最终提前半个小时赶到学校。1998 年夏天，刘晓松奉命参加武汉江永堤和烂泥潮大堤险段的巡堤查险。这一段江堤荆棘丛生，行走困难，还常有毒蛇出没，刘晓松和他的战友们始终坚持在 10 里的长堤上，进行 24 小时不间断巡查，白天顶着烈日暴晒，夜晚忍着疲劳的折磨。刘晓松不但认真完成自己的任务，还经常给别人顶班代岗，多次发现和排除险情。

心系人民、立志报国是刘晓松的不懈追求。毕业前夕，刘晓松第一个向队党支部递交了决心书，并向全体毕业学员发出了“到基层去，到边防去，到祖国最需要的地方去”的倡议书。当时，组织上考虑到刘晓松家庭和本人的实际情况，打算分配他去条件相对较好的东海舰队。得知这一消息后，他立即找到领导坚决要求到最艰苦的南海舰队去。

在毕业前的最后一次集会上，刘晓松含着热泪指挥同学们唱了两支歌，一支是《海军工程大学校歌》，一支是《人民海军向前进》。海洋世界的召唤，科技强军的嘱托，扎根基层的互勉，凝聚成全体毕业学员报效祖国、服务人民的雄心壮志。然而，就在他奔赴祖国南疆的时候不幸的事情发生了。面对突如其来的灾难，刘晓松和他的战友们挺身而出，临危不惧，用生命和热血实现了入伍、入党的誓言，用理想和实践谱写了一曲壮丽的青春之歌。

（作者：胡遵远，原载《中华魂》2021 年第 2 期）

逆行者张尚

张尚，安徽金寨人，中国共产党党员。1981 年 3 月出生，1999 年 12 月入伍，2001 年 9 月以优异的成绩考入昆明消防指挥学校。2003 年 7 月，任湖南省衡阳市珠晖消防中队代理副指导员，武警少尉警衔。2003 年 11 月 3 日，在扑救衡阳市“11 · 3”衡州大厦特大火灾中壮烈牺牲。

一、最美逆行，义无反顾

2003 年 11 月 3 日清晨 5 时 39 分，天刚蒙蒙亮，雁城人民还在睡梦中。突然，衡阳市珠晖消防中队警铃大作。“不好，起火了！”7 月份刚刚从昆明消防指挥学校毕业，被分配到珠晖消防中队担任代理副指导员的张尚本能地从床上弹了起来，着装、冲向车库、登车，一气呵成！消防车尖锐的警报声划破了寂静的夜空，张尚带领 5 名消防战士迅速赶赴起火现场——珠晖区宣亭村一幢天井式的 8 层商住楼。

一到现场，只见浓烟滚滚，火势正猛烈蔓延。虽然已在消防部队服役 4 年了，但是张尚还是第一次看到这么大的火势。张尚临危不惧，果断命令：二班班长郭兵华迅速进行火场侦察，其他战斗员准备展开战斗，并调动中队两台消防车投入战斗。郭兵华迅速围着建筑楼跑了一圈，将火场侦察情况报告给张尚：起火的大楼东邻衡州大市场，北邻衡州市场配电房，南面和西面都是住宅楼；商住楼一层是仓库，二层以上住人；仓库里储存着大量的电器、橡塑制品，以及烟酒、糖果等物品；一楼仓库现已大面积着火，正向二楼蔓延，并有浓烟和刺激性气体；估算一下楼上大概有百余户居民需要立即疏散和撤离。张尚和随后赶到的副中队长李元明迅速部署展开战斗，并发出命令：“楼上有人！救人第一！”

一场生死较量开始了。

副中队长李元明率领二班班长郭兵华、副班长贺华东等挨家挨户叫醒、疏散被困群众，并立即向支队报告，请求增援；同时，张尚带领战士用 3 支水枪分别从东、西两面向火魔发起进攻。

支队增援力量到达后，在火场指挥部的统一指挥下，张尚一直率领战士战斗在火场最前线，既当指挥员，又当战斗员，在两个多小时的战斗中没有休息过一分钟，灼热的火光直逼他们，脸庞被烤得疼痛难忍；浓浓的烟雾扑面而来，熏得人咽喉发紧，泪水不断。消防战士们毫不退缩，紧密配合，全力作战。负责供水的战士郑有福几次冲到一线，想替换下指导员。此时此刻，张尚也需要休息一下，尤其需要出去呼吸一口新鲜的空气，但是，他不能。因为战斗还在继续。想到这里，张尚毅然拒绝了战友的好意，继续抱着水枪将一股股水柱射向凶神恶煞的火魔。

经过努力扑救，他们终于开辟出一条通往二层居民区的生命通道，“还有没有人在楼上?”“哪家还有人没出来?”他们一遍遍地询问，只要听说有人没出来，他们就不顾一切地冲上楼去搜救。

强忍着浓烟的熏烤，消防救援人员一次次地冲进楼搜救。每冲进去一次，都是在与死神做一次赛跑；每冲进去一次，自己就多一分危险；每冲进去一次，人民群众的安全就多一分保障。

一个多小时后，楼内居民都疏散到了楼下空地上。为了确保楼上居民全部撤出，张尚决定对大楼再进行一次全面搜索。

8 时 30 分左右，大厅内的火势越来越猛，楼上的一些房间也纷纷着火，大厅内水泥墩表面的水泥开始剥落。火魔发疯一般张牙舞爪地吞噬着周围的一切，10 多米之外就能感觉到迎面袭来的热浪。

火焰在大厅内此起彼伏，消防救援人员在大厅内东扑西救。经过一番力战，大厅外围的火势总算扑灭，他们开始向大厅深处挺进。由于长时间高温的炙烤，水泥墩表面的水泥加速剥落，高处也不断有燃烧物掉下来，整栋楼房随时都会有倒塌的危险。为了彻底扑灭大火，确保人民群众生命财产安全，张尚带着战士们不顾个人安危，毅然扛起消防水枪，从割开的洞口钻进去，向大厅深处挺进。

然而，就在他们全身心投入救火工作之时，意想不到的灾难降临了。8 时 37 分，随着“轰”的一声巨响，该楼的西面、北面及南面的部分楼层突然倒塌。张尚和共同坚守阵地的郭兵华、贺华东、刘庆东等同志被倒塌下来的楼体掩埋，壮烈牺牲。令人动容的是，救援人员在搜寻到张尚同志的遗体时，他的两只手还分别护着身边的两个战友。为了保护两名战友少受伤害，他的两只手臂都已被坍塌物砸断。

二、坚持理想，勇于追梦

1999年12月，张尚高中毕业后，怀着锻炼自己、奉献社会、保家卫国的决心，入伍来到消防部队。作为新时期的消防战士，他除了练就铮铮铁骨之外，还有着较宽的知识面，是战士们身边的“百事通”“活百度”。到部队时，张尚的行李是整个新兵连中最特别的——除了复习资料还是复习资料！由于表现优秀，文笔功底又好，新训结束下队时，他被分配到总队机关担任公务员。公务员工作任务繁杂，且容不得半点差错。为了高质量完成各项工作任务，张尚经常自觉加班加点。张尚初入部队就立志报考军校。为了实现这个目标，他在努力工作的同时，不忘学习，刻苦钻研业务知识，光心得笔记就写了好几本。2000年12月，因为他的出色表现，总队秘书处授予他嘉奖一次。2001年9月，他以优异的成绩考入了昆明消防指挥学校，圆了自己梦寐以求的军校梦。

三、铁骨柔情，心中有爱

2003年4月的一天，新兵张虎病了，再加上思乡情切，情绪很低落。一连三天，张尚给张虎喂药、喂饭，并将棋盘端到了张虎的床前和他对弈。张尚一边下棋，一边给张虎讲解棋谱和蕴含在棋谱中的人生哲理，并推荐他阅读有关书籍，用一颗爱心温暖了张虎的心灵。新兵陈伟从6月份开始负责后勤工作，10月份时产生了厌烦情绪，提出想换岗位，去当一名战斗员。张尚知道后找他谈心，发现陈伟更适合当一名战斗员，就主动为他更换了岗位。陈伟在新的工作岗位上如鱼得水，屡创佳绩。张尚的爱心不仅体现在对战友的关心上，还体现在对失学儿童的关爱上。珠晖中队从1998年起就一直资助一名叫张莉的小女孩，张尚经常通过写信、打电话的方式，关心小女孩的生活和学习情况。2003年10月，也就是他牺牲前的一个月，张尚还带着一名战友专程赶到张莉的家里，给张莉送去了学费，并勉励她要好好学习。

平凡的张尚不平凡地走了，有关部门在整理烈士遗物时，发现他甚至没留下一张生活照片，只有父亲寄给他的一封家书，被他夹在笔记本中，奉为自己的座右铭：“把困难留给自己，把方便让给他人，作为父亲，最大的心愿是你能锻炼成才，为祖国、家乡争光，我们只想听到你的进步，这才是全家人最大的安慰。”

（作者：金鑫，原载《江淮英烈故事汇》，安徽教育出版社2021年版）

第三部分

名人传奇

许继慎的“激将法”

1931 年 4 月下旬，红四军决定攻打驻扎在六安独山的敌人。该战由红四军第十一师师长许继慎指挥。

在参战部队中，红十师二十九团的战斗作风较差，团领导干部缺乏英勇顽强的革命精神，每次战斗任务完成得都不够理想。许继慎别出心裁，采取了“激将”的办法。

4 月 24 日，在攻打独山敌人据点前作战斗动员时，许继慎大讲特讲进攻独山之敌的重要性、任务的艰巨性。他说，“脓包”只有当“参观团”的份，只能看着别人去“吃肉”。许继慎的话，说得战士们的心里痒痒的，谁都想领到这项任务。谁知，许继慎在给各团分配任务时，唯独让第二十九团当“参观团”。

宣布散会后，许继慎故意让第三十三团先离开会场，并特意从第二十九团前经过。第三十三团的装备很好，每人除了一支长枪，还有一把大刀，大刀的柄上系着一块红绸布。排队走过时，红绸布飘起，既威严又漂亮。这让第二十九团的干部战士都低下了头，脸上发臊。

这时，第二十九团的团长坐不住了，往队伍前一站，连用几个问句大声激励战士们，这使得第二十九团的干部战士情绪激昂，齐声喊道：“我们也能打胜仗！明天我们一定要消灭敌人！”

第二天凌晨 5 时，随着“砰、砰、砰”三声枪响，独山战斗打响了！红十一师分两路对独山外围阵地发起攻击。幢幢的黑影向山下跳动，前方的飞弹闪烁着危险的红光，独山大地在枪炮声和喊杀声中微微颤动。

师部指挥所设在三里岗森林密布的山冈上，许继慎正坐在一块石头上。

这位在战火中成长起来的红军将领，从不满足于在指挥室内看图指挥，只要有可能，他就会亲临现场。尤其是山地作战，他总认为置身战场对敌我双方态势一目了然，有了变化也能及时处理。他听着子弹飞过的呼啸声，双手举着望远镜密切注视着战斗的进展。

看到东西两路攻击受阻，许继慎从容不迫地从大石头上站起来：“应该使用预备队对独山镇中部进行冲击了!”但许继慎心中仍有顾虑：二十九团在战斗的关键时刻是否能够成为一支奇兵，成为一个置敌人于死地的铁拳?

第二十九团自前一日散会回去以后，立即作了动员，战士们求战求胜心切，个个表示一定要打胜仗、立大功。可是等到第二天凌晨，枪声像炒豆子一样响起，第三十一团、第三十三团已对敌人发起猛烈进攻，自己的团怎么还没有接到师部的命令?全团上下都着急起来，连长急了，去找营长。营长急了，去找团长。团长也急得直搓手，他一边命令通信员去找师部的位置，一边命令全团集合。

当第二十九团团长、政委站到许继慎面前，举手说：“报告许师长，我们已将第二十九团带上来了!”许继慎知道，这个团正憋着一股气，要给他们机会去发泄，不然士气会一蹶不振。但临战之前，还得再激他们一下，大声问：“你们来干什么?回去!”

“我们来请求战斗任务!”第二十九团团长倔强地站在许继慎面前，就是不走!

“你们能打仗?”

“能!能!这是我们全团指战员的请战书!”团长说着递过去一叠纸，跟着又补充了一句，“如果完不成任务，我甘愿接受军法处置!”

许继慎接过请战书，看了看，大声说：“那好吧，是骡子是马，就看这一回了。你们赶快回去动员部队，准备战斗，听我的号令发起进攻!”

第二十九团指战员们早已憋了一肚子气，随着许继慎一声令下，1000多名战士从隐蔽处一跃而起，一边射击，一边大喊大叫地向镇内进攻。战士们动作敏捷，像老虎似的向前奔跑，越打越勇猛。敌人埋在稻田中的竹签将不少战士的脚戳成了血疙瘩，但也没能阻挡住红军的进攻。镇内敌人面对此景乱作一团。这次独山战斗中，第二十九团全歼敌人1个多团，歼敌人数最多、缴枪最多，收缴的武器堆成了小山。

从那以后，第二十九团的名字响起来了，仗也越打越好。二等部队打成了一等部队，打成了铁、打成了钢，以“能攻善守”而著称。

战后在河滩上整队集合时，许继慎走了过来。他见人人手里全是新家伙，很是高兴。

许继慎问第二十九团团长：“你们缴了多少匹马?”

团长说：“一百多匹。”“敌人旅长的那匹马呢?”

团长让战士把一匹高头大马牵了过来。许继慎翻身上马试了试，突然让那匹战马的两只前蹄凌空而起。夕阳中，许继慎就像兀然而立的一尊铜像，耸立在独山的河滩上。

他回身对第二十九团的干部战士说：“就这样打！谁说二十九团不能打仗？二十九团能打，而且能够打胜仗！打大仗！”

说罢，许继慎大声笑着，绝尘而去。当时还是第二十九团的一个班长的洪学智将军多年后回忆：“世上本来没有不能打仗的兵，就看有没有好将领！后来的仗，越打越大了；胜仗，越打越多。人民的军队，终于打出一个新中国！”

（作者：胡遵远，原载《清风》2021 年第 23 期）

徐向前初识李德生

1930 年 2 月，李德生还不满 14 岁就参加了红军。当时，红军队伍里武器非常短缺，即使有了武器，一般也会优先分配给老战士。李德生曾壮着胆子向指挥员要枪，指挥员却告诉他："枪得到敌人手里去夺。"

当时，为了保卫胜利果实，红军战斗频繁。李德生作战勇猛、屡建功勋，很快分到了枪和 10 发子弹。不过，因为当时他身材还小，所以分给他的枪没有枪托。

不久，组织上调他到红四军第十一师第三十二团团部交通排当传令兵。传令兵的主要任务有三项，一是通信，二是警卫，三是参加战斗。李德生上任后，很快掌握了工作要领并多次圆满完成了任务；排长也很快给他换了一支小马枪，但这支小马枪也有损伤——枪上没有准星。由于李德生作战经验丰富，很快就摸索出无准星小马枪的瞄准方法。

一天，时任红四军军长的徐向前来部队视察，并亲自检查战士枪支弹药的保管情况。他一眼就看出有把枪"不对劲"，于是便问："这是谁的？"

李德生回答说："报告军长，是我的。"

徐向前于是好奇地问他："没有准星怎么瞄准啊？"

李德生说："让标尺的缺口对准枪管的正中，形成三点一线，高低再注意一点就行了。"

李德生报告完毕，徐向前便把枪拿过去试了试，见李德生虽然年纪不大，但是能如此熟练地说出射击的注意事项，徐向前满意地点了点头。

不久，李德生随红四方面军主力转战川陕，投入创建川陕革命根据地的斗争。善于学习的李德生一次次往返于前线和指挥所之间，不仅圆满完成任务，并在战斗中不断学习，其军事素养也日益提高。

1932 年 11 月，红四方面军分前后两个梯队继续前进。当时，李德生所在团处于红军两个梯队之间，当接近彷徨镇时，团长孙玉清派李德生和一名名叫王三春的交通队员到镇子里找向导。

李德生和王三春从镇东南走向镇口，看到两个行走的老乡神色慌张。李德生立即警觉起来，隐蔽前进，在街口拐角处，发现有部分国民党部队已从另一个方向进了镇子，后面还有部队陆续向镇子靠近。李德生立即对王三春说：“你快往前跑，告诉前面部队，我往后跑，报告团长，要想办法把镇子里的敌人消灭掉。”李德生飞奔回团部报告。团长当机立断，指挥部队和交通排抢占有利地形，向镇中敌人发起突然攻击。已通过镇子的红军得到消息后也折了回来，向敌人进攻。激战中，红军从俘虏口中得知敌人部队的番号和部署后，一面继续战斗，一面将情况向徐向前等报告。不久，徐向前率领第二梯队赶到，组织兵力向聚拢于彷徨镇的敌人发起迅猛攻击，激战通宵，终将敌人击溃。战斗结束后，团长孙玉清向徐向前报告了李德生和王三春发现敌情及时汇报的事迹，徐向前听了不住点头，特别对李德生和王三春给予表扬。

（作者：胡遵远，原载《人民政协报》2021 年 11 月 18 日）

“大元帅”的“小故事”

徐向前元帅是忠诚的共产主义战士，坚定的马克思主义者，久经考验的无产阶级革命家、军事家，长期担任党、国家、人民军队的重要领导职务。他为党和人民的事业建立了不朽的历史功勋，深受全党、全军、全国各族人民，特别是他长期战斗过、生活过的大别山区广大人民群众的敬重和爱戴。

一、态度坚定，永远跟党走

1925 年 8 月，徐向前和几位老乡离别了黄埔军校，去河南国民二军工作。一踏进国民二军军营，徐向前就感觉异常。表面上这支军队打着青天白日旗帜，号称革命军，实际上是“换汤不换药”，北洋军阀部队的习气、作风根本未变。徐向前在《历史的回顾》一书中写道：“当时全国形势很乱，让人理不出个头绪来。北方是军阀之间时而混战时而联合的场面，南方是国共两党又联合又斗争的场面，报纸上的消息一天一个样，甚至相互矛盾。有人劝我在北方的军阀部队里干，我婉言谢绝了。经天津到上海后，听说广东的国民革命军出师北伐，攻占了武汉，使我更加坚定了去找革命队伍的决心。”

1926 年 11 月底，徐向前来到武汉，找到了正在筹建中的中央军事政治学校武汉分校。武汉军校当时有“第二黄埔”之称，一大批共产党员、优秀青年在这里工作或学习。经过在国民二军近一年的风风雨雨，徐向前从苦闷、忧心忡忡的生活中回到了革命的大家庭。

究竟是三民主义好还是共产主义好呢？这是徐向前此时日思夜想的中心问题。以前在黄埔军校时他读过一些共产主义的书报，有点印象，但理解不深。经过几年的颠沛流离，耳闻目睹军阀混战、旧军队腐败等现象，使他不得不思考这个问题。常来常往的一些共产党员，给了他很大的启示和帮助。他们大都是他的黄埔同学或山西老乡，又是活跃分子，人人都谈理想、谈志向，谈对人生和时局的看法，谈三民主义和共产主义、国民党和共产党的区别，兴之所至、各抒己见，使他原来对共产主义和共产党的一些模糊认识逐步得到了澄清。

从读书、交谈和争论中，徐向前的思想发生了飞跃，他开始思考一个问题：谁能救中国，谁是真正的革命党？是国民党还是共产党？这需要他作出判断。此前，他不愿做“跨党分子”，没有加入中国共产党。如今目睹军阀混战、百姓受难、国民党腐败，他认识到国民党不如共产党、三民主义不如共产主义。

1927 年 3 月，正当国民党右派反共活动猖獗，国共合作面临破裂的严峻形势，徐向前经共产党员樊炳星、杨德魁介绍正式加入了中国共产党。就在他加入共产党时，已有种种迹象表明国共两党可能分裂。1927 年 4 月 12 日，蒋介石在上海发动了反革命政变，工人纠察队被缴械，大批共产党员被逮捕、被屠杀。

前途如何？战事如何？徐向前日思夜虑。不管发生什么事，他决心跟共产党走、革命到底，就像党章上写的那样：“共产党员要为共产主义流尽最后一滴血!”

5 月底的一天，徐向前接到共产党组织的一个通知：速去开会。他怀着新奇的心情，走进武汉蛇山西粮道街一个会场，只见周恩来正端坐在主席台上。两年前在黄埔岛和东征路上，徐向前多次见到这位军校政治部主任。他潇洒的风度、雄辩的口才，给徐向前留下了难忘的印象。然而，今天的周恩来显得十分严肃，他作了关于政治形势的报告。他讲上海发生的四一二事件，讲湖南长沙发生的马日事件，还讲了武汉当时的形势和夏斗寅叛军的情况，要求同志们要认清大局、坚定信念。

这是徐向前加入共产党后参加的第一次党的会议。在《历史的回顾》一书中，徐向前这样回忆这段往事：“这是我入党后第一次聆听重要政治报告。我为自己能够成为共产主义队伍中的一名战士，而感到自豪和光荣。”

他豪迈地说：“我坚信，我们的党和人民，必将一如既往、披荆斩棘、阔步前进，胜利到达自己的目的地。”

从此，他便一心一意跟党走、千难万险不回头，一直到 1990 年 6 月 29 日，病中的徐向前也许是感到自己的时日不多了，他对前来探望自己的老战友李先念郑重地说：“我的遗言有三条：一是不搞遗体告别，二是不开追悼会，三是把骨灰撒在大别山、大巴山、太行山和河西走廊。”

8 月 5 日，徐向前的病情更加严重，他对围在病床前的子女们吃力地重复了自己的三条遗言，并再次叮嘱子女：“我死后，你们要永远跟着党走，言行一致，说到做到!”

二、靠前指挥，爱兵如子

1933年1月27日，蒋介石委任田颂尧为川陕边区“剿匪”督办，并拨给100万发子弹和202万元军费。28日，田颂尧在成都宣誓任职，投入38个团近6万兵力分左、中、右三个纵队，对川陕革命根据地进行三路围攻。

时为红四方面军总指挥的徐向前立即部署反围攻，并亲自带6个主力团到空山坝地区向敌左路纵队开刀。徐向前每次部署红军同敌战斗前，总是先到前线摸清敌情和战地地势，根据红军兵力和部队特点进行部署，战斗期间还亲自到前线去指挥。经昼夜激战，敌人前线崩溃，红军胜利粉碎了敌人的三路围攻。

10月，蒋介石又以200万元军费、万余支枪和500万发子弹，支援刘湘发动对川陕边红军的围攻。10月4日，刘湘就任四川“剿匪”总司令，纠集四川大小军阀、集中140个团20余万兵力，另有两队空军、18架飞机助力，对川陕边革命根据地进行六路围攻。

红四方面军粉碎敌人的三期总攻后，刘湘将主力东移万源。总指挥徐向前亲自指挥东线红军对敌进行决战防御。徐向前深知这是一场关系川陕革命根据地生死存亡的决战，万源失守，我军就有被压出北川的危险。他不仅根据红军的兵力进行了认真部署，而且多次深入前线指挥。

东线反攻，是徐向前一直关心和研究思考的问题。他在视察了大面山、玄祖殿等前沿阵地后，立即来到罐坝南天门、草房梁红军阵地，选择东线反攻突破口。为选择突破口，保证大反攻的决胜，徐向前亲自到青龙观前线勘察地形、了解敌情。同时深入红三十一军等部队召开会议，找干部战士谈话，广泛听取下级指战员的意见，最后将青龙观作为全军大反攻的突破口。徐向前选定突破口后，又制订了夜袭青龙观的计划，并将这一任务交给有“夜袭常胜军”之誉的红三十一军九十二师二七四团。同时召开干部会，进行战斗动员，详细分析敌我态势和奇袭青龙观的有利条件及可能遇到的困难，指出这是关键的一仗，只能打好、不能打坏。

徐向前在激烈的战斗中，将个人生死置之度外，亲临前线摸敌情、靠前指挥，受到了广大指战员的敬重，为夺取反围攻和决战防御的胜利起到了关键作用。

徐向前是帅又是兵、爱兵如爱子，他经常教育大家，部队的一切工作都要从士兵出发、以士兵为基础。

1948年在临汾战役动员会上，他说：“身为干部，一定要爱兵。每个干部必须懂得，有了士兵才要干部，不是有了干部才要士兵。在战场上真正冲锋陷阵的，要靠士兵。因此，军队干部要明确树立为兵服务的思想。干部首先是士兵的同志、是士兵的师长、是士兵的表率、是士兵的知心朋友。然后，你才能把兵带好，才能使各个出身不同、性格不同的战士，变成一个战斗的集体，部队才能真正有战斗力。”他要求干部在政治上关心战士的进步，生活上关心战士的疾苦；在指挥战斗时，实行战术爱兵，尽量减少伤亡。

每次战斗，他都冒着敌人的炮火，到距前线最近的指挥所观察敌情地形，尽一切可能减少不必要的伤亡。在第一次攻打临汾城时，部队实行炮火轰击，未能打开城墙，还造成一些伤亡。这时，前线指挥员打电话给徐向前，要求搭云梯，实行强攻。

徐向前不同意，他认为用这个办法攻城，会给部队造成很大的伤亡。他说：“我们要把战士看成我们的亲兄弟，当作自己的亲生儿女一样爱护。你们想想，老百姓在艰难之中，把儿女从小养大成人，送到我们部队来，如果蛮干，不讲战术，造成不必要的伤亡，怎么对得起老百姓啊！”后来，部队改用坑道爆破攻城，取得了成功。

临汾战役期间，因蔬菜奇缺，他常同指战员一起四处挖野菜，同大家一道吃得津津有味。新中国成立后，徐向前的住所附近有个部队大院每周都要放一场电影。徐向前发现，每次他去大院看电影，全体指战员都会起立欢迎，他晚到，电影就会推迟播放，影响了指战员们的正常观影。为此，他对部队的干部说：“我是来看电影的，和大家一样是观众，你们要是拘礼，我就不来了。”从此以后，他再次步入电影场，就没有全体起立和热烈掌声了，只有一道道尊敬的目光投向他。

三、“哪有红军打红军的道理”

1931年4月，作为中共中央代表的张国焘被派到鄂豫皖苏区，不久担任鄂豫皖分局书记兼鄂豫皖军事委员会主席，成为与徐向前共事的搭档。1935年6月，红一、红四方面军在川西会合。7月中旬，中共中央抵达芦花前线，驻守在此的徐向前第一次见到中央领导同志。对于徐向前的军事才能，毛泽东赞赏有加，说他是孵化和带大红四方面军的“母鸡”，并代表中华苏维埃共和国临时中央政府亲自授予徐向前一枚五星金质奖章，充分肯定了他在发展鄂豫皖、川陕根据地和在军事上的杰出贡献。

红一、红四方面军会师后，党中央决定分两路北上。8月下旬，右路军在前敌总指挥徐向前和政委陈昌浩率领下，同中共中央和中央军委直属纵队一起，向巴西地区开进；左路军在朱德总司令和总政委张国焘率领下，向阿坝地区开进。

左路军中的张国焘以“噶曲河涨水过不去，粮食缺乏，部队无法前进”为由，明确反对北上方针，不但命令左路军部队停止北上，甚至“飞令”正在北上的军委纵队移至马尔康待命，如不听从则“将其扣留”。

9月8日晚间，中央政治局召开会议，张闻天、毛泽东、周恩来、博古、陈昌浩、王稼祥、徐向前出席。当晚，上述7人联名致电张国焘，指出：左路军如果向南行动，则前途将极端不利，要立下决心，在阿坝、卓克基补充粮食后，改道北进。9日，张国焘复电中央，仍坚持南下。这时，陈昌浩也改变了态度，同意南下。徐向前出于不愿把红四方面军的部队分开的想法，也只好表示南下。当晚和毛泽东会晤时，他表示：“两军既然已经会合，就不宜再分开，四方面军如分成两半恐怕不好。”

第二天，当得知红一、红三军团北上后，右路军中的其他部队发生了骚动。有些不明真相的官兵，听说中央红军独自“悄悄”北上，愤愤地吵闹。有人打电话给前敌总指挥部请示：“中央红军走了，甚至还对我们警戒，打不打?”紧急关头，徐向前果断而明确下令：“哪有红军打红军的道理！你们要听指挥，无论如何不能打!”

这一道掷地有声的命令，凸显了徐向前在大是大非前面、在决定两支主力红军命运的十字路口，对维护红军团结的勇敢担当！也正是他的这一坚持，有力制止了关键时刻红军将士间的“同室操戈”，使长征途中历经艰辛留下的革命火种得以延存。

四、“谁能硬着头皮打，谁就能胜利!”

解放战争时期，徐向前先后担任晋冀鲁豫军区第一副司令员、华北军区副司令员兼第一兵团司令员兼政委。在指挥运城、晋中、太原等城市攻坚作战中，徐向前尤其注意教育引导官兵培养顽强的战斗作风，为我军战略反攻阶段大城市攻坚战提供了宝贵经验。他强调：“打歼灭战对敌人要狠！对自己指挥的部队，在歼灭敌人的行动上，也要狠！不怕疲劳、伤亡和消耗。”“你觉得自己最艰苦、上不去、顶不住的时候，往往也是敌人最严重、最困难的时候，当你因困难决心发生动摇的时候，也恰恰正是敌人对胜利感到绝望的时候，谁能硬着头皮打，坚持到最后，谁就能胜利。”

1948年3月至5月，徐向前率领第八和第十三纵队、太岳和吕梁军区部队共约5万人，攻克设防坚固的临汾城。攻坚战第一阶段，敌人凭借坚固工事和强大火力，使攻城部队遭受很大伤亡。徐向前在《历史的回顾》一书中写道：“第一阶段攻城受阻，伤亡又大，士气颇受影响，有人甚至建议撤兵。在这胜负于一念之差的关键时刻，我们冷静分析，权衡利弊，认为取胜的把握甚大，绝不能被暂时的困难和失利吓破了胆。横下一条心：不拿下临汾，誓不收兵！”

当战斗进入关键时刻，中央又要他抽出3个旅北上晋中。徐向前二话没说，坚决执行中央决定。他调整部署，发出紧急动员令，号召全体指战员“坚决、勇猛、顽强坚持最后五分钟！”在徐向前果断指挥下，攻城部队总结创造了坑道爆破的“土行孙”战法，连续作业27昼夜，形成两条长约1000多米直抵城下的坑道，并在坑道尽头装填了18000斤炸药，顷刻间两道50多米宽的城墙被炸开了缺口，八纵二十三旅首先突入城内。战后该旅被中央军委命名为“光荣的临汾旅”。

历时72天的临汾攻坚战最终取得胜利，除了正确的作战指导、人民群众的大力支援外，也与攻城官兵敢打敢拼、勇往直前的顽强战斗作风密不可分，从而再次证明了“狭路相逢勇者胜”的战场法则。

五、“不近人情”“六亲不认”

1949年，徐向前率领解放军解放了太原城。家乡的一些亲戚朋友来找徐向前，希望他帮忙谋个差使。徐向前对这些亲戚晓之以理，动之以情，耐心说服教育他们安心在家务农。但是，还有人不理解，认为没能沾上他的光，说徐向前这个五台人“不近人情”“六亲不认”。

有一天，徐向前的两个姐姐来找他，希望他能在生活上给点帮助，这让徐向前有些犯难。原来，早在抗战初期，他的两个姐姐就都把儿子交给徐向前参加了八路军。后来，两个外甥都牺牲在了战场上。

徐向前对姐姐说：“我是个空有虚名的穷司令！我们共产党都是为老百姓办事的，不能为自己。你们来了，只能住几天，我也没什么好吃的，我吃什么你们就吃什么。我也没有什么东西可以给你们，东西都是公家的！”

生活中的徐向前十分简朴，在他家里，有一只小小的白木箱，由几块木板钉成，没上漆，做工也很粗糙。在战争年代，这是他的随身物品，跟着他南征北战，显得异常陈旧，新来的公务人员总想把它当成垃圾处理掉，但几次都被徐向前阻止了。

1950年，徐向前从青岛赴北京参加党的七届三中全会。秘书想，总不能再带着这只破箱子参加会议吧，便对徐向前说：“首长，我想去北京开会前，到街上买只皮箱。我打听过，买只小皮箱，用不了多少钱。”徐向前说：“还是不买吧，我看小木箱挺好的，它跟着我走了那么多地方，去北京为什么不能带上？去年好多地方闹了灾荒，我们能节省一点就节省一点嘛！”

20 世纪 50 年代初期，徐向前任中央军委总参谋长，率领一个军事代表团访问苏联。去的时候，正值初夏，他们身着薄军服，随身仅带了一套普通料子的便衣。到了莫斯科，由于购买武器装备的谈判进展缓慢，代表团在苏联一住就是 4 个多月。莫斯科的气温比北京低好几度，刚进入 9 月，天气就已经很冷了。徐向前和同去的代表团成员把带去的衣服全穿上了，也不能抵御寒冷。

负责管理生活的同志向徐向前请示，计划在莫斯科给大家每人做一套冬衣。徐向前考虑到这要花去许多国家外汇，决定让使馆的同志告诉跑莫斯科的信使，请他把军事代表团成员家里的冬衣捎来。并特别嘱咐那位同志："我家里有一件大衣，你帮忙取来。"

有的同志认为，买一件大衣也花不了几个钱，就对徐向前说："徐总，还是给你在莫斯科买一件吧！"徐向前说："我家里有大衣嘛，为什么要在这里买？呢料贵，做工也贵。如今，每一块钱的外汇，我们都要付金子呀！我们国家建设正需要钱，能不花的钱尽量不花，就是将来富裕了，不该花的钱也不能乱花。"他还说了一句名言："历览前朝兴与亡，成由勤俭败由奢。"

1990 年 9 月 21 日，开国元勋徐向前走完了他 90 年的人生历程。根据遗愿，他的家人将他的骨灰撒在了大别山、大巴山、祁连山、太行山等他战斗过的地方，他的英灵将永远和老区人民在一起。

（作者：胡遵远，原载《祖国》2021 年第 24 期）

洪学智：两膺上将

洪学智为中国革命和建设建立了卓越功勋、作出了突出贡献，荣获中华人民共和国一级八一勋章、一级独立自由勋章和一级解放勋章，1955 年和 1988 年两次被授予上将军衔。

一、从小走上革命路，万里长征不回头

洪学智 1913 年 2 月 2 日出生于安徽省金寨县双河镇（原属河南省商城县）一个贫苦农民家庭。1928 年冬，参加地下党领导的农民武装联庄队。1929 年 3 月，参加赤城县游击队，后参加立夏节起义（也称商南起义）。同年加入中国共产党，次年随游击队编入红一军。

土地革命战争时期，洪学智在鄂豫皖革命根据地红一军、红四军中先后任班长、排长、连长、政治指导员、支部书记，参加了创建鄂豫皖革命根据地和第一、第二、第三、第四次反“围剿”斗争，以及黄安、商潢、苏家埠、潢光战役。他作战勇敢、指挥果断，多次出色完成作战任务，所领导的党支部被评为红四方面军的 3 个模范支部之一。

1932 年，洪学智参加了红四方面军的西征，先后任营政委、团政治处主任，参加了枣阳、新集、漫川关、王曲、子午镇、彷徨镇等战役战斗。在川陕革命根据地，先后任师政治部主任、军政治部主任，参加了粉碎四川军阀“三路围攻”“六路围攻”的斗争和仪南、营渠、宣达 3 次战役，为创建川陕革命根据地作出了贡献。他率部参加并参与指挥了空山坝、三江坝、旺苍坝和万源保卫战等重大战役，创造性地开展思想政治工作，成效显著，受到了红四方面军领导的表扬。

1935 年 3 月，洪学智随红四方面军长征，参加了强渡嘉陵江、土门、包座、绥崇丹懋、天芦名雅邛大等战役，并负责红四方面军的后方收容和粮草筹措等工作。他正确执行党的民族政策，对少数民族头人积极开展统战工作，获得了少数民族兄弟的理解和支持，解决了红军的粮草供应问题，扩大了红军在少数民族地

区的影响力。

1935 年 7 月，洪学智奉命接应中央红军，组织筹措了大批军需物资，受到了刘少奇的充分肯定。

1936 年 10 月，洪学智进入红军大学学习。

二、率队万里行，抗战立新功

抗日战争时期，洪学智先后任抗日军政大学第三大队一支队支队长、第四大队副大队长。1939 年 7 月，率第三大队学员随抗大总校开赴太行山抗日前线，参加了百团大战和粉碎日伪军的大规模“扫荡”。1940 年 11 月，率抗大总校华中派遣大队奔赴苏北抗日前线，冲破敌人重重封锁，跨越晋、冀、鲁、豫、皖、苏 6 省，于 1941 年 4 月到达江苏盐城新四军军部，受到了刘少奇、陈毅的高度赞扬。随后任抗大第五分校副校长，为新四军培养了大批干部。在 1941 年夏季反“扫荡”斗争中，洪学智临危受命，掩护新四军军直机关和抗大五分校安全转移。同年 10 月，任新四军盐阜军区司令员，领导盐阜军民开展反伪化、反“蚕食”斗争，受到华中局的特令表彰。1942 年 12 月，调任新四军第三师参谋长，协助黄克诚指挥夏季攻势作战和苏北反顽斗争，胜利粉碎了敌人的“扫荡”，巩固了苏北抗日根据地。1945 年 8 月，苏北新四军转入反攻，他参与指挥了解放淮阴、淮安的战斗，为夺取抗日战争的胜利作出了重要贡献。

三、纵横驰骋大江南北，协同作战共创辉煌

解放战争时期，洪学智于 1945 年 9 月任新四军第三师副师长，与黄克诚率部进军东北，执行党中央“建立巩固的东北根据地”的战略方针，在极为困难的情况下疏通了承德到辽西的铁路，确保及时输送大批干部和部队进入东北。1946 年 2 月，任辽西军区副司令员，率部参加了攻打通江、中长路阻击战、四平保卫战等战役战斗，遏制了敌人战略进攻的势头。1946 年 7 月后，任黑龙江军区司令员，领导剿匪斗争并取得胜利，巩固了北满根据地。后担任东北民主联军第六纵队司令员，率部参加三下江南的作战。围攻城子街，全歼敌新一军八十九团。在东北战场上指挥步兵、炮兵、坦克兵诸兵种协同作战，为人民解放军对国民党主力部队攻城作战取得了经验，受到毛泽东主席的来电嘉奖。

1948 年 11 月，洪学智率领部队参加平津战役，先截断平津之敌联系，封堵了北平敌人海上逃跑之路；同时派所部主力十七师参加天津攻坚战，为平津战役胜利作出了贡献。此后，任四十三军军长，率部作为四野先遣兵团南下，途中被

任命为第四野战军第十五兵团副司令员。1949 年 5 月，指挥四十三军发起渡江作战，从黄冈、黄石、蕲春三地渡过长江，迫使武汉守敌弃城南逃；后指挥所部参加湘赣战役，攻占鄂城、大冶、九江、南昌等城市；继而参与指挥广东战役，解放了广州市。

中华人民共和国成立后，洪学智任中南军区第十五兵团副司令员、广东军区副司令员。参与指挥进军广西的作战行动，参与指挥渡海作战，取得了解放海南岛战役的重大胜利。直接指挥广东剿匪斗争，巩固了广东治安和社会秩序。1950 年 5 月，指挥发起万山群岛战役，击沉敌舰 4 艘，重伤敌舰队司令，创造了木帆船打军舰、以劣胜优的奇迹，受到了毛泽东主席的嘉奖。

四、建起“钢铁运输线”，粉碎美军“绞杀战”

1950 年 7 月，洪学智调任陆军第十三兵团副司令员。同年 10 月参加抗美援朝战争，任中国人民志愿军副司令员，分工负责司令部、特种兵和后勤工作，参与领导指挥了第一至第五次战役和其他历次重大战役，提出了许多重要的建议和谋略，在保证志愿军首脑机关的安全方面做了大量工作。

1951 年 6 月，洪学智兼任志愿军后勤司令员。当时，美国侵略者将我军后勤保障视为眼中钉，采取一切手段进行打击封锁、企图切断我方后勤供应。怎样保证几十万志愿军的供给，是洪学智面临的重大难题。而最令洪学智头痛的，则是美军的“空中绞杀战”。

为此，他对战场形势作了详细分析，下令部队将高射炮集中隐藏起来打击美军轰炸飞机，保护重点桥梁，保证运输车辆通过；同时，对运输车辆进行伪装，设置假目标，搞乱美军机的辨认力；投入大量的铁道兵、工程兵抢修铁路和桥梁。就这样，洪学智带领战士们建起了“打不断、炸不烂、冲不垮”的钢铁运输线，彻底粉碎了美军策划的“空中绞杀战”，保障了前线作战的物资供应，为夺取战争的胜利起到了重要作用。

抗美援朝战争后，洪学智荣获朝鲜民主主义人民共和国一级国旗勋章一枚、一级自由独立勋章两枚。

五、起落升降终不悔，革命初心永不忘

1954 年 2 月，洪学智被任命为解放军总后勤部副部长，1956 年 12 月，任总后勤部部长、党委书记。面对后勤工作现代化、正规化建设的新形势，他在理顺后勤体制、健全组织机构、完善标准制度等方面采取了一系列重大举措。他组织

领导全军后勤创建了具有中国特色的军队后勤保障体系，是我军现代后勤工作的奠基人和开拓者。

1959 年春，西藏上层反动集团发动叛乱，洪学智代表中央军委进藏了解平叛作战和后勤物资供应情况。他深入前沿部队和后方兵站医院，调查研究，解决问题，为平叛取得胜利作出了贡献。

1959 年庐山会议后，洪学智调离部队到吉林省工作，先后任省农机厅厅长、重工业厅厅长。“文化大革命”开始后，他遭受关押批斗，1970 年被下放农场劳动改造。

顺境不忘初心，逆境不失本色。在此期间，他始终坚持原则，与林彪、“四人帮”反革命集团进行了坚决斗争。1972 年在毛泽东主席、周恩来总理的亲自过问下，他被解除了劳改。1974 年任吉林省石油化工局局长。

1977 年 8 月在党的十一届一中全会上，洪学智当选为中央军委委员，9 月任国务院国防工业办公室主任。他带领军工战线广大干部职工，拨乱反正，全面整顿，恢复生产秩序。他严抓武器生产质量关，保证了部队自卫反击作战的武器装备供应。他在狠抓常规武器和尖端武器研制的同时，大力推进民用产品开发生产，使军工企业走上了“军民结合，平战结合，以军为主，以民养军”的正确发展道路。

1980 年 1 月，洪学智再次出任总后勤部部长，后又任中央军委副秘书长、总后勤部部长兼政委。1987 年再任中央军委副秘书长。1990 年，被增选为中国人民政治协商会议第七届全国委员会副主席、党组副书记。1993 年当选为中国人民政治协商会议第八届全国委员会副主席、党组成员。他认真执行党的统一战线政策，与各民主党派和各界人士广交朋友，为巩固和扩大新时期爱国统一战线、推动人民政协事业发展作出了重要贡献。

洪学智曾经担任中共第八届中央候补委员，第十一、第十二届中央委员，第五届全国人大常委会委员，第一、第五、第七届全国人大代表，第七、第八届全国政协副主席，第一、第二届国防委员会委员等职，是中国共产党的优秀党员、久经考验的忠诚的共产主义战士，无产阶级革命家、军事家，我军现代后勤工作的开拓者。洪学智的一生，是革命的一生，战斗的一生，为党和人民无私奉献的一生。2006 年 11 月 20 日，洪学智在北京逝世，享年 93 岁。

（作者：胡遵远，原载《安徽党史上的重要人物》，中共党史出版社 2021 年版）

洪学智的传奇故事

洪学智，安徽省金寨县双河镇黄鹄村小河口人。我军现代后勤工作的开拓者，第七、第八届全国政协副主席，中央军委原委员、原副秘书长，解放军原总后勤部部长兼政治委员。1955 年和 1988 年，洪学智两次被授予上将军衔，这在我国乃至世界军事史上都是前所未有的。他的一生充满了神秘的色彩，留下了很多传奇的故事。

一、不怕死的“犟汉子”

在红四方面军西进途中，洪学智参加了粉碎“川陕会剿”“六路围攻”以及三江坝、空山坝、旺苍坝、万源保卫战等重大战役。

1932 年，红四方面军打响了苏家埠这场以少胜多、围点打援的著名战役。战役打得非常激烈。洪学智所在的红四军第十师第二十九团负责阻击陈调元的援军。第一仗重机枪连连长冲锋时牺牲，第二仗继任连长冲锋时又牺牲，当天，洪学智接任了该连连长职务。在向敌人发起冲锋时，他从战壕里站起来，高喊：“冲啊！”没承想，刚跃出战壕，敌人的一颗子弹就打在了他的肺叶上，血呼呼地冒了出来，他从山坡上滚了下去。由于医药短缺，身负重伤的洪学智生命危在旦夕。

此时，好在部队里有一名俘虏是个军医，他被洪学智的英勇行为所感动，于是主动出手将他救活。洪学智在身体还没有完全恢复的情况下，就断然拒绝村民的挽留，急着追寻部队而去……当地群众都称他是不怕死的“犟汉子”。

二、大难不死落伤悲

长征途中，身为红四军政治部主任的洪学智在率部从黑水、芦花向班佑前进的路上，需要经过数百里茫茫无际的草地，这里渺无人烟，沼泽遍布，气候异常。洪学智不但要负责伤病员的转移运输，还要盘算怎么给部队弄到粮食。

因积劳成疾，洪学智病倒了。他发着高烧，昏迷不醒，眼看命在旦夕。后来，部队请来一位老中医。红军战士们围着老中医，你一言我一语，恳求老中医赶紧救治洪学智。老中医说："你们不用慌，洪主任患的是伤寒病，我开个方子，你们只要能搞到这几味药，吃下去，保证药到病除！"红军战士立即按照老中医的方子满山遍野去找药，终于将药配齐。老中医一看缺的几味药都有了，高兴地告诉大家："这下洪主任有救了。"果然，吃了三次药后，洪学智就逐渐痊愈了。

在洪学智生病期间，警卫排一个战士见首长病得厉害，哭着说："洪主任都快死了，我还活着干什么！"就一枪把自己打死了。洪学智清醒后，听了这件事，回想起长征路上这位小战士一路上跟着他，不知冒了多少险、吃了多少苦，不由得掉下了伤心的泪水。

三、战友情深出奇迹

1935年9月，张国焘反对红军北上，强令红四方面军南下。在第二次翻越夹金山时，洪学智号召广大指战员发扬一往无前的革命精神，同志之间要团结友爱，一人有难大家帮忙，不能让一个伤病员留在山上。

时值秋冬季节，夹金山上气温在零下二三十摄氏度，大雪、狂风、冰雹变化莫测。由于空气稀薄，再加上长途行军，人困马乏，人走在山上，头昏脑涨、腰酸腿软、力不从心，稍有不慎就可能永远留在山上。

洪学智组织了一个收容队，走在队伍后边，专门收容那些掉队的和冻得不能走的战士。一天约午时，部队接近夹金山主峰，一片冰雪世界。突然，乌云翻滚，天暗下来，接着一阵大风雪席卷过来。有6个战士在风雪中倒下了，停止了呼吸。洪学智不忍心把他们留在山上，就派人把他们抬下了山。

下山后走了一程，发现有个磨坊，可避风寒。他们夜晚就住在那个磨坊里休息，烧水煮青稞，把冻"死"的战士也抬进屋里。后半夜，磨坊内温度升高，一个战士发现一个冻"死"的战士动了。洪学智走近一看，可不是，呼吸很急促，是在动，于是大声说道："赶快抢救！"当时没有医生，大家就用人工呼吸，还给那位战士灌姜汤，七手八脚把他救活了。有一个人活了，说明另外5人也有希望。大家就一个一个地抢救，结果一共救活了5个人，只有一个年轻一点的没救过来。

红军在懋功休整了四五天以后，向道孚西进，又翻越海拔5000多米的折多山。

洪学智这时有了经验。在山下，他让各部队凌晨2点钟就起来吃饭，用大锅煮了辣椒、热汤，大家喝了，热热乎乎地上路。路上每人还带一瓶辣椒汤，爬到主峰时喝两口，身上暖和一些。他命令部队必须在上午 10 点以前通过主峰，因为到了 10 点后天气变化很快，非常容易有狂风暴雪。部队带了很多防冻的东西，有盐、茶叶膏等，避免了不必要的减员。为此，红四方面军总部表扬了洪学智。

四、“一个战士都不能牺牲!”

长期的战斗熏陶使得洪学智有了准确的判断能力，他可以很快地判断出战场上形势的变化，对战场充满了灵敏的嗅觉。1940 年 11 月，洪学智带领抗大总校华中派遣大队赴苏北抗日，国民党部队对其进行层层阻挠，沿途设置了很多防线和堡垒。面对国民党部队的围追堵截，洪学智暗暗发誓：这次征途，一个战士都不能牺牲!

途中，洪学智将警惕的神经绷得紧紧的，向前进的方向派出自己最放心的侦察兵。洪学智认为，时间可以慢一点，但是战士不能白白牺牲。

为了让战士们在路途中不出现牺牲情况，洪学智不惜绕远路。这条路走不通了，洪学智就带领大家走另一条，另一条也不行，再换第三条路。

功夫不负有心人，洪学智的全部苦心和汗水终于得到了回报。从 1940 年 11 月到 1941 年 4 月，洪学智带领部队走过了 6 个省的地界，待到达江苏盐城的时候，整个新四军军部都乐开了花。

刘少奇和陈毅亲自出来迎接洪学智，跨过 6 个省，敌人处处堵截、步步追击，竟然还能有这么好的结果。洪学智的心中也是激动不已，这样的结果，是新四军北上抗日的“开门红”。

五、筑起“钢铁运输线”

抗美援朝期间，洪学智主要负责司令部、特种兵和后勤工作。当时，美国侵略者将我军后勤保障视为眼中钉，采取一切手段进行打击封锁，企图切断我方后勤供应。而最令洪学智头疼的是美军的“空中绞杀战”。

他下令部队将高射炮集中隐蔽起来打击美军轰炸机，保护重点桥梁，保证运输车辆通过；对运输车辆进行伪装，设置假目标，搞乱美军飞机的辨认力；同时，投入大量的铁道兵、工程兵抢修铁路和桥梁。就这样，洪学智带领战士们建起了“打不断、炸不烂、冲不垮”的钢铁运输线，彻底粉碎了美军策划的“绞杀战”，为我军创造了取得抗美援朝胜利的关键条件。

战后，美国第八集团军司令范弗里特曾说：虽然联军的空军和海军尽一切力量企图切断志愿军的后勤供应，但中国人民志愿军仍然以令人难以置信的顽强毅力，把物资送到了前线，创造了惊人的奇迹。1986年，洪学智率领中国军事后勤代表团出访美国。当时美方有很多将领参加会谈，其中太平洋舰队司令莱昂斯上将故意问洪学智："洪将军是什么大学毕业的?"洪学智笑了笑，带有几分幽默地回答："我是你们空军大学毕业的!"美国人恍然大悟，大笑起来，说："那请你到我们这里来办公。"洪学智说："你们空军大学还没有给我发毕业证哪!"

六、"洪大个子是好人"

朝鲜战场上我军没有制空权。中央几次发电报，要求注意防空，特别要保证彭德怀的安全。

洪学智和邓华商议，先搞一个防空洞。于是一个工兵连在彭德怀住处不远的地方开始了施工。要施工就要放炮，炮声惊动了彭德怀。听说是给他挖防空洞，他很不高兴，把部队撵走了。

第二天洪学智不见部队施工，就叫人把那个连长找来。连长很是委屈，说彭老总不高兴，叫他们走的。洪学智说："他说他的，你们挖你们的，继续施工。"工兵连又开始了施工。彭德怀对警卫员说："去把洪学智叫来。"

洪学智来了，彭德怀指着他说："你个洪学智，是不是没有事干了，在山下瞎鼓捣什么!"洪学智解释说："这不是瞎搞，这是为防空，我要保证你的安全!""那玩意儿没有用!"彭德怀说。

不久，这里就发生了被炸事件。那天下午，4架美军飞机在大榆洞上空转了一圈，炸坏了坡上的变电所。天快黑时，又来侦察，这使洪学智很警觉：明天会不会挨炸？他找到邓华说："伙计，我看情况不对，闹不好明天要出事。"

第二天，要研究下一步的作战方案，洪学智把彭德怀屋里的地图给摘下来，挂进了防空洞。彭德怀可是不能一日无地图的，更何况是在特殊时期。别人都进了洞子，就是他不来。参谋去叫了几次，他还是不肯出来。再去叫，说不定他又要发火了。邓华说："老洪，彭总老爱和你开玩笑，你去叫吧。"

洪学智只好硬着头皮进了彭德怀的办公室。彭德怀一见洪学智，火气不打一处来，吼道："洪麻子，你把我的作战地图弄到哪里去了?"洪学智也有些着急，说："老总，那边地图都挂好了，火也烧起来了，就等你了。"见他不再说话，洪学智推着他说："彭总，快走吧，你就听我这一次!"连推带拉，总算把他拉出来了。

他们的作战会议没有开多久，敌人的飞机就来了，朝着彭德怀住的房子一阵狂轰滥炸，一枚汽油弹正好落在了他住室的顶上，已经撤出后又进去取东西的毛岸英和另外一位参谋光荣牺牲了……

那天，彭德怀一天都没有说话，坐在防空洞里就像是一尊雕像一样。洪学智去叫他吃饭，他才抬起头来，说：“洪大个子，我看你这个人还是个好人哪！”

洪学智见他说话了，就说：“我当然是个好人，不是坏人了！”

“老夫今天算是捡了一条命。”

七、为人随和的开国上将

1960 年春，由于受彭德怀冤案的牵连，洪学智被免去了解放军总后勤部部长职务，被下放到吉林省任农业机械厅厅长。下放期间，洪学智将军又被分配到农场。

从将军到放牛郎的落差太大，一般人是难以接受的。不成想，洪学智却在那里干得有声有色，他养的牛都很结实。他的心态依旧很积极、很阳光，曾经幽默地和牛说：“你别在这挑食，我之前可是个将军，你要是不好好吃饭，我就突突了你。”

因为洪学智为人随和，所以和农场里的很多人关系都很好。在猪场里，洪学智结交了一位普通的连长。这位连长姓李，在平日里，洪学智习惯性地称呼他为李连长。他虽然知道这个人就是大名鼎鼎的洪学智，但却毫不避讳，一口一个“老洪头”。洪学智并不在乎，反而觉得这位年迈的老连长很真实，俩人就养猪的问题开始了相互探讨，并在接下来的日子里结下了深厚的友情。两年之后，洪学智的劳动改造解除，重新回到省里工作，李连长则继续在农村务农，两位年过半百的老友就这样分开了。

有一次，李连长进城办事，突然想起曾经一起养猪务农的老朋友洪学智就在这座城市，便有了想去看看的心思，于是他来到部队大院门口准备进去探望，但门口的警卫一把将他拦下，说什么也不肯让他进去。

情急之下，李连长便站在大院门口喊道：“让他出来见我，我是他连长。”并在门口大喊“老洪头”这个称呼。听到门外的呼喊，洪学智走出门来，见到了这位曾经的老友，高兴万分，立刻将其带进院中，俩人相谈甚欢，一起回忆了当初在农村那段终生难忘的时光。

（作者：胡遵远，原载《党史纵横》2021 年第 4 期）

“三让将军”的“特殊”故事

“三让将军”徐立清是安徽金寨人，被毛泽东称为“我党我军的好同志、好干部”。他“让职”“让级”“让衔”的事迹可以说是家喻户晓、妇孺皆知。平凡孕育伟大，伟大来自平凡。在徐立清将军几十年的革命生涯中，发生过许许多多感人至深的故事。

一、一个特殊约定——从容赴刑场、誓死不装孬

1936 年 10 月 10 日，红军三大主力在甘肃会宁会师后，遵照中央军委指示，由红四方面军总部率领红五军、红九军、红三十军共 21800 余人组建成红军西路军，西渡黄河，执行宁夏战役计划。西路军的对手是西北军阀的“马家军”和反动民团，总兵力超过 90000 人，且大部分是适应西北作战的骑兵部队。“马家军”不仅占天时、地利，而且具有兵力优势、以逸待劳，而西路军则势单力薄、孤军深入。

西路军从西渡黄河开始就与敌人进行多次激战，损失惨重。其第九军在古浪被围，仅一次战斗就损兵 1/3。西路军且战且走，到 1937 年 2 月的一天，在高台倪家营子陷入敌兵重围，激战 7 个昼夜之后，全军仅剩下不足 9000 人。

中央于 2 月 27 日组成由刘伯承指挥的援西军前往救援。西路军得知后又坚守了 5 个昼夜，遭敌人骑兵“羊群式”战术轮番冲击后，西路军寡不敌众、力不能支，形势十分严峻。危急关头，西路军军政委员会为保存革命力量，决定将剩余部队分三路突围，就地游击。同时决定，由徐立清带领卫生部和医院工勤人员、伤病员及随军家属等 1000 多人组成一支特别的部队，向西线山区行动，吸引敌人，掩护西路军战斗部队摆脱敌人。

徐立清临危受命。带领伤员和家属掩护主力转移，结果谁都能够想到。但徐立清毅然决然地接受了任务。他连夜召开会议布置，告诉大家说：“这是一项非常艰巨而光荣的任务，为了西路军的生存，我们要随时做好战斗和牺牲的准备。”

这支特别的部队，除了穿着军装的轻伤员抬着重伤员行动外，在队伍中还有很多身穿五颜六色服装的妇女和小孩，他们不但不隐蔽行军，而且专走山坡和高地，有意暴露自己、吸引敌人，结果可想而知。

这支特别的部队在被围又突围、突围又被围中顽强地坚持着。4 月上旬的一天，他们走到甘州（今属张掖）的一座山上，已是深夜。徐立清安排一个战士放哨，由于过度疲劳，哨兵放哨时睡着了。这时，恰逢敌兵偷袭，徐立清和同志们均在酣睡中被敌人捉住。

徐立清和秦基伟、方强等 20 多名西路军将领被关押在张掖县。他们相互鼓励，采取各种方式与敌人进行斗争。5 月 1 日，他们在狱中成立了党支部，由徐立清牵头负责。党支部定下了两条原则：第一，一旦敌人杀我们，要昂首挺胸喊“共产党万岁”“红军万岁”，不能装孬！要让群众看见红军的英雄气概。等将来红军打回来了，就会知道，某年某月某日，“马家军”在这里杀了红军的人。这些人都是些什么人，这些人都是怎样就义的。第二，如果敌人暂不杀我们，就要想方设法带领大家逃跑。逃出去之后，能找到部队更好，找不到部队的话则就地发动群众、开展游击战争，等队伍扩大了，再去寻找红军主力。

后来，随着西安事变的和平解决、国共对抗趋缓，徐立清等人在敌人将他们押往西安的途中成功逃脱、回归部队。

二、一场特殊战斗——“打进蟠龙镇，活捉李昆岗”

1947 年 4 月羊马河战役后，解放军西北野战部队秘密转移至瓦窑堡附近休整。国民党军判断中共中央机关及人民解放军西北野战部队主力在绥德地区并正在东渡黄河，遂令其第一战区部队急速北上，并令驻守榆林的第二十二军等部南下，企图“南北夹击”，将解放军西北野战部队消灭于县（今佳县）、吴堡地区。

国民党军第一战区司令长官胡宗南以 9 个旅的兵力，于 4 月 26 日由蟠龙、永坪地区分两路向绥德地区疾进，仅留整编第一师第一六七旅（欠 1 个团）及陕西保安第三总队等部守备其补给基地蟠龙。

中共中央军委副主席彭德怀和中共中央西北局书记习仲勋决心乘胡宗南集团主力北上绥德回援不及之机，进攻孤立据点蟠龙。解放军以部分兵力伪装成主力，诱使胡宗南集团主力继续北上，同时集中 4 个旅的兵力攻取蟠龙。30 日，解放军各攻击部队隐蔽进入蟠龙镇附近。5 月 2 日黄昏，解放军对国民党蟠龙守军发起突然攻击。敌人凭借外围高地和工事拼命抵抗，企图固守待援。

蟠龙的工事，都是在国民党军第一六七旅旅长李昆岗“精心设计，亲自监督”下完成的，异常坚固。解放军因缺少火炮，几次攻击都没有获得突破。时任解放军西北野战军政治部主任的徐立清向彭德怀建议："看来，靠土工作业摧毁敌人坚固工事很困难，这样既消耗兵力，也难以制服敌人，建议停止攻击，巩固已得阵地。"彭德怀当即采纳了徐立清的建议，下令部队暂停攻击，一面继续加强土工作业，一面召开战地指挥员会议，总结经验、改进战术、研究打法。徐立清则下到一线营连指导工作、听取意见，号召各攻击部队抓紧时间发扬军事民主，讨论如何尽快打破敌人的坚固工事。

战士们群策群力，开动脑筋，很快就总结出了不少破解敌人坚固工事的有效战术。比如：针对敌人工事高大坚固且构筑在山坡上，大型炸药包"很难送上去"的特点，有的战士提出可以把战壕挖到碉堡下面，然后把炸药装到干粮袋里随身携带到碉堡下，集中到碉堡外墙一处引爆；针对敌人的阵地火力都集中在碉堡前面的特点，有的战士提出可以派几个战斗小组不间断地进行佯攻，掩护战友从后山爬上去；等等。

5月3日下午，经过充分准备，解放军再次发起进攻。各部队按事前商量好的战术迅速推进，很快攻克了东山、北山和磨盘山等主阵地。黄昏后，解放军从四面八方居高临下地向蟠龙镇发起总攻。徐立清又抓住时机，及时提出"打进蟠龙镇，活捉李昆岗"的口号。彭德怀对这一口号倍加赞赏，高兴地对徐立清说："这口号比炸弹厉害得多啊！"

指战员们个个士气高昂，都如猛虎下山。战至5月4日24时，国民党守军全部被歼。此役俘虏国民党军第一六七旅旅长李昆岗，共歼国民党军6700余人，缴获军衣4万多套、面粉1.2万余袋、骡马1000余匹、山炮6门、子弹100万余发。

三、一句特殊回答——心胸天地宽，善对有错人

"文化大革命"初期，徐立清因坚持原则，受到了林彪集团的错误关押、批斗，后被开除党籍、撤销一切职务送到山西劳改。徐立清恢复工作后不久，中央作出了清查"三种人"的决定。

一天，有关部门向徐立清汇报清查工作时，说找到了那个曾经打过他的战士，并提出将这个战士定为"三种人"。徐立清不同意这样做，他说："这件事不能归罪于这个战士，他当时是奉命看管我，他并不知道我是什么人，只知道人家给我扣的帽子是'反党反社会主义的反革命分子'，他怀着气愤打了我几下是可以理解的。"

1977年春节，在总政机关会餐中，一名干部端着酒杯怯生生地来到徐立清的面前说："徐副主任，我过去写过您的材料，贴过您的大字报。实践证明我错

了，我向您道歉。”徐立清亲切地让他放下包袱、好好工作，并举杯祝他全家春节快乐。

徐立清去世多年后，在八宝山革命公墓他的骨灰盒前，不知是谁放了一个用彩绸扎成的非常精致的小花圈，花圈下面白色的绸布上，上款写的是“献给尊敬的徐立清同志”，下款写的是“一个曾反对过您后来被证明反对错了的人敬献。我对不起您。”

生前被人称赞、被人敬畏的人很多，去世多年后仍被人思念、甚至被“异己”追到骨灰盒前表示忏悔的能有几人？徐立清就是这样的人。

四、一对特殊夫妻——高风传万代，光彩照后人

其实，不光徐立清将军本人，他的妻子党秀玉同样也是一位高风亮节的老革命。

党秀玉，1920 年生于江苏徐州，比徐立清正好小 10 岁，18 岁就参加了革命，当过护士，干过后勤，是一名资历颇深的老红军。

新中国成立后，组织考虑到党秀玉为革命作出过不小的贡献，当时的职位偏低，就准备上调她的职务。没想到，徐立清坚决反对，说比党秀玉贡献大的人多得是，等那些人都安排完了，再来考虑她的职位吧。

党秀玉对丈夫的决定毫无怨言，自己也好几次主动地放弃升职的机会。

1955 年，很多军人需要转到地方工作，但当时在部队里的待遇要比在地方上好很多，因此许多人都不愿意转业。

当时徐立清任总干部部副部长，专门负责这件事。他回到家里跟妻子商量，说：“很多人都不愿意离开部队，你就带个头吧，这样部队的工作就好开展了。”

党秀玉二话没说，第一个带头离开了部队。有了她作榜样，大家无话可说，转业工作进行得非常顺利。

1956 年，徐立清的身体不太好，住了院，儿子徐秋京又刚出生不久，党秀玉忙里忙外连轴转。组织上关心党秀玉，准备从别的单位调个保育员过来帮忙照顾一下，并且由国家开工资。党秀玉知道后断然拒绝，她说：“我再辛苦，也不能花国家的工资请保姆，我也是穷苦人家的孩子，这点累算得了什么？”

徐立清去世后不久，党秀玉就找到组织，要将当初分配给他们的一套大房子还给国家。当时的领导惊讶地说：“徐立清不在了，你们不还在吗？”党秀玉回答说：“这套房子是为了徐立清的工作需要而分配的。现在，他走了，我们不能再占这个便宜。”

这套房子退了后，党秀玉就带着孩子们住进一个破旧的四合院中，这个四合

院连遮风避雨的基本功能都不具备，一下雨就掉墙皮，领导看了说，这哪行啊，万一出了什么事，怎么对得起徐立清将军。于是，他就安排几名装修工人来准备大修一番，谁知党秀玉却站在门口，对他们说，请回吧，这房子塌不了，国家搞经济建设到处需要用钱，我们这点小事就不用麻烦组织了。

1998 年，已经 78 岁高龄的党秀玉又收到了一份“厚礼”：一套好点的房子。领导“强硬”地表示：“您年龄大了，又为革命作过贡献，住这样的房子，没有人有意见。”但党秀玉仍然是一口回绝，说：“你们也知道我年龄大了，还能活几年呢？住这样的房子不是浪费吗？我不住，儿女们也不能住。”

（作者：胡遵远、周宇，原载《祖国》2022 年第 5 期）

“遣送”不走的红军排长滕海清

滕海清是中国人民解放军优秀的军事指挥员，戎马一生，骁勇善战。可有谁知道，滕海清曾经是一位被“遗弃”的红军排长呢？那么，他是如何由一位被“遗弃”的红军排长成长为人民解放军第二十一军首任军长的呢？滕海清和他的“知遇恩人”之间又有哪些鲜为人知的故事呢？

一、连长“降”排长

1909年3月2日，滕海清出生在一个家徒四壁的农家。迫于生计，滕海清7岁起就给地主放牛，15岁离开家乡到霍山县帮工烧木炭。1929年参加霍山游击队，1930年8月带领30余名赤卫队员参加中国工农红军，所在部队是红四方面军第四军十一师三十二团，次年加入中国共产党。对于滕海清来说，1932年6月15日这天是他的幸运日，他见到了师长倪志亮和师政委甘济时。那个时候，师领导都在为打仗的事操心，很少有时间到基层去，营连干部能见到师领导是一件不容易的事。这天，已是红三十二团五连连长的滕海清，牵着两匹枣红色战马准备去练骑术。这两匹战马是前两天部队参加潢（川）光（山）战役，追击到璞塔镇时缴获的。滕海清牵着马，刚走出璞塔镇东门，就迎面遇见了师长倪志亮和师政委甘济时。他们身后跟着手枪队，都骑着高头大马，威武得让滕海清十分羡慕。“你是哪个团的？”倪志亮师长问。“三十二团的，我是五连连长。”“牵马干什么？”滕海清灵机一动，回答说：“哦，是给师长、政委牵的。”倪志亮看了看甘济时，说：“这个小连长，脑袋瓜子蛮机灵的。”然后，让通信员把两匹马牵走了。原来，滕海清觉得自己都当连长了还不会骑马不太像话，这次缴获来的马他没有上缴，想留下给自己练骑术。当然，滕海清也作了思想准备，如果被上级发现自己“打埋伏”，立即上缴就是了。没料到自己刚准备要练骑术，竟撞上了师长、政委，也只好如此处理。

孰料，倪志亮不但牵走了滕海清的马，还“牵”了滕海清本人。10天后，滕海清接到营里通知：带上背包，到师部报到。“这一下把我吓坏了，因为那时还在抓‘改组派’，我怕把我当‘改组派’抓走了。”事后，滕海清回忆调到师部这件事时这样担忧道。按照组织程序，滕海清先到营部见营长，他问营长：“你要调我走干什么？”营长说：“我没有要调你，是团部的通知。”滕海清拿了营部的介绍信到了团部，又问团长：“调我干什么？”团长说：“不知道，是师部叫你去的。”忐忑不安中，滕海清带着团部开的介绍信来到了师部驻地，进了师长的办公室。看过滕海清递来的介绍信，倪志亮师长开口道：“调你来，是让你到师部通信队当排长。你不会不满意吧？”“干什么都可以！没有不满意的。”此时的滕海清只有一个念头，只要不被抓就行。

二、孤身追队伍

滕海清到了师通信队几个月后才明白过来，连长改任排长不是“降”了，而是“升”了。原来，师部通信队是个特殊单位，只有两个排，人数相当于一个加强连。一排没有士兵，都是一些在战斗中没打好仗的营连干部。打仗不可能百战百胜，即使是一个胜仗，也有个别营连打得不好，这是难免的。但在当时，打了败仗的营连干部都不能继续担任现职，必须调离。于是，部队就设立了如通信队一排这样的收容单位，收留这些干部。过了一段时间，根据部队需要，这些干部又陆续分配到部队任职，担任营长、连长之类的职务。用滕海清后来的话来讲，当时的工作方法就是两个字：简单。滕海清就是到通信队当一排长，来管理这些打了败仗的营连干部的。通信队二排的人员组成与一排不同，都是从各团挑选来的优秀班长，经过一段时间的培训分配到连队去当排长。滕海清开始觉得调自己当排长，证明自己没有被划进“改组派”范围，只要不被抓起来，连长降为排长而已，又有什么好计较的呢。

4 个月后，倪志亮师长说了一句话，才让滕海清明白过来，自己当排长确实是“升”了，而不是“降”了。这是怎么回事？事情得从红四方面军被迫撤出根据地，向西转移时说起。1932 年 10 月 10 日，张国焘在黄柴畈召开紧急会议，决定留第二十七师、第七十五师及各独立团在苏区坚持斗争，红四方面军主力转移到外线作战，伺机打回苏区。其实，这是红四方面军连连失利后，被迫撤出鄂豫皖根据地向西转移的决定。10 月 12 日夜，红四方面军主力 2 万余人，由广水至王家店一线越过平汉铁路。次日就遭到卫立煌指挥的国民党军第十师、第八十三师、独立第三十四旅，以及胡宗南指挥的第一师、肖之楚指挥的第四十四师、刘茂恩指挥的第六十五师、冯鹏翥指挥的第六十七师、范石生指挥的第五十一师等部队的重重围堵。在 13 日下午的短兵相接中，滕海清被手榴弹炸成了重伤，左眼失明，右臂被弹片击穿。红四方面军虽然浴血奋战三天三夜，仍未摆脱国民党军的围堵。10月16日，张国焘决定：“为了保证部队轻装行军作战，营以下职务的伤员就地遣散自找归宿；营以上的仍然用担架抬着随军行动。”野战医院的领导，给营级以下职务的伤员宣读了上级的决定，并发给他们每人10块银圆。滕海清手里攥着10块银圆，怅然若失地望着与自己同室住院的一位负伤营长随军转移。等野战医院人去楼空时，滕海清心中的酸楚不可言状，他心中明白，自己被“遗弃”了。“我还要革命！我还要革命！”滕海清撕心裂肺地哭喊着。“不！我不能这样离开革命队伍！”于是，他借助微弱的视力，找来一根竹竿当拐杖，形单影只地向西走去。

夜深了，滕海清赶上了后卫部队。得知野战医院在前面的山坡上，滕海清惊喜交集，嚷道：“我要找院长！”院长见到滕海清，拉着他的手说：“真的是你?!”滕海清破口骂道：“我是通信队的，你竟敢把我丢下！”院长解释说：“排长同志，你别生气，我实在是没办法，重伤员太多！”“你少废话！我问你，现在怎么办?”滕海清问。“上级的规定，我不能不执行啊！”院长如实说。滕海清气愤地说：“那你就把我枪毙算了！”这时，倪志亮师长恰巧路过野战医院的营地，他听到骂声，又看到滕海清，一切都明白了。倪志亮师长对院长说：“通信队的一排长是管营连干部的。职务相当于副团级！你要按营以上伤员待遇对待！”倪志亮师长的这句话，让滕海清顺利地留在了野战医院里。一个月后，尽管滕海清的左眼还是失明，但他右臂里的弹片已取出，伤口也愈合了。滕海清开始考虑下一步行动“部署”，不能老跟着野战医院，要找到师部通信队。第二天，天还没亮透，滕海清就独自一人上路了，最终赶上了师部通信队。

三、奉命打游击

1932年12月，红四方面军决定向四川发展，创建以川北为中心的川陕边苏区。滕海清向师长倪志亮提出重返战斗单位。倪志亮师长说：“我看你还很瘦很虚弱，身体比在老苏区时差远了，恐怕到部队任职还不行。”师政治部主任周光坦在一旁说：“政治部保卫队没有指导员，滕海清同志愿不愿意去?”倪志亮师长便顺势说：“我看可以，你就到保卫队当指导员，先干起来再说。”在保卫队当指导员没几天的滕海清，突然接到司令部通知，说师长要见他。保卫队与师部很近，滕海清马上赶到师部。倪志亮师长握着滕海清的手说：“现在形势很好，我们前面的部队打下通江、巴中、南江3个县城，有很多人参加了红军。往后我们部队还要扩大，创建川陕边苏区。有人向我建议，派人到地方去组织游击队，这是扩大红军力量的一个好办法。”滕海清马上会意，主动问：“师长是不是要我去搞游击队?”倪志亮高兴地说:“是的，让你去发展游击队。”“具体到什么地方?”滕海清请示。“清江渡东南一带”“还有谁去?”“就你一个人，带一个通信员就行了!”倪志亮说完又补充道:“搞起了队伍，你就自编自封，大胆地干起来就是了。”

响鼓不用重槌。第二天，滕海清带上一名通信员，来到了清江渡东面的一个叫四连场的地方。一个月后，一支300多人的游击队拉起来了。滕海清把这支游击队编为3个连，自己任这支游击队的大队长兼政委。1933年2月中旬，游击队编入红十一师序列，其游击一连编为红三十一团特务连，滕海清任该连指导员。1933年10月上旬，滕海清率领特务连参加反“六路围攻”作战时，一颗子弹从他的喉部射入从颈后穿出，伤了喉头、食道和神经。滕海清又被转送到了野战医院。从此，滕海清与师长倪志亮又一次分别了。

四、再遇老师长

新中成立后，滕海清出任北京军区副司令员。1965年10月22日，滕海清因身体不适，住进了北京的一所医院，没想到，在这里，他和老师长意外重逢。此时，尽管倪志亮病情很严重，但是他仍然一眼就认出了当年的“大排长”滕海清，两人愉快地回忆起了战火中的岁月。倪志亮有些反思地说，自己过去在部队严格要求下级时，存在军阀习气，有骂人打人的现象……滕海清忙说:“老首长，过去的那些事我们一概都忘记了，现在想起来的都是美好的回忆呢。您是我尊敬的首长，我没有辜负您的培养!”“我没有辜负您的培养”这句话，并非一般意义的道谢与客套，而是滕海清从战争年代生死考验中得出的结论。1965年12月15日，倪志亮因病医治无效在北京逝世。倪志亮去世后，滕海清在一篇纪念文章中写道:“他(指倪志亮)是我尊敬的首长、要求严厉的上级，又是我可以推心置腹说话的兄长、为将做人的良师。”

(作者:胡遵远、张应松，原载《人物传记》2021年7—8月合刊)

丁世方将军的两大传奇

丁世方，原名丁诗煌，安徽省金寨县槐树湾乡人。在军旅生涯中，丁世方历任中共皖西北特委少共宣传部部长、红四军总医院中医部主任、红四方面军中医院院长、军委第三后方医院院长、南满安东军区卫生部部长等职。先后参加了鄂豫皖苏区反“围剿”、川陕苏区反“围剿”、长征、西路军西征、临江战役等。中华人民共和国成立后，历任海军卫生部副部长、部长，海军后勤部部长，总后勤部卫生部部长等职，创办了海军第二医科大学。1955年被授予少将军衔，获二级八一勋章、二级独立自由勋章、一级解放勋章。1965年6月在北京逝世。

一、太平间里“救战友”

丁世方早年读过5年私塾，后入旧制高小读书2年。14岁时，又在麻埠协昌医训班学医3年。1929年，加入中国共产主义青年团。同年，弃医归家，参加农民暴动。1930年夏，调任皖西北苏区银行会计科员。同年冬，到麻埠开办经济公社并任经理。

1931年3月，丁世方加入中国共产党，任皖西北特委少共宣传部部长，翌年夏，被派到红军第三医院工作。1932年10月，随红四方面军主力撤离鄂豫皖苏区，西征川陕。红军在川陕的发展速度令蒋介石十分震惊，他再也无法坐视川军内斗，赶紧调停川军，并拨付大量武器装备，想趁红军在四川立足未稳之时，迅速将红军消灭。

1933年2月，国民党第二十九军军长田颂尧，率38个团、近6万兵力，对川陕苏区红军展开疯狂“围剿”。当时的川陕苏区，红军只有4个师、1.5万兵力，实力并不强。但是，面对几倍于己的敌军，红军是毅然不惧，在徐向前、陈浩昌等人的带领下奋起反击。

为了及时有效地做好医服保障工作，丁世方想方设法克服缺医少药的困难，一面教育改造俘虏过来的国民党医生，一面团结地方老中医、举办训练班，带领大家采集、自制中草药，使大批伤病员及时康复，重返战场，受到了方面军总部的表扬。但是，由于国民党军队的经济封锁和军事打击，特别是来势汹汹的“三路围攻”，致使红军的伤员剧增，最多时达到1500多人，救护工作极其困难。

看着痛苦呻吟的战友们，时任红四方面军后方医院中医部主任的丁世方痛心疾首，尽管他亲自带着医务人员上山采集药材、想尽办法研制口服和外用中药制品，但是对处于反“围剿”的红军来说，依然是远远不够的。

1933年3月的一天，丁世方在查过病房后，走进了太平间，想再看看那些战死的战友，当看到时任红十师二十九团指导员潘峰的“尸体”时，丁世方走了过去。

潘峰是安徽六安人，与丁世方的家乡相距极近，算是老乡。当时的潘峰，年仅19岁，看着“英年早逝”的同乡，丁世方不自觉地去摸摸他的“遗体”。突然，丁世方发现这个“死人”竟然还有微弱的心跳，于是，他叫人赶紧抬出去救治。最终，潘峰获救，新中国也因此多了一位开国少将。

二、与“奇人”魏铎臣互救性命

1935年3月，丁世方随红四方面军开始长征。途中身为红四方面军中医院院长的丁世方，率领医护人员爬雪山、过草地，组织运输队、担架队运送药品、器材和近千名重伤员，历尽千辛万苦、克服千难万险，终于在1936年10月胜利到达陕甘宁根据地。

1936年11月，丁世方奉命参加红军西路军。西路军一路向西进攻，同马家军经过几个月的战斗，2.1万余人的队伍只剩下不满3000人。

1937年3月14日夜，石窝会议决定分兵行动，丁世方带领医护人员、伤病员、随军家属等1000余人，在山上跟敌人打游击。在一次战斗中，丁世方腿部中弹掉了队，在一个山洞里躲了40余天，最后被一个叫魏铎臣的地主给救了。魏铎臣出生于清朝末年，祖上也是农民，因为勤劳踏实，到民国时期已攒下数百亩土地，成为当地唯一一户地主。魏铎臣读过几年私塾，有点文化，把一本《奇门遁甲》看得滚瓜烂熟，善于玩弄玄学。加上他的两个脚都有6根脚趾，更是被当地人称为“奇人”。

收留丁世方后，魏铎臣在家里建了个密室，让他躲在其中。无奈隔墙有耳，消息还是被走漏了。当地保安团来搜人，丁世方爬到一棵大榆树上躲了过去。保安团岂肯就此放过，于是，就将魏铎臣抓回去拷问，他死活不承认，最后拿了25石（约60公斤）粮食才被释放出来。

经此一劫，魏铎臣觉得把一个红军藏在家里太冒险，于是在庄子不远处挖了一个窑洞，让丁世方养伤。这里地形特殊，两边是土崖，中间是深沟，豺狼野狐时常在附近出没，人迹罕至。窑洞口还有棵老榆树，根系发达，附近杂草丛生，位置十分隐蔽。魏铎臣每天半夜去送饭送水，慢慢地，丁世方养好了伤。1937年8月，丁世方准备回部队，魏铎臣把家里的牲口卖了给他筹路费。谁知丁世方走后没多久，他的一个战友被敌人抓了，不仅供出了丁世方，也连累了魏铎臣。这下还了得！敌人岂肯轻易放过魏铎臣，将他抓起来打了个皮开肉绽。但丁世方此时已经走远，就算打死魏铎臣也没用，最后还是花钱保住了小命。

中华人民共和国成立后，丁世方先后担任海军卫生部部长、总后勤部卫生部部长等职，被授予少将军衔。当然，他一生都没忘记曾经的救命恩人。1951年土改，魏铎臣因为是地主，土地、房产都被分给了穷人，生活比较困难。丁世方不仅给他寄钱，还打算把他接到北京养老，但魏铎臣舍不得离开家乡，丁世方只好作罢。前面说过，魏铎臣喜欢玄学，属于被严打的反动头子。被政府抓起来之后，按罪理应枪毙，但丁世方给部队写信，证明魏铎臣曾经救过红军，希望能将功补过。经过核实，魏铎臣曾经救过3名红军。于是，政府对他宽大处理，放他回家。1958年，魏铎臣因保护红军有功，还受到当地政府的表彰。

（作者：胡遵远，原载《皖西日报》2021年9月2日）

“飞虎将军”肖全夫

肖全夫将军，安徽省金寨县南溪镇人，1929年加入中国共产主义青年团，1930年参加中国工农红军，1933年加入中国共产党。土地革命战争时期，他参加了鄂豫皖革命根据地第一至第四次反“围剿”，川陕革命根据地反“三路围攻”、反“六路围攻”和长征。抗日战争时期，他历任抗日军政大学政治指导员、队长、支队长、科长、大队长，晋察冀军区第二军分区四区队长，冀热辽军区第十七军分区参谋长等职，带领和指挥部队参加了盂县破交战和反“扫荡”、反“蚕食”斗争，代县十里铺伏击战，帅甲河火车站伏击战和解放玉田、迁安等战斗。解放战争时期，他历任旅长、师长等职，率部参加了杨家杖子、丰润、五岭山、北宁路、朝阳、义西、辽沈、天津、衡宝等战斗战役。

新中国成立后，他历任第四十六军副军长兼参谋长、军长，沈阳军区副参谋长、副司令兼参谋长，东北输油管道建设领导小组组长，乌鲁木齐军区司令员等职。他率部参加了湘南剿匪、保卫粤东海防斗争和抗美援朝战争，组织指挥了嘉（禾）蓝（山）临（武）战役和梅山见里东山、马踏里西山等战斗。他主持了东北输油管道和国防工程、边防设施的建设，使边防部队的执勤和生活条件得到了巨大的改善。他在乌鲁木齐军区任职期间，积极推动军政、军民和民族团结，维护了新疆的政治稳定，为新疆的战备建设和军区部队的革命化、现代化、正规化建设作出了贡献。

1955年，肖全夫被授予少将军衔，曾荣获二级八一勋章、二级独立自由勋章、一级解放勋章和中国人民解放军一级红星功勋荣誉章。他是第四届全国人大代表，党的第十一次全国代表大会代表，第十二届中共中央委员，中央顾问委员会委员。他是党的第十二次、第十三次全国代表大会代表，第十四、第十五、第十六次全国代表大会特邀代表。

在几十年的戎马生涯中，肖全夫将军曾经同国民党军队长期浴血奋战，又和日本、美国、英国等10多个国家的部队多次交手，但无论敌人多么强大，肖将军从未输过。本文记述的仅是他波澜壮阔的人生长河中的几朵浪花、百战生涯中的几个片段。

一、负伤思感悟

肖全夫和众多开国将领一样，在战争中学会战斗，他的指挥才能更多的是源于其对战争经验的总结和深刻的思考。

1932 年，肖全夫从战斗部队调往红四方面军总部精锐手枪队担任排长，这支部队实际上就是红四方面军领导和机关的卫队。此时，16 岁的肖全夫已是经历过大小数十次恶战的老兵了。

肖全夫跟着红军队伍离开大别山的两年多时间，是红四方面军战事最为频繁的时期。部队从鄂豫皖转战到川陕，几乎每天都在作战。两年多时间里，一个又一个战友倒在了漫漫的前进路上。肖全夫在残酷的战争中完成了自己的军事启蒙教育。

这两年里，肖全夫两次负伤。

第一次是在 1932 年初春的皖西北。那是一个笼罩着浓雾的清晨，肖全夫带领一个班外出执行任务，走到一个山坳里时，他突然听到不远处有脚步声，于是立即示意战友们停下来。一阵风掠过，立刻云消雾散，红军和数倍于他们的民团几乎同时发现了对方。枪声骤然响起，肖全夫手下十几名警卫战士，个个都是百步穿杨的神枪手，射出的子弹像长了眼睛一般，几个敌人瞬间被击倒在地。敌人阵脚大乱，许多人缩着头准备逃命。他们就是当地民团头目顾敬之的手下，人数虽多，但装备和战斗力不强。

肖全夫本来可以趁着这个机会撤离，但是一看敌人很“软”，他和战友们士气高涨，便向敌人发起了主动进攻。不一会儿，雾气完全消散，慌乱的敌人渐渐稳住了阵脚。当他们发现红军人数很少时，便大胆起来，战场形势顿时逆转。

肖全夫立即命令战友们撤退，自己殿后。突然一颗子弹击中了肖全夫，他清晰地看见自己殷红的鲜血汩汩地流出来。

这是参加过百余场战斗的肖全夫第一次负伤。第二次负伤是在川陕苏区。有一回遇到空袭，部队疏散隐蔽时，肖全夫由于没有注意隐蔽，导致右腿被弹片炸伤。

少年时代的两次死里逃生让肖全夫的右腿比左腿短了一截，这使他成为开国将领中唯一的“短腿”将军。虽然腿短了，但他指挥作战的本领却增长了很多！他指挥的部队作战迅捷如闪电，从不拖泥带水。一些老首长因此亲切地称他为“飞虎”，因此他便有了“飞虎将军”之称。

肖全夫自己说，正是那两次负伤的经历使他悟到了许多东西。这些感悟深刻地影响着他，经过几十年战争实践的锤炼，逐渐形成了他审视战争的独特思维方式，指引着他不断地取得胜利。

二、生俘“铁老虎”

1947 年秋，国共两军战事正酣，肖全夫率部破袭北宁铁路。这条从北平通往沈阳的重要铁路干线，是国民党军连接东北和关内的重要交通生命线。当肖全夫的人马追击狗河桥逃敌至网户屯车站时，突然遭遇敌人护路铁甲车的阻击。

这辆铁甲车堪称巨无霸。它身背两寸厚的钢板，共载兵员 200 余人，装备有固定的山炮、野炮和大批重机枪，被国民党军自诩为“铁老虎”。机枪和小炮打不穿，炸药包也无法奏效。

肖全夫带着各团团长趴在山梁上眺望半天，别人都在看车上的枪和炮，唯独他死盯着铁甲车的轮子。

“能不能让敌人的车轮停下来?”肖全夫说道。

“可咱们上不了车啊!”一位团长望着架在铁甲车上的机枪犯愁地说。

“上不了车还爬不上铁轨吗?”

团长们眼前一亮：“对啊，怎么早没有想到这一点呢!”

各团的工兵立即出动。“铁老虎”向东，他们就把西进的路基拆除，“铁老虎”向西，他们就把东边的铁轨掀翻。很快，它的活动范围就不足千米了，“铁老虎”成了“铁棺材”。

敌人打出了白旗。不费一枪一弹，肖全夫生俘了这个铁轨上的巨无霸。老百姓把这件事传得神乎其神，说肖师长会法术，一念咒，天上飞下千万把镐头，愣是把铁甲车掀翻了。对于这些说法，肖全夫只是付之一笑。

“世界上没有无敌的武器，只有无敌的人。智者无敌。”多年后肖将军这样说。

三、飞夺五岭山

1947 年 9 月 18 日，时任东北民主联军第九纵队第二十六师师长的肖全夫，突然接到命令：22 日拂晓前率部到达五岭山一带，在热河独立团的配合下，阻击从锦西、兴城出援的敌人，支援第八纵队围歼杨家杖子敌四十九军。

五岭山位于锦（州）杨（家杖子）公路和铁路的南侧，东距锦西 10 公里，西距杨家杖子 16 公里，是援敌的必经之路。从上级交代的任务看，二十六师的正面防御宽达 14 公里，又是仓促防御，没有时间设阵地；部队装备较差，全师只有一个炮弹极少的山炮连，团部只有一个迫击炮连，营以下只有式样杂乱、口径不一的轻重机枪、步枪和手榴弹。而且，领受任务时，部队尚在150公里外的河北省干沟，而敌人距最近的预定战场只有10余公里，且是一些装备精良，狂言“在6个月内即可恢复在东北优势”的骄横之师。这必定是一场恶仗！

对此，没有人比肖全夫更清楚，但他却极为兴奋和自信。在师党委会上，他向各团传达完任务、提出初步部署后，高兴地说：“纵队把这样艰巨的任务交给我们，是对我们极大的信任。从敌我双方的情况看，战斗将是异常激烈和残酷的。但敌人连遭我军打击，军心动摇、士气不振，我们打好这一仗，是完全有把握的。各团回去以后，要迅速传达动员，随后立即出发！”

“部队刚刚出关，比较疲劳，能否休息一下再走？”有的同志建议。

“不行！动员完马上出发！”

那位同志还想说什么，但看到师长态度严肃，话到嘴边又收了回去。

肖全夫看出了那位同志的心思，语重心长地说：“同志呀，作为一名指挥员，应时刻关心战士的疾苦，更应处处从战争的全局出发，舍得在关键时刻使用和磨炼部队，培养部队连续作战的作风，这才是对部队最好的关心和爱护。五岭山阻击战，不仅关系到八纵围歼战的胜利，更重要的是关系到整个秋季攻势的大局。这一仗，我们必须打好！”停了一下，他提高嗓门大声说道：“同志们！当前形势要求我们和敌人争时间、赛速度，先于敌人抢占五岭山就是胜利！我们一定要发扬不怕疲劳和连续作战的作风，昼夜兼程，提前到达指定地点！”

老天好像有意要考验他们似的，一路上风雨交加、电闪雷鸣。肖全夫一路行进在先头团的前列，给部队以极大的鼓舞。战士们在泥泞中行进，被雨水打湿的衣服紧紧地裹在身上，但个个精神抖擞、斗志昂扬。经过三个昼夜的冒雨急行，部队于21日傍晚提前到达指定地点。

这时，从锦西增援的敌先头部队已于拂晓前行进到距防御前沿仅几里的寺儿堡和老边一线。肖全夫即令部队连夜抢占五岭山，做好抗敌进攻的准备。

次日清晨，已抢占五岭山主峰的七十六团一营营长发现前沿还有一座高地，即令二连去抢占。当二连战士刚刚到达山顶时，敌1个连的兵力已爬到山腰。二连当即占领有利地形，把敌人打下山去。

听见枪声，肖全夫和李振声政委、政治部周华彪主任立即来到五岭山后的188高地师指挥所。这时，在路北防守的七十七团送来一个俘虏。据供称，他是敌军的一个排长，他们师从锦州出援，本来是经虹螺岘向杨家杖子增援的，在杜家屯以东遭阻击后，南折老边，企图与锦西、兴城援敌合兵一处，在天亮后，一起向五岭山阵地发起进攻。其先头部队已经到达红代沟和老边之间，并占领了虎头山、168高地和千家峪一线阵地。上级命令他们于今天下午6时前，打通锦杨公路，与杨家杖子之敌会合。

援敌由4个团猛增到7个团，原定2个师的阻击任务一下子压在了肖全夫1个师的肩上，而虎头山、168高地这个卡住锦杨公路北侧的一扇门户也已经敞开。情况比预想的更为严峻。带走俘虏后，大家齐刷刷地把目光投向肖全夫。“战斗的胜败，不单纯取决于兵力和武器装备的优劣。只要我们充分发扬我军近战夜战的传统，发挥我军战术上的优势，任何强大的敌人都是可以战胜的！”他仍然是那样的自信。

天一亮，敌人密集的炮火向锦杨公路两侧的阵地进行猛烈轰击，顿时硝烟弥漫、乱石横飞。这时，前沿各部队按师里的指示，就着有利地形和工事隐蔽起来，前沿只派几个小分队监视敌人动态。敌人一阵炮击之后，见阵地上悄然无声，便以为我军被消灭了，遂以2个团的兵力分多路蜂拥而上。

“弟兄们，快冲！山头上的共军被我们消灭了！”敌军官不时发出阵阵吼叫，驱赶着战战兢兢的士兵。可他们万万没有想到，刚迫近前沿阵地，坚守在五岭山397.0和323.1高地的七十六团一营战士如神兵天降，敌人霎时被淹没在一片烟云火海之中。趁敌慌乱之际，二连的战士们闪电般地跃出掩体，扑向敌群，展开白刃战，杀得敌人晕头转向，弃枪溃逃。

敌人急于要在下午6点以前于杨家杖子会合，集中更多的兵力实施梯次轮番进攻。战至中午，我军前沿阵地相继失守，五岭山主阵地陷入三面受敌的危险境地。

大家立即意识到形势的严峻。但肖全夫并不惊慌，他相信自己部队的战斗力，他还有未曾投入战斗的预备队。这时，八纵首长打来电话：“你们那边打得怎样？我们歼灭杨家杖子之敌问题大不大，就看你们能不能堵住援敌了。”

“敌人两个师攻击我两个团，困难是有的，但请首长放心，我们一定把敌人堵住，保证完成任务。”他放下电话，对师里其他几位领导同志说：“五岭山阵地是我师整个防御体系的核心，必须坚决守住！大家一定要充满信心，趁敌人立足未稳，集中优势兵力、兵器，把丢失的阵地全部夺回来！”入夜，几颗信号弹腾空而起，一道道红光划破了寂静的夜空。肖全夫从各级预备队中组织了3个营的兵力向敌军实施猛烈的全线反击。经过两个小时的反复争夺，各团丢失的阵地全部被夺回，恢复了原防御态势。

反击结束，阵地上一片欢腾。一阵欢声笑语之后，肖全夫说：“王铁汉妄想今天下午6点同援敌会合的美梦已成泡影，他待援不成，固守困难，突围更是死路一条。援敌势必要豁出老命孤注一掷，狗急了还要跳墙，何况‘虎’呢！敌人明天必然集中更大的力量猛攻我师阵地，这将是一场更加艰苦的战斗。”

23 日拂晓，东方刚露出鱼肚白，敌人的一辆辆汽车、装甲车便由寺儿堡向老边挺进。8 时许，敌人又派来几架飞机连续对我五岭山阵地实施低空轰炸、扫射，接着便是一阵猛烈的炮击。持续半个多小时的狂轰滥炸之后，敌人又以两个团的兵力分三路发动进攻。

肖全夫手拿望远镜，站在师指挥所高高的山梁上，静静地观察战场的变化，及时地把一道道指令发往各个阵地。随着敌人炮火的延伸，五岭山前一场激烈的近战展开了。枪炮声传到数里之外，空气似乎都在颤抖。经过两个多小时的激战，敌人九进九退，而我军也出现了令人担忧的人员伤亡和弹药消耗问题。

战斗仍在继续。

上午 10 时 30 分，恼羞成怒的敌人再次重整旗鼓，以五岭山为重点，发动了全面进攻。五岭山是肖全夫部死守的要点，战斗一开始，肖全夫就把作风最顽强的部队派往那里去防守，战斗进行得极为残酷。防守在 323. 1 高地的七十六团五连已经伤亡 70 余人，面对敌人一个团兵力的轮番攻击，他们以“人在阵地在”的钢铁誓言，与敌人展开“血战”。指战员个个轻伤坚持战斗，重伤不下火线。手榴弹打光了，子弹不多了，便一面从敌人尸体上搜集弹药继续射击，一面用石头砸向敌人。弹药全用光了，便突入敌群，用刺刀拼、枪托打。刀弯了，枪断了，便扭住敌人徒手格斗……敌人始终未能夺下五岭山阵地，而五连的 200 多名战士永远地留在了那里。

要点保住了，但北蜂蜜沟东北的 168 高地、虎头山、张家沟阵地相继失守，意味着一扇大门已被打开。消息报告到师里，肖全夫当即命令他们：“必须坚决顶住，决不能再让敌人前进一步!”

而此时，敌人的进攻也停止了。

肖全夫敏锐地觉察到，经过连续 30 个小时的激战，各路进攻之敌都已疲惫不堪，元气大伤，处于进退维谷的境地。他果断决定：把主要预备力量全拿上来，进行全线反击，以夺取五岭山阻击战的最后胜利。

肖全夫来到北蜂蜜沟，组织了 5 个营的兵力，在一阵大小火炮的猛烈袭击下，向敌实施全线反击。战斗开始后，他走出前沿团指挥所，攀上一个视野更加广阔的小山头，观察着激烈的战斗场面：5 个营犹如 5 只猛虎扑向散乱的羊群，不到一个小时，就将一面面红旗插在了所有丢失的阵地上。来势汹汹的敌人于黄昏后垂头丧气地逃回锦西和兴城。

五岭山阻击战，经过两天一夜的顽强战斗，我军歼敌 1000 余人，挡住了敌人的进攻，为全歼敌第四十九军起了关键作用，得到东北军委分会的嘉奖。

四、痛击“王牌师”

1953 年 6 月 18 日，朝鲜停战谈判前夕，南朝鲜李承晚集团在美国好战分子的怂恿下，假借“就地释放”之名，强行扣留中朝战俘，严重地破坏了已达成的关于战俘遣返的协议，并公开叫嚷“反对朝鲜停战”，要“单独干”和“北进”，妄图破坏朝鲜停战的实现。

几天以后，志愿军首长在接到毛泽东同意推迟停战签字时间的复电后，立即向各兵团、各军下达了在全线发起第三次反击的命令。

“好呀，一三六师攻打马踏里西山的作战方案中旬就报来了，曹海炳参谋长几次打电话催我批准他们的方案，因为当时正在进行停战谈判，我把它压下来了。现在敌人反倒找上了门，再不狠狠地教训他们一下，就不会有真正的停战。”接到命令后，时任志愿军第四十六军军长的肖全夫高兴地说。

他请示兵团后，即令一三六师抓紧时间进行战斗准备。

马踏里西山由 4 个高地（编号：060、061、062、+0238）组成，是敌人从纵深经过临津江渡口，通向其右翼的阵地障屏交通。其西、北两面距我军防御阵地仅二三百米，其东、南两面均有公路和小平川与敌右翼及纵深阵地相隔，是敌前沿阵地较孤立的重要支撑点。该地有坑道 3 条，大小地堡 157 个，明暗火力点 90 余个，堡、点间均以堑壕、交通壕相连接，其外围有各种形状的铁丝网三至四道，前沿设有防步兵地雷和照明雷等，构成了以坑道为骨干的完整的环形防御阵地。

防守该高地的为敌“土耳其旅”1 个加强连，061、062 高地为其前哨阵地，各以一个加强排的兵力防守；060 和+0238 高地为其主阵地，由连主力守备。

正当一三六师准备积极攻打马踏里西山时，敌情发生了变化：“土耳其旅”撤下了，美陆一师换了上来。

“土耳其旅”，是派遣到朝鲜战场上的外国军队中作战力仅次于美军的劲旅。而在这个节骨眼上，却把防务交给美陆一师，显然敌人是想在停战前夕利用这张王牌守住每一寸土地，甚至抢回一点地盘。美陆一师，即美国海军陆战队第一师，曾 4 次出国作战，是美军号称“打遍地球无敌手”的王牌师。

“骨头越硬，啃起来越有味道！”肖全夫说。

为了唱好这最后的“压台戏”，他带着电台去前沿一带察看地形。每到一个地方，他都要察看周围的环境，哪儿有大石头、哪儿有沟坎、各个方位物之间的距离有多远，他都要搞得清清楚楚。对此，他解释说：“对防御之敌的进攻，最主要的是搞清地形，因为敌情是可变的，而地形是不变的，只有搞清了地形，才能决定投入多大的兵力、火力，突击点选在哪里，才能一举歼灭敌人。”

整整看了一天地形，肖全夫心中有了应对的方案，天黑后才赶往一三六师，和师、团干部一起研究攻打马踏里西山的具体方案。

按照他的部署，7 月 7 日夜，四〇七团一连在 43 门火炮的支援下，分 4 路向 062 高地发起攻击。经过 3 个半小时的激战，摧毁田堡 6 座、地堡 70 余个、坑道 2 条。至 8 日 2 时攻占 062 高地，全歼守敌，接着击退敌军 7 次冲击。战至黄昏，歼敌 300 余人，俘敌 3 人，查明情况后，遂按原计划撤出阵地。

一打马踏里，顿挫了敌人的猖獗气焰。9 日，美方谈判代表几次找上门来要求恢复谈判。中方代表团的负责同志在决定恢复接触时，被派往谈判的一三六师胡旭副参谋长说：“你们的炮声震动了板门店，你们打痛了敌人，我们就又有事可做了。”10 日，美陆一师参谋长迫不及待地在谈判桌上发言：“各位先生，为了节约大量的时间，我们是不是先把西部军事分界线固定下来?”

13 日，志愿军在东线展开了大规模的金城反击战。为配合这次作战，肖全夫又一次来到一三六师，部署第二次攻打马踏里西山的战斗。按照计划，这次不仅要夺占两个前沿高地，而且要坚决固守。

19 日夜，我四〇七团两个连在 61 门火炮的支援下，向 062、061 高地同时发起了攻击。由于战前准备充分，仅 40 余分钟即攻占敌军阵地，全歼守敌。转入防守后，敌军以 80 余门火炮、19 架次飞机支援其步兵轮番冲击，企图夺回阵地。至 21 日夜，坚守分队共打退敌军 5 个多连兵力的 17 次反扑，毙、伤敌人 507 人，俘敌 12 人，守住了已得的阵地。

24 日，肖全夫命令部队向马踏里西山最后两个主阵地发起第三次攻击，一举夺取 060 阵地。敌人不惜血本，拼死反扑，均被我军击退。正当部队向最后一个高地+0238 发起攻击，并已占领整个阵地的 3/4 时，停战令生效了。

三打马踏里战斗，志愿军歼敌 1643 名，俘敌 21 名，毁伤敌坦克 7 辆，缴获各种枪支 157 支（挺）、子弹 30 余万发，狠狠地教训了不可一世的美军“王牌师”，直接配合了板门店停战谈判和东线的进攻作战，也成了中国人民志愿军在朝鲜战场板门店前线的“收官之战”。

五、捍卫珍宝岛

1969 年 2 月，在东北中苏边界形势日趋紧张的情况下，时任沈阳军区副司令员兼参谋长的肖全夫受军区党委之托，将苏军对我军进行武装挑衅的情况整理了一份材料，上报中央军委，并直接到北京向中央请缨。副总参谋长温玉成听取了他的汇报。

温玉成问：“如果反击，你们准备选择在什么地段？”

“珍宝岛。”肖全夫答道，“目前，我们边防站兵力单薄，除了已经把各军的侦察连调上去以外，还准备动用一些部队作为二线的预备队。我们立足于小打，也要防备他们狗急跳墙。”

温玉成说：“你们呈送军委的报告我们已经仔细研究过了，有关情况也直接向总理和主席作了汇报。中央同意你们的意见，对苏修的武装挑衅，要坚决予以反击，只不过规模要尽量控制在一定范围，即这是一场局部的边界冲突！”

3月2日，苏军在珍宝岛悍然开枪袭击我边防站长孙玉国带领的巡逻队，早已严阵以待的我军边防部队奋起反击，双方发生了激烈的武装冲突。这一战历时90分钟，我军牺牲20人，苏军战亡40余人、伤30余人，我军击毁苏军装甲车、指挥车、篷卡车各1辆。当日，沈阳军区决定在前沿设立虎（林）饶（河）前指，由肖全夫和军区李少元副政委负责统一指挥。

肖全夫的前指设在离珍宝岛不足10公里的五林洞。他调动1个步兵团、3个炮兵营、1个通信连、18个炮连、侦察连和机枪连，并将二十三军六十七师作为战役预备队进驻牡丹江市。周恩来在北京问前来参加党的九大筹备工作的陈锡联，“谁是前线指挥员？”听说是肖全夫时，周恩来笑着说：“这回，苏军可是遇到对手了。”见陈锡联有些疑惑不解，周恩来解释说：“我记得，这个肖全夫曾是南京军事学院的高才生，那里的教官都是苏联人，对苏军的那一套，肖全夫清楚得很！”

3月13日，苏军3辆坦克开进我方境内。肖全夫立即向陈锡联和温玉成汇报，并命令部队用迫击炮轰上几炮，将苏军坦克赶走，避免我军的火力配置和战斗意图暴露，从而保证了在随后的几次大的战斗中达到预期效果。在后面的战斗中，我军击毁苏军坦克4辆、装甲车7辆，毙伤苏军170多人，其中包括苏军上校和中校指挥官各1名。周恩来听到战果汇报后，称赞说：“这个肖全夫，打得不错嘛！”

六、天山筑“铜墙”

1980年1月，肖全夫调任乌鲁木齐军区司令员，他深知新疆在祖国统一大局中的重要地位，也深感自己责任重大。到任后，他牢记党中央和中央军委的重托，以维护新疆的稳定与统一为统领，深入调查研究，提出了贯彻军委“积极防御”战略方针的预案。

1982年，他亲自筹划并组织了“三战”（游击战、运动战和坚固阵地防御战）演习。时任总参谋长杨得志参观演习后说：“它不仅是乌鲁木齐军区历史上规模最大的一次演习，也是训练改革中的一次重要尝试，对于新疆部队的战备、训练、政治工作和后勤建设，都是一个有力的促进，对于全军也是一个不小的贡献。”第二年，他又组织了有党政军民参加的陆空协同反空袭、反空降演习，对提高各军兵种战术技术水平、增强全民防空意识都起到了极大的促进作用。

为了加强部队的正规化建设，肖全夫根据邓小平关于“军队要像军队的样子”的指示，结合新疆部队的实际，提出了“军人要像军人的样子，营区要像营区的样子，部队要像个部队的样子”的具体要求，加强部队的军容风纪和作风纪律整顿。同时，他还在全区部队普遍组织了阅兵式、分列式的演练，决心在天山筑起保卫祖国安全的“铜墙铁壁”。

乌鲁木齐军区部队守卫着 6700 多公里的边防线。由于历史原因，多数边防部队驻守条件非常艰苦，物质文化生活条件很差。肖全夫曾几次到北京向军委反映边防官兵的困难和疾苦。在中央军委的大力支持下，总后勤部给乌鲁木齐军区拨出专款，用于边防设施建设。对此，肖全夫亲自进行动员部署，提出了搞好边防建设的“八好”要求和具体标准，并多次到工地检查施工。1984 年 8 月，68 岁的肖全夫到素有“永冻层”“生命禁区”之称的阿里防区和海拔 5380 米的神仙湾哨卡视察，强忍着严重的高山反应，看望守防和施工部队的官兵、检查边防建设情况。在他的不懈努力下，新疆几万名边防官兵的工作和生活条件得到了明显的改善。

肖全夫一贯重视部队的思想建设和组织建设。1980 年初，改革开放的春风吹进军营。为做好转型时期官兵的思想工作，他与政委谭友林一起狠抓官兵的思想政治教育，亲自上党课、讲传统，教育大家坚决贯彻落实党的十一届三中全会精神，与党中央、中央军委保持高度一致。同时，他要求部队加强精神文明建设，增强抵御腐朽思想侵蚀的能力。

肖全夫常说，新疆是多民族聚居地，只有搞好军政军民和民族团结，才能维护新疆的政治稳定。作为自治区区委常委，他自觉服从自治区党委的领导，并积极参加区委的集体活动，对新疆的经济建设、社会发展、国防动员等工作发表重要意见。为加强民族团结，他主动同少数民族干部交朋友，并在深入学习党的十二大报告的基础上，撰写学习体会，提出“深入进行民族政策再教育、妥善处理民族纠纷、积极主动地为驻地少数民族做好事、加强少数民族干部培养”的工作思路。他亲自参加部队组织的打扫积雪、植树造林等助民活动，亲自到吐鲁番市考察，指导军地双方开展双拥共建活动，有力地促进了新疆“双拥”工作的深入开展。

（作者：胡遵远，原载《传奇传记文学选刊》2021 年第 7 期）

张贻祥：中国常规兵器试验的开拓者和奠基人

他从抗战时期开始，就在八路军总部担起负责兵工生产的重任，是我军兵器军工业的奠基人，堪称“一代枪王”。新中国成立后，他是一位长期战斗在国防科技战线上的“老军工”。1958 年，50 岁的他奉命进驻戈壁滩，到西北边疆指挥中国国防尖端武器试验基地建设，直到 1979 年 71 岁时才离开。他先后参加和组织了中国第一枚自行研制的运载火箭、第一枚导弹核武器和第一颗人造地球卫星等发射试验任务，为中国国防科技事业的发展呕心沥血。他就是张贻祥将军。

一、太行山跨入军工大门

张贻祥，安徽省金寨县南溪镇人。1908 年，他出生在一个小山村，全家 9 口、兄妹 7 人，一年打的粮食只够吃 3 个月，青黄不接之际每天要出去摘野菜野果充饥。家境窘迫维艰，张贻祥 14 岁就到麻埠镇一个亲戚家帮工糊口，16 岁时来到一个地主家摘茶、放牛谋生。1929 年 5 月 6 日，不甘于被压迫命运的张贻祥毅然参加了大别山区爆发的立夏节起义，成为一名红军战士，在创建鄂豫皖革命根据地、川陕革命根据地和红四方面军长征的连年浴血征战中，他奋勇杀敌、九死一生，在战斗中成长。

1942 年，日军对太行山区根据地频繁地实行“蚕食”、“扫荡”和“清剿”，使我军刚刚起步、非常弱小的军工业遭受极大损失。1943 年元月的一天，八路军一二九师政委邓小平找到任司令部政治协理员的张贻祥宣布命令：“日寇大扫荡以后兵工厂损失很大，打仗没有枪炮子弹怎么行？我们决定让你到军工部任政治处主任，加强军工部的思想政治工作。”说话间，师长刘伯承进屋来，他插话说：“贻祥同志，军工很重要，要动员工人多生产子弹、手榴弹、黄色炸药，还要多造地雷，发动群众开展人民战争。”邓小平接着说：“只有你们多流汗，前方才能少流血。中央指示，军事工业要靠自力更生。”从此，张贻祥便一脚踏进了军事工业的大门。

“一切为了抗日前线的胜利！”这是军工战线战士和工人的唯一心愿。为提高武器的性能和劳动生产率，张贻祥在各厂、各所组织开展了形式多样的劳动竞赛，广大工人、技术人员加班加点拼命生产。有时为研制出一种新产品，大伙从制模、翻砂到车削、安装、试验，常常是废寝忘食，一干就是几个通宵。抗日战争初期，太行军工生产以枪械修理为主，后来逐步发展到制造枪械，以后又生产五〇小炮及炮弹、迫击炮及炮弹等较先进的武器，使我军的战斗力不断增强。

解放战争中，前方需要大量的枪炮、子弹、炮弹。淮海战役发起前，中原野战军政委邓小平路过长治军工部，找到负责人赖际发和张贻祥说：“要打大仗了，前线最需要的是炮弹、子弹、手榴弹，你们一定要抓紧时间多生产。”张贻祥当即表示，前方需要多少我们就生产多少，保证供应充足。邓政委满意地说：“还是那句老话，只有你们多流汗，前方才能少流血。”为满足战略反攻阶段的武器弹药需求，张贻祥组织各兵工厂广泛开展生产竞赛，优胜者被授予刘伯承司令员南下时亲笔题写赠送太行山兵工厂的“提高兵工质量，增大歼灭战的实效”锦旗一面。大后方军工战线将士们响亮地提出“我们多流汗，誓让前线将士少流血”的口号，分布在太行山区的大小兵工厂昼夜灯火通明、机器轰鸣，运输队伍川流不息，一片繁忙景象。他们生产的武器弹药源源不断地运送到华北、淮海战场，为解放全中国提供了重要保障。

二、内蒙古组建兵器试验场

1953 年冬，已担任华北军械部政委的张贻祥，接到军委总军械部的电报，指示他带领常规武器试验靶场场址勘选小组，到内蒙古勘察场址。张贻祥这位“老军工”完全懂得，我军靠“小米加步枪”夺取了政权，而要捍卫刚刚屹立在世界东方的新中国，就必须拥有飞机、大炮、坦克、军舰这些更先进的武器。新中国成立后，党中央已责令有关单位开始研制生产现代化常规武器。然而这些新式武器诞生后，必须经过正规靶场的检验才能装备部队，才能转化为战斗力。

要组建新中国第一个规模宏大的兵器试验场，这不仅没有可供参考的资料，甚至国内连一位懂行的专家都没有，想到这张贻祥感到任务异常艰巨，同时也感到非常光荣。辗转选好场址，张贻祥被任命为常规武器试验靶场首任场长后，他精心组建队伍施工，筹划试验设施，接待专家……大小工作千头万绪，他常忙得彻夜难眠、食不甘味。20 世纪 50 年代中期，正值我国执行第一个五年计划时期，百业待举，基本建设材料十分紧缺。张贻祥和靶场指战员充分体谅国家困难，大家自己动手艰苦奋斗，利用周末和节假日，拉着架子车到日本人废弃的机场捡砖头。肩扛金星的开国少将天天俯首徒手捡碎砖，这在世界上可以说是绝无仅有。广大官兵被老将军深深感动了，大家冬天冒着刺骨严寒，夏天顶着酷暑烈日，不分昼夜捡砖头、拾管材、收废钢铁等。就这样，广大官兵用捡来的材料盖起了靶场礼堂和一些住宅楼等基础设施。张贻祥的夫人谈起当年她第一次去靶场探亲时，还清晰地记得陪张贻祥拉着架子车捡砖头累得汗流浃背的往事。

为加速我军新式武器的定型，中央军委要求兵器试验靶场“边建设、边试验、边培养干部”，而且要求所有新式武器样品试制出厂后，必须经过靶场试验鉴定才能投入批量生产。1954 年下半年，我国生产的 75 毫米无后坐力炮、82 毫米迫击炮，还有配套炮弹、引信已相继试制成功，急需试验定型。在一无场区、二无设备仪器、三无试验技术资料、四无专业技术人员的情况下，张贻祥率领靶场官兵毅然接受了这两型火炮的试验定型任务。没有场地，在其他地方临时借用，没有设备、资料和技术人员，就让厂家协助，这在当时叫作“打游击试验”。在试验工作全面展开的同时，张贻祥率领广大官兵在侵华日军遗弃的白城平安镇飞机堡旧址处，自力更生白手起家，终于成功修建了新中国第一个临时靶场。

1956 年 6 月 9 日，王树声大将专程赶到白城，在一片掌声中兴致勃勃地为刚刚落成的临时靶场剪彩。随后，三种火炮、两种轻武器等相继开始射击表演。

三、戈壁奋斗 22 个春秋，为基地试验工作倾注全部心血

1957 年底，张贻祥奉命赴京接受了组建导弹试验靶场新任务。在进行空勘的飞机上，专家组长向他介绍了导弹的战斗性能、试验靶场的战术技术条件等有关问题。虽然他听了似懂非懂，但他相信，我们今天不懂的东西，明天肯定会懂。在不远的将来，国防尖端事业一定会在我国获得飞速发展。

经毛泽东主席和中央书记处批准，我国第一个导弹试验靶场选在内蒙古额济纳旗青山头的荒漠戈壁。场址确定后，张贻祥立即又随陈士榘上将率领的工程勘察组奔赴场区，研究确定靶场的各种配置和建设方案。施工部队进驻场区后，他作为试验部队前方工程指挥部领导成员，与工程兵几位老将军组成特种工程指挥部，在戈壁深处开始了国防尖端工程施工。

然而，恶劣的环境似乎要驱走刚进驻戈壁的将士，终日狂风大作、飞沙走石、天昏地暗。施工部队住帐篷、喝苦水、吃咸菜、战风沙，以顽强的斗志克服重重困难。有一天，张贻祥与赵东寰参谋长一起散步，赵东寰说：“前几天施工中牺牲的那名战士，在部队引起一些反映。有的战士觉得，在戈壁滩施工吃苦倒不怕，怕的是死了后亲人也无法见上面，连尸体都运不回去。”张贻祥迟疑了一

会儿说："咱们革命几十年，南北转战有多少战友牺牲了，干革命就会有牺牲，我们在戈壁滩建设这么大的国防工程，也同样会有牺牲。我们必须教育干部战士有一种'死在戈壁滩，埋在青山头'的革命精神。"赵东寰说道："这句话好呀，'青山处处埋忠骨，何须马革裹尸还'。我们有必要对部队进行一次'死在戈壁滩，埋在青山头'的教育。"从此，"死在戈壁滩，埋在青山头"成了工程建设大军叫得最响的政治口号。几十年过去了，这口号激励着一代又一代科技干部、战士，扎根戈壁、献身国防，为我国国防科技和航天事业的发展作出了巨大贡献。

正当导弹靶场的试验训练工作刚开始，我国就遇上了三年自然灾害。苏联"老大哥"突然撕毁协定撤走了在华全部专家，这对新中国来说无疑是雪上加霜。在生活最困难时，广大官兵食不果腹，许多人因营养不良患了夜盲症、浮肿病。身为试验基地副司令员的张贻祥，想起了在太行山挖野菜的日子，他带领干部采集能食用的沙枣、甘草叶、骆驼刺、芦苇根、苦苦菜，晒干粉碎后与玉米面、黑豆面、青稞面拌在一起制成糊糊果腹。在基地，干部战士还送给张贻祥一个"树司令"的尊称。原来早在勘察选点时，张贻祥就发现祁连山融化的雪水穿过弱水河流入居延海。在戈壁沙漠，只要有水就能够生存，以后就能够大发展。他计划用这条河养育我国的国防科技精英，用这条河勾画出场区长远发展的宏伟蓝图，把场区建设成沙漠绿洲。于是，张贻祥带领干部战士修水库、挖水渠，开展植树造林。几年下来，修建了面积达 10.5 平方公里、储水量达 17000 立方米的水库，其至今仍碧波粼粼，成为大漠深处航天城的一处胜景。为了植树，张贻祥不知耗费了多少心血，从选树种买树苗到种树、管树，摸索出一套在戈壁滩植树的成熟经验：种树时挖坑要深，覆盖上沙土、黄土、混合肥掺配的土壤。把树苗种下后，还要用草袋一棵棵裹起来，防风、防冻、防牛羊乱啃。平时张贻祥无论是外出散步，还是下部队检查，只要发现损坏树木的行为，不管是谁都要严厉地批评教育。时至今日，基地的官兵换了一茬又一茬，仍然传颂着很多当年张贻祥爱树如命的故事。

如今，航天城已绿树成荫、鲜花竞放，戈壁深处诞生一片宜人绿洲，环境优美、气候宜人。张贻祥和基地众多干部战士和科研人员，在这里用自己辛勤血汗浇灌出丰硕的国防科技成果，强力推动了我国航天事业的起飞和发展：1960 年 9 月 10 日，我国第一枚近程导弹发射成功；1966 年 10 月 27 日，导弹核武器"两弹"结合试验，在我国本土取得成功，举世瞩目；1970 年 4 月 24 日，第一颗"东方红一号"人造地球卫星飞向太空，揭开了我国航天事业的新纪元；1975 年 11 月 26 日，第一颗返回式卫星发射成功，并准确返回预定回收区……

张贻祥将军直到 1979 年 71 岁时才离开戈壁滩。1983 年，张贻祥老将军离休了，但他仍然时刻挂念着祖国国防科技和航天事业的发展，笔耕不辍写下不少总结部队建设经验的文字心得，提供给第一线的领导同志参考。1999 年 5 月 22 日，张贻祥将军因病逝世，他几十年的革命生涯，留下了辉煌灿烂的人生诗篇。

（作者：胡遵远、张应松，原载《兵工科技》2021 年第 4 期）

陈祥将军在革命战争年代

2021 年 9 月 4 日，陈祥将军陈列室在他的家乡——安徽省金寨县油坊店乡周院村建成开放了。一张张泛黄的照片、一件件珍贵的文物、一段段精美的文字、一句句深情的讲解，再现了陈祥将军的革命人生。

陈祥，原名邸银国，安徽省金寨县人。1915 年出生于一个贫苦家庭，自幼受革命思想和农民运动的影响，向往革命，追求正义，1930 年参加儿童团。1932 年 3 月参加红军，1937 年 9 月加入中国共产党。

土地革命战争时期，陈祥参加了鄂豫皖苏区第三、第四、第五次反“围剿”斗争。作战勇敢，不怕牺牲，战斗中两次负伤。红军长征后，他留下坚持了三年艰苦的游击战争。

抗日战争时期，陈祥历任新四军第四支队组织干事、连指导员、营教导员，第五、第六旅团政治委员，与日伪军进行了英勇的斗争。1943 年 12 月，陈祥入延安中央党校学习，思想觉悟、理论和政策水平都有了明显提高。1945 年陈祥参加了中国共产党第七次全国代表大会。

解放战争时期，陈祥历任东满军区朝鲜支队政治委员、吉林军区独立第一师第四团政治委员、第四野战军第一二八师政治部主任，参加了辽沈、渡江及解放广州等重大战役。

一、负伤不离队，改名谢恩人

1932 年 9 月底，红四方面军主力西去川陕后，中共皖西北道委根据上级指示，成立了中共鄂皖工作委员会，并将部分主力红军和霍山县独立团等地方武装组建成中国工农红军第二十七军。邸银国随霍山县独立团编入红二十七军，留在大别山区坚持斗争。

10 月下旬的一天，在舒城官庄与敌人激战中，邸银国左臂中弹。团长和营长将邸银国等几名负伤的战士召集在一起，发给他们每人 3 块大洋，并告诉他们目前的形势极为艰险，要求他们离开部队。邸银国将大洋归还，坚定地说："首长！我的腿照样能跑路、能爬山，我的右手照样能扣扳机、打敌人，我死也不离开部队！"领导被他坚决的态度感动了，批准了他的请求。邸银国带伤继续随红二十七军辗转作战，永不掉队成了他的坚定信念。日日行军、天天作战，他表现得更加主动和勇敢，受到了领导和同志们的一致称赞。

1934 年 11 月 6 日，中共鄂豫皖省委率红二十五军离开金寨葛藤山，16 日从河南罗山何家冲出发开始长征。邸银国所在的部队因为担负护送伤员任务而被留在鄂豫皖边区。随后，中共皖西北道委决定：将在皖西北地区分散的红军集中整编为红二一八团，坚持根据地的斗争。邸银国遂成为红二一八团一营的战士。

1935 年 2 月 1 日，红二一八团在金寨抱儿山与鄂东北独立团相遇。2 月 3 日，中共皖西北道委书记高敬亭将两支部队在太湖凉亭坳重组为红二十八军，邸银国任师部警卫班班长。

6 月下旬的一天，邸银国在湖北蕲春张家榜战斗负伤，右腿胫骨被打断。战友们用担架抬着邸银国转移，从蕲春抬到英山、太湖、潜山，行程数百里。随后，邸银国被安置在潜山的深山里养伤，一位姓陈的老人对他百般照顾，冒着生命危险为他送水送饭、采药疗伤。为了感谢陈姓老人的大恩大德，邸银国随老人的姓，改名为陈祥。新中国成立后，陈祥曾多次想方设法寻找这位老人，但是一直未果。陈祥为此曾作诗一首："当年斗敌顽，九死换一生；腥风血雨无所惧，全靠众乡亲。"

二、冲锋第一线，保卫队机关

1937 年 7 月，国共岳西停战谈判成功后，红二十八军及地方武装集中到黄安七里坪整训，于 1938 年 2 月正式改编为新四军第四支队，陈祥任第四支队政治部警卫班班长。1939 年 6 月，陈祥调任新四军第四支队七团三营教导员。

12 月中旬，侵华日军第六师团长谷寿夫，纠集南京、明光、蚌埠等地的日伪军 2000 余人，麇集于滁县、沙河集、全椒等地，分三路从东、南和北面"扫荡"周家岗。面对来势汹汹的敌人，12 月 18 日，中共中央中原局书记刘少奇紧急召集新四军江北指挥部指挥张云逸、副指挥兼第四支队司令员徐海东、政治部主任邓子恢等人开会，商讨对策。

会后，徐海东根据刘少奇、张云逸的指示精神，迅速作出作战部署：第四支队的七团、九团埋伏在周家岗一线，准备在通往复兴集的要道上伏击进攻之敌。陈祥所在的七团三营七连、八连在周家岗西北的常山岭一线坚守阵地，防备敌人西犯，保证中原局、江北指挥部和第四支队司令部的安全；三营九连和七团一营、二营在周家岗西南山地设伏，对敌人进行侧击、追击和伏击。九团的主力在周家岗以南的复兴集、玉屏山一带构筑阵地，阻击敌人的进攻。

12 月 21 日拂晓，敌人开始大举进攻，一路日军遭九团的痛击；下午 4 时，另一路日军进入七团伏击圈，遭猛烈炮火打击。七团发起冲锋后，陈祥率三营九连猛冲猛打，敌人伤亡惨重。22 日，陈祥率部又袭击逃窜之敌。23 日上午，敌人开始撤退，陈祥所在的七团又追击数十里，敌人再遭重创。经过三昼夜的战斗，毙伤俘敌 160 余人，其中击毙日军中队长 1 人、生俘日军小队长 1 人，缴获了大量的武器弹药和军用物资，胜利地粉碎了敌人“扫荡”周家岗的阴谋，狠狠打击了日军的嚣张气焰。此战之后近半年，敌人不敢再进行大的“扫荡”。

1940 年 3 月 5 日，陈祥随七团在肥东王子城与进攻的桂系顽军第一三八师主力遭遇，敌我兵力悬殊。战斗打响后，陈祥与三营营长李占彪率部勇猛杀敌，敌人疯狂反扑，双方在 40 米内短兵相接，新四军战士不怕牺牲，打退敌人的数次进攻，坚守了整整三天。3 月 7 日，新四军第五支队司令员罗炳辉率部赶来支援，将敌人击溃。王子城反摩擦战斗的胜利，挫败了桂顽的嚣张气焰，使新建立的津浦路西抗日民主根据地得到了初步巩固。

3 月 27 日，陈祥随七团冒雨从周家岗出发，奉命过津浦路东支援新四军发起的半塔战役，并担负掩护刘少奇等中原局、新四军江北指挥部领导过铁路封锁线任务。陈祥所部完成掩护任务和支援半塔战役任务后，在半塔集受到了中共中央中原局书记刘少奇的亲切接见。这是陈祥第一次见到刘少奇，给他留下了终生难忘的印象。

5 月 8 日拂晓，2000 余名日军和部分伪军突然包围了驻定远县藕塘镇的新四军第四支队司令部。当时，司令部只有一个警卫连。鄂豫皖区党委书记郑位三、四支队政治委员兼代司令员戴季英率机关人员趁着茫茫大雾向太平集方向突围转移。敌人数倍于我，穷追不舍，情况十分危急。

此时，陈祥正带领七团三营七连执行一个临时任务在向藕塘进发，当他听到密集的枪炮声后，迅即断定，进攻的是日军的大部队。他当机立断，带领七连迅速抢占了藕塘东南的宝塔山，居高临下，以猛烈的火力阻击敌人。敌人遭突然打击，怕中埋伏，不敢再追，掉头缩回藕塘镇。敌人随后以猛烈的炮火轰击七连阵地，并于 8 日清晨出动近百名日军向七连阵地进攻。陈祥指挥部队向敌人猛烈扫射，打得敌人狼狈溃逃。下午 1 时，敌人从藕塘镇向定远县城方向撤退。陈祥又指挥七连和赶来的七团二营一起追杀敌人，追出距藕塘镇 10 余公里，直到夜幕降临，方才胜利收兵。

陈祥多谋善断、顾全大局、勇于担当、主动出击，成功掩护了四支队机关和一批医院伤员的安全转移，受到了上级的表彰和高度评价。

1940 年 8 月，陈祥进入新四军江北军政干校学习，毕业留任新四军抗日军政大学八分校政治部组织科长兼总支书记。1941 年 11 月调任新四军第二师十五团政治委员兼中共泗县、五河、灵璧、凤阳县边区党政军委员会书记。1942 年 3 月任新四军第六旅十七团政治委员，率部参加了津浦路东天长至仪征公路破击战、津浦路西反顽作战、攻占青家岗伪据点等战斗。同年 7 月，陈祥又率部夜袭扬州仪征十二圩，歼灭日伪军 200 余人，创造了以小的代价全歼日军一个小队的经典战例。

三、虎胆降顽敌，所部捷报传

1943 年 12 月，陈祥被调入延安中央党校学习了两年。抗日战争胜利后，陈祥等 200 余名中央党校学员奔赴东北，于 1946 年 1 月到达吉林延吉，陈祥任延边朝鲜支队政治委员。4 月，延边朝鲜支队奉命参加攻打长春的战役。敌人拼命抵抗，支队长、副支队长相继牺牲。陈祥迅速调整战术，勇猛向前，打到了敌人指挥部所在地——长春市大同广场伪满中央银行。陈祥指挥战士利用广播向敌人展开政治攻势。正准备突围的一个敌军团开始动摇，呼叫延边支队派人到其团部谈判。敌人有可能是诈降，存在较大危险。但陈祥不顾战友的劝阻，决定亲自去和敌人谈判。他整理好军装，带着一个参谋和两名通信员从容不迫地走进了敌人的团部。

敌人的十几支短枪对着他，杀气腾腾地要他答应条件。陈祥沉着镇静，笑着对敌团长说："兄弟不怕死，怕死就不来贵团部做客了！"接着转身对持枪对着他的敌兵说："常言道，一将成名万骨枯。大家四面都被重重包围了，还值得为上峰卖命吗？弟兄们若是放下武器，愿为老百姓打江山的，我们欢迎；想回家与父母妻儿团聚的，我们发给路费！"敌兵被陈祥的谈吐自若、镇定威严震慑了，全团 1000 多人都放下了武器、缴械投降。此役共歼敌 18000 余人，陈祥率领的延边支队歼敌 3000 余人。

1946 年 9 月，陈祥调任吉林军区独立一师二旅四团政治委员。在攻克松花江岸桦树林和桦甸阻击战中，陈祥与团长杜培芳率领全团指战员，在零下 40 多摄氏度的严寒中英勇作战，共歼敌 4000 余人。1947 年 6 月，又配合兄弟部队，在老爷岭、双河镇、杨木桥子战斗中取得重大胜利，歼灭了大量敌人，缴获大批武器弹药。

后来，陈祥参加了辽沈、平津战役。1949 年春调任第四十三军一二八师政治部主任，并随军南下参加了渡江战役及解放广州等重大战役，为中国人民的解放事业作出了重要贡献。

新中国成立后，陈祥历任粤中军区副政治委员、中南军区装甲兵副政治委员、第二十四军副政治委员兼政治部主任、北京军区副政治委员、军委工程兵副政治委员等职务，为人民军队的建设和社会主义建设作出了积极贡献。

陈祥将军戎马一生，功勋卓著，1955 年荣获三级八一勋章、二级独立自由勋章和二级解放勋章，1961 年晋升少将军衔，1988 年获一级红星功勋荣誉奖章。

（作者：胡遵远，原载《中华魂》2022 年第 1 期）

开国将军詹大南的传奇人生

2020年11月21日，安徽省金寨籍开国将军、中国人民解放军原南京军区副司令员詹大南与世长辞。

詹大南将军的前半生，几乎都是在枪林弹雨中度过的，为了祖国的解放、民族的独立，他驰骋疆场、转战南北，吃尽了千辛万苦、历经了千难万险，创造了很多历史传奇、留下了很多感人故事。

一、两救大将徐海东

詹大南，安徽省金寨县槐树湾乡人，1915年4月出生于一个贫苦农民家庭。

土地革命战争时期，詹大南曾任中国工农红军中央教导第二师特务连战士、补充营营部班长，鄂豫皖苏区五县边区独立团第五连通讯员，红军第二十五军七十五师二二三团二营营部班长，鄂东北游击总司令部通讯员、警卫员，红军第二十五军军部警卫员，红军第十五军团保卫局科员，红军第二十八军直属队特派员、第三团特派员等职。

1934年4月，鄂豫皖省委召开会议期间，时任红二十五军军长的徐海东见詹大南年龄不大却很机灵，军事方面的素质很好，就把他调了过去做保卫员。

当保卫员不久，徐海东回家探望母亲，詹大南随行保卫。谁料第二天一早，闻讯而至的敌人突然包围了徐海东家所在的村子，刹那间枪声大作，混战中一枚冒着青烟的手榴弹朝着徐海东滚来，詹大南眼疾手快，飞身将徐海东扑倒在地，一声巨响之后，徐海东的腿还是被一块弹片炸伤了，顿时血流如注。

情急之下，詹大南背起徐海东便往村外冲去，其他警卫战士排成人墙，端起驳壳枪形成一道密集的火力网，他好不容易杀出一条血路突围至村外。路上，正好遇见和自己同年参军的弟弟詹大海，两人一起轮换背着徐海东拼命往前跑，最终摆脱了敌人，将徐海东送至医院急救。事后，徐海东充满感激地对詹大南说："小詹，这次要不是你后果不堪设想，你是好样的！"

1935 年，徐海东在一次指挥突围时陷入了敌人的包围圈。詹大南再次冒着生命危险，冲到马夫身边，接过马缰、跃马来到徐海东面前，帮助徐海东骑上军马再次冲出敌人的包围圈。

二、烽火硝烟显英雄

1935 年，詹大南在红十五军团军团长徐海东身边任保卫干事。10 月下旬，红十五军团继劳山伏击战大获全胜之后，又打响了榆林桥战役。

11 月上旬，为隐蔽我军主力，红十五军团先后攻下张村驿、东村、套通等敌占据点，并派出一支小部队到直罗镇、黑水寺一带活动，负责警戒和引诱敌人。

11 月 20 日，国民党军第一〇九师在飞机的掩护下，一部沿葫芦河川两侧高地边打边搜索前进，主力顺葫芦河川的大路，大摇大摆地开进了直罗镇。

当天晚上，中央军委下达命令：21 日拂晓发起攻击。红十五军团按照原定方案，从张村驿一带出发，连夜急行军，赶到指定位置，并悄悄地占领了直罗镇南面的高地。

大约上午 9 时，战斗结束。詹大南着急地问红二二五团的同志："有没有敌人向南跑掉？"他们回答说："都圈在这里，一个也没有逃脱。"詹大南心想：既然一个也没逃脱，就一定能找到敌军少将师长牛元峰。

果然，在最后围歼敌人的地方，詹大南他们很快地查找到了被俘的敌师参谋长。

詹大南大声问："你们师长呢？"

他指着 10 多步远的山坡上的一具死尸说："那就是牛师长。"

詹大南不相信他的话，又问了旁边几个俘虏。

这时，敌参谋长指着地上的一个红色长方形的大本子对詹大南说："请你对照军官录上的照片。"

詹大南拿起一看，里面是敌少校以上军官的简历，并附有照片，第 3 页是少将师长牛元峰的，占了半页。接着，詹大南从尸体上搜出一枚铜质狮头的私章，在手掌上印了一下，是篆体字，他不认识。于是，他带着军官名录和私章向徐海东汇报。经过认定，私章是牛元峰的。

徐海东高兴地喊道："快！发电报报告党中央！"

三、“自作主张”打胜仗

抗日战争时期，詹大南历任八路军第一二〇师三五八旅七一六团政治处组织干事，第四纵队独立营政治教导员，晋察冀军区冀热察挺进军第十二支队三十六大队副政治委员、政治委员，挺进军第九团二营营长、教导大队大队长、司令部作战科科长、第八团团长，晋察冀军区第十二军分区副参谋长、参谋长、司令员等职。其间，于1939年3月进入冀热察挺进军随营学校学习。他参加了开辟和巩固晋西北、平西、平北抗日根据地，参加了百团大战、张家口战役以及多次反“扫荡”等战役战斗，经历了无数次血与火、生与死的考验。

1940年春，詹大南带领1个营伏击日军1个运输队，歼敌40余人，缴获军需用品200余驮。1940年秋，他带领1个营单独行动，全歼日军140余人，在4分钟之内，缴获“九二式”重机枪4挺和其他许多战利品。这两场大胜仗都是詹大南将军当年在没有上级命令的情况下，自己作主、指挥打赢的胜仗。

其中，第一场胜仗是把日军运输队全部“包了饺子”。1940年春天，敌人分三路围攻平西根据地，张家口的日军派出了1个联队（相当于1个团），从樊山堡根据地西北方向对我根据地进行扫荡。詹大南所在的挺进军第九团二营在北平近郊的门头沟周围打了几天后，兄弟部队换防，二营撤下来进行休整。

遭遇战就发生在二营深夜急行军回营的路上。詹大南回忆说：“我们走到一个叫杜家庄的地方，听到侦察员报告，附近发现了鬼子。我记得那天是满月，鬼子行军时的大皮靴声音都可以听到了。我召集四个连长，立刻占领有利地形让部队左右伏击，只等着鬼子闯进我们的伏击圈。”正在行军的是一支由几十名日军和200多名伪军组成的运输队。詹大南一声令下，二营轻重武器一齐开火，日军运输队猝不及防，迅速被击溃。

四、“北极熊团”成狗熊

新中国成立后，詹大南历任第二十七军副军长、第二十八军军长，兰州军区副司令员兼甘肃省军区司令员，南京军区副司令员等职。朝鲜战争爆发后，他担任中国人民志愿军第二十七军副军长，率部出国作战，先后参加了第二次和第五次战役。

在新兴里据守的是美军第七师三十一团，该团成立于1916年，是美国陆军最精锐部队之一。因为在第一次世界大战中表现出色，时任美国总统的威尔逊为了表彰该团的战功，授予该团“北极熊团”称号。之后，“北极熊团”又参加了许多重要的战役和战斗，表现十分出众，自称为“45 年从未打过败仗的劲旅”，是美军第七师手中最有力的一张王牌。

1950 年 11 月 27 日晚，新兴里围歼战以夜袭方式开始。几乎在詹大南的作战命令发出的同时，撼天震地的枪炮声，骤然回响在盖马雪原的这个山村周围。

“我要来个瓮中捉鳖。”几十年后，詹大南将军仍对自己当时的作战部署感到非常满意。

战至 12 月 1 日拂晓，我正面攻击部队终于把敌人的防御圈撕开了一个大口子，战士们冲进村里和敌人展开了肉搏。

在明晃晃的刺刀面前，美国人很快胆寒了。“北极熊团”很快陷入了我军的重围当中，战士们冲下公路，和敌人展开了混战。激战至 12 月 2 日 4 时许，面对英勇无畏的志愿军勇士们，美军这支王牌部队更加胆寒了，突围变成了无序的大溃逃，最终被志愿军全歼，团旗也被我军缴获。号称 45 年从未打过败仗的美军王牌“北极熊团”就这样全军覆没了！

（作者：胡遵远，原载《市场星报》2020 年 12 月 1 日）

詹化雨：乔装改扮入敌营 机智勇敢斗顽凶

詹化雨，安徽省金寨县古碑镇人。1931 年加入中国共产主义青年团，同年加入中国共产党，1932 年参加中国工农红军。土地革命战争时期，历任红二十八军手枪团排长、分队长、团长，坚持了鄂豫皖边区三年游击战争。抗日战争时期，历任新四军第四支队手枪团团长，第九团团长，第二师四旅参谋长、第五旅副旅长，第二师副参谋长。解放战争时期，任山东野战军第二纵队参谋长，华东野战军第二纵队参谋长，华东军区第七纵队副司令员，第三野战军二十五军副军长、政治委员。新中国成立后，历任军委总参谋部作战部军务局局长、测绘局政治委员，西藏军区副政治委员，福州军区副政治委员、顾问，第五届全国政协委员。1955 年被授予少将军衔，荣获二级八一勋章、一级独立自由勋章、一级解放勋章。1984 年 12 月在福州逝世。

1934 年 11 月 16 日，大别山的主力红军——红二十五军——奉中央军委指示，撤离苏区、开始长征，留下省委常委、皖西道委书记高敬亭重建大别山红军，开展保卫苏区斗争。当时，在大别山的国民党军队有 10 万多人，曾亲自兼任大别山“剿共”总司令的蒋介石命令安徽省省长刘镇华任“剿共”总指挥，限一月之内完全肃清大别山尚存的红军。

面对气势汹汹的敌人，高敬亭临危不惧，迅速将活动于皖西和鄂东的部分红军游击武装组织起来，重新组建了红二十八军，下辖八十二师和手枪团。八十二师师长罗成云、政委方永乐，手枪团团长余雄、副团长詹化雨。

刘镇华接电后，立即召集各军长开会，并将大别山区划为 4 个“驻剿区”，在指定区域内进行“清剿”，另外还设立“追剿”部队，不分区跟踪“追剿”。然而，虽然刘镇华费尽心机，但是屡遭失败，到 5 月中旬，其 10 多万军队不但没“剿灭”红军，反而被红军消灭了不少。蒋介石一气之下，免去了他的总指挥之职，由二十五路军司令梁冠英取而代之，限其年底前完全“剿清”红军。

梁冠英召集各部队师团以上领导人开会，重新划定“清剿区”。并严令在哪个"清剿区"发现红军流窜，就拿哪个"清剿区"负责人是问。会后，他到各"清剿区"边界巡视，又在各"清剿区"之间建立联防队，负责各防区之间的联络，他以为这样，红军便无处游击了。可是，无论敌人如何变换花样，红军有人民群众的支援，游击战总是不断地从胜利走向胜利！

一、让别动队成为名副其实的"别动"队

为了对付红二十八军的手枪团和地方便衣队，梁冠英专门抽调"精兵强将"组成了一个别动队，全部配上全新的长、短枪和自动步枪，妄想"五六个月内彻底剿灭鄂豫皖边区红军"。

这个消息传到手枪团，指战员们反而暗自高兴，心想："这下可有新武器用了！"有的战士还三天两头地向手枪团团长余雄打听："啥时候去打别动队？"有的"小鬼"还急切地建议："我们下个战书给别动队吧！"就在红二十八军官兵"惦记"着别动队的时候，别动队就主动地送上门来了。

1935年7月中旬的一天下午，红二十八军政委高敬亭带领部队来到太湖冶溪河附近，准备天黑前越过敌人的封锁线。这时，侦察员上气不接下气地赶来报告，冶溪河驻有敌人一个旅。看来，原打算从这里越过封锁线已经不可能了。高敬亭带领手枪团团长余雄、副团长詹化雨勘察地形后认为：向北，是一陡坡，很难攀登，又容易被冶溪河敌人发现；向南，是一道三四里长的山坡，跨过一道山涧便可到达对面山上。于是，高敬亭令手枪团一边开路、一边掩护部队向南前进。团长余雄令手枪团第二分队监视冶溪河之敌动向，令副团长詹化雨带领第一、第三分队担任前卫，化装成敌第九十六旅"追剿"队，顺着南坡前进，万一遇敌，尽可能地与其纠缠、拖延时间，或相机歼灭。

詹化雨带着第一、第三分队走到一个半山坡，突然路边树丛里"砰砰"响起两声枪响，隐蔽在树丛里的敌哨兵号叫："站住！哪一部分的？"

詹化雨不予理睬，继续朝哨兵逼近。

"再不站住就开枪啦！"敌哨兵急了。

在这千钧一发的节骨眼上，机智勇敢的詹化雨沉着冷静，一个箭步冲到哨兵面前："谁叫你随便开枪的？"

说着用手指了指胸前的符号，"你连自家人都不认识，还站什么哨？你睁开眼睛看看老子是哪一部分的？"

这时，手枪团一个大个子班长冲了上来怒骂道："你朝老子开枪，八成是红军冒充的！"不由分说地缴了两个哨兵的枪。

经审问，才知道山脚下的敌人是第三十二师的别动队，有百十号人。

余雄怒气冲冲地骂道：“什么别动队，打红军都是孬种，捣蛋倒是内行，喊你们队长来见我！”

这时，一个佩戴上尉军衔的家伙有点惊慌地迎上前来，还没等他开口，余雄先发制人，给了他两记响亮的耳光，怒斥道：“混蛋！老子正追剿红军，要是误了战机，当心总指挥要你们的脑袋！”那家伙挨了两记耳光和一顿臭骂，像一截木头桩栽在那里，其他敌人也吓呆了。

余雄继续训斥：“总指挥有训示，国军各地驻防甚多，为防止误会和不被红军利用，不弄清情况，不准开枪。你们不知道？”

“下官知道，知道。”

“那你们岗哨为何乱开枪？”

“下面弟兄不大清楚。”

“你的职责是什么？”

“是！我知错。”

“知错？知错为什么不改？”

原来驻扎鄂豫皖边区的敌人多如牛毛，有追的、有堵的、有驻的、有围的，往来频繁，相互间又有很大矛盾。高敬亭抓住这一弱点，组织部队大搞伪装战术，还经常让“追剿”和“堵剿”之敌相互对打。因此，梁冠英只好下一道命令：不搞清情况，不准乱开枪。

形势刚发生转机，村口突然传来“砰”的一声枪响。

这突如其来的枪声同时引起敌我双方的惊疑，异口同声地问：“谁开枪？谁开枪？”

原来我方一名战士见敌人手中一支新驳壳枪很漂亮，又见他身上带的子弹很多，急不可耐，贸然扣响扳机，打倒了敌人。

见此情景，敌军齐喊：“你们为什么打死我们的人？”

空气再次凝固起来，枪栓拉得响成一片，火拼一触即发。为了稳定局面，余雄立刻跳上稻场的一个石磙，举着手枪威严地命令道：“不许开枪，谁再开枪，就先打死谁！”

骚动的敌军暂时安定下来。这时，我手枪团战士已全部赶到庄子上来，分散插在敌人当中，做好了歼敌准备。余雄见时候已到，把手一挥，高喊：“动手！”敌人被我军的突然行动吓呆了，一个个呆若木鸡，别动队成了名副其实的“别动”队，等他们反应过来时，想抵抗已经来不及了，只好乖乖地放下武器束手就擒。

躲在屋子里的敌人看到屋外发生的一切，慌忙逃窜，手枪团战士紧追不舍。爬上山坡的敌人被我主力部队逮个正着，无一漏网。战斗前后不过 20 分钟，别动队130余人全部成了手枪团的俘虏，手枪团还缴获长、短枪80余支，轻机枪两挺。当晚，高敬亭也率领大部队顺利地绕过封锁线向南转移了。

别动队被歼后，梁冠英的第三十二师大伤脑筋：人完了，可以拉壮丁补充，可这新式自动步枪，哪里补得上呢？敌第三十二师怕梁冠英训斥，一连几个月，又是贴条子、送信，又是派人求情、喊话，许诺还枪后就不再追红二十八军了。一次，敌人喊话后，我方战士回应道："我们有两条腿，不怕你们追。你们要枪也不难，只要叫梁冠英打个收条来，我们就奉还！"

二、让敌军秘书长束手就擒

1936年2月12日，高敬亭率手枪团化装成敌二十五路军"追剿"队去湖北浠水一带活动，在新洲受到了敌区保安队的热情接待。敌保安队长凌宗常向高敬亭透露敌十一路军有个长官当天由武汉行营押送给养回大别山，中午要在这里吃午饭，他正在布置。高敬亭听罢，立即说有紧要任务，率领手枪团向武汉方向行动，行10多里，果然有3个骑马的国民党军官和10多名背枪的士兵押着30多副挑子向这边走来。

佩戴国民党军中校军衔的詹化雨率一分队抢先来到敌人面前威严地说："我们是二十五路军追剿队的，奉命在这里检查来往行人，你们把证件拿出来！"

他们中一个骑马的敌军官大声怒吼道："我是十一路军秘书长，你敢检查我?!"

詹化雨说："你就是蒋介石也不行，我们总指挥命令我们宁可错杀一千，不可错放一个，你们怕是给红军送给养的吧?!"

敌秘书长破口大骂，挥起马鞭就朝詹化雨打来，詹化雨一闪身，掏手枪骂道："你八成是红军的秘书长！"立即命令战士们："下了他们的枪！"一分队100多名战士一拥而上，将3个骑马的拉下马来，缴了他们的手枪，后面跟着的10多个敌兵也跟着被缴了械。

敌秘书长还不服气地大骂着。这时，高敬亭走上前去，喝道："老子是红军，你再骂，老子就敲掉你！"敌人这下全傻了眼。

高敬亭教育并释放了敌人士兵和两个副官后，将装满银圆和将校服装的30多副挑子收归红二十八军，仍由挑夫挑着，昼伏夜行，于2月底返回大别山。敌秘书长中途逃跑被击毙。

敌十一路军给养被红军截获，使敌武汉行营主任何成浚大为恼火，又向蒋介石告了梁冠英一状，说梁冠英在大别山围而不剿，使得红军到处流窜。蒋介石鉴于他限期年底"剿清"大别山红军的命令又成泡影，一气之下，又下令撤了梁冠英总指挥之职。

三、不费一枪一弹，智取敌军保安团

1936年3月，红二十八军手枪团团长詹化雨、政委刘远臣奉命带领特务营跳出敌人的重点“清剿”区，前往湖北孝感、黄陂一带活动。

这天晚上，詹化雨率部转战到潢川东南的李家庄宿营，这一带是敌东北军一〇八师防区。

为了行动的安全，一进庄子，詹化雨就命令对外封锁消息。

部队刚住下，就有群众上门来报，说庄西头李老汉的儿子李长雨在河南保安团二营当兵，所在部队就驻扎在40里外的柳林镇，昨天回来探望家人还没走。

詹化雨听了很高兴，连忙派人去把李长雨找来，向他了解柳林镇敌人的兵力和火力配置等情况。

李长雨交代，驻在柳林镇的只有河南保安团1个营。他们守着4个小炮楼，街口有两个哨兵，每个连部门口平时还有一个哨兵站岗。那些蒋军晚上都待在营房里不出来，白天没事干就满街窜，打麻将、推牌九，吃喝闲逛。

詹化雨认为李长雨所讲情况是可信的。潢川、固始一带是蒋军的后方，红军游击队平时很少来这活动，所以敌人比较麻痹松懈。

他与众人一商量，决定实施一次化装奇袭行动，假扮是从潢川前来“追剿”红军的东北军一〇八师，顺势端掉柳林镇敌人据点。

第二天吃过早饭，詹化雨就率领战士们上路了，因没有足够的蒋军军服，一部分战士就打扮成抓来的挑夫。

一路上，不时遇到蒋军的汽车驶过，大家不予理睬，走自己的。

中午时分，队伍顺利地到达柳林镇，果然有两个哨兵把住街口。

“哪一部分的？”

“一〇八师的！”尖兵上前答话，那是事先选择出来的北方口音的战士。哨兵一见是正规军，忙收回枪，友好地说：“对不起，辛苦了。请进请进！”队伍通过岗哨，开到街心。詹化雨见茶馆里有两个军官模样的人在喝茶，便带着几名战士进了茶馆。

那两名军官一看詹化雨的军衔比他们高，慌忙地站起敬礼让座，詹化雨也不客气，坐下后示意他俩也坐下，闲聊中得知矮胖子是六连连长，高个子是五连副连长。

正聊着，特务营营长进来报告：“报告团长，部队清点完结，听候吩咐。”

詹化雨知道各连已进入了指定地点，便下命令说：“就地抓紧时间做饭，2

点出发。”

然后，詹化雨又对敌五连副吩咐：“去把你们营长找来，说我黄某到此执行公务，想见见他。”

不多时，敌营长跟着五连副气喘吁吁地跑来了，先恭恭敬敬地敬了个礼，说：“长官远道而来，有失远迎，失敬失敬！”

詹化雨说明“来意”：“我们一〇八师获悉山区有一股共匪流窜来这一带，我团奉命前来搜剿。今天来，一方面借贵地休息一下，一方面想问问你们有没有发现共匪踪迹？”

敌营长说：“报告长官，尚未得到共匪流窜来此地的消息。有贵军在此驻防，谅他们也不敢来。”

“那好。还想麻烦你一件事，我团的午饭能不能劳贵营代办一下？”詹化雨“得寸进尺”。

“好说好说，贵军一路辛苦，卑职理应筹办。团座，要不兄弟们先到我各连营房休息片刻？”

詹化雨心中暗喜，表面上却假装想了想，顺水推舟地说：“那就麻烦你们了，你给安排一下吧。”

敌营长大献殷勤：“我吩咐副营长去安排就行了，我陪团座去营部就餐。”

詹化雨假意客套一番，便带领一班战士随其去营部。

路上，矮胖子连长大概瞧出了什么破绽，借故说回连部去有事，溜走了。詹化雨使了个眼色，叫战士跟上。

到了敌营部，詹化雨突然掏出手枪对准敌营长：“不准动！我们是红军。”紧接着，他又命令司号员吹号，让大家同时行动。

敌营长起初还以为是开玩笑，一看枪都顶上火了，顿时惊恐万状，面如土色，一屁股瘫坐在地上。

几个战士眼明手快，各奔目标，很快便控制了敌营部。不到 5 分钟，其他各连营房也被控制。

最后，只剩下前面的大炮楼没有拿下，里面的敌人听到下面有动静，急忙将楼门关了。但没弄明白下面是怎么回事，也就不敢随便开枪。

因为国民党军各部队之间发生斗殴是常事，而正规军欺压保安团，更是司空见惯。

特务营长胆大心细，机智沉着。见此状况，索性走到路当中，指着炮楼上的人发脾气：“你们什么态度？想开枪是不是？打呀，朝我打呀！开门！再不开门老子把炮楼烧了，什么样的场面老子没见过！”

他一欺一诈，竟然真的把炮楼给“诈”开了，两边的战士一拥而入，大声喝道：“缴枪不杀!”

就这样，红军没费一枪一弹，巧妙地全歼了敌人保安团的一个营，所有军需物资枪支弹药一律收缴，仅新军装就缴获了200多套。

这时，敌人的午饭已经准备好了，红军们吃完一顿丰盛的午餐，才撤出柳林镇向固始以南方向转移。

（作者：胡遵远，原载2021年《祖国》第22期）

六安热映《长津湖》

——记长津湖战役中的一线指挥官

电影《长津湖》以长津湖战役为背景，讲述了中国人民志愿军的一个连队在极度严酷的环境下坚守阵地、奋勇杀敌，为长津湖战役的胜利作出重要贡献的感人故事。

一、扭转朝鲜战局的长津湖战役

抗美援朝第一次战役后，“联合国军”稍事调整后兵分两路继续向北进犯，直逼朝鲜政府临时所在地江界。为遏制其攻势，中共中央急调中国人民志愿军第九兵团入朝，担负东线作战任务。

1950年11月初，志愿军第九兵团入朝后，决定采取“迂回切断、包围歼击”的战法。为实现战役的突然性，10多万志愿军将士翻山越岭、隐蔽接敌。衣着单薄的志愿军战士昼伏夜行、严密伪装，忍受着严寒、饥饿和疲劳在覆盖着厚厚积雪的山脉和树林中连续行军，以惊人的毅力克服千难万险，悄无声息地抵达长津湖地区，并通过大范围的穿插迂回包抄，成功地将驻扎在此的美军陆战第一师和步兵第七师截为5段，形成了分割围歼的有利态势。

11月27日至12月24日，参战双方在长津湖地区展开了一场激战。“联合国军”主要是美海军陆战队第一师和第三、第七步兵师，以及韩国第一军团，约10万人；志愿军第九兵团主要由第二十军、第二十六军和第二十七军组成，近15万人。在零下30至零下40摄氏度的严寒中苦斗20天之后，美军残部在7艘航空母舰的掩护下，利用海路逃离战场，至此“联合国军”全部被逐出朝鲜东北部。

在这次战役中，中国人民志愿军凭着钢铁般的意志和英勇无畏的战斗精神，征服了极度恶劣的环境，打退了美军最精锐的王牌部队，收复了“三八线”以北的东部广大地区，彻底粉碎了美军在圣诞节前占领整个朝鲜的妄想，扭转了朝鲜战场的态势。这场战役因此也成为朝鲜战争的一个重要“拐点”。毛泽东评价说：“九兵团此次在东线作战，在极困难的条件下，完成了巨大的战略任务。”①

二、指挥打胜长津湖战役的六安人

1950年11月27日，宋时轮、陶勇指挥的中国人民志愿军第九兵团所辖第二十军和第二十七军冒着严寒秘密进入了朝鲜柳潭里和新兴里以北地区。长津湖是朝鲜北部最大的湖泊，由发源于黄草岭的长津江向北在柳潭里和下碣隅里之间形成长津湖，最后注入鸭绿江。周围全是崇山峻岭，是连绵不断的崎岖山区，山上林木繁盛，山间道路狭窄，偶有几处村落也是人烟寥落。新兴里位于长津湖的东侧，丰流里江入湖口处南岸的开阔地上，北部山势平缓，南部山岭突兀，村东南有一块高地。村子南高北低，东西狭长，北侧有窄轨铁路与公路各一条，地势平坦，便于运动，也便于敌人的坦克活动。村西南及东北侧由山脚至湖岸及丰流里江岸间，地形狭窄，不便于大兵力展开，但便于敌人火力集中封锁射击。高峰与1221高地、1239高地位于后浦之北，扼住新兴里至下碣隅里公路的咽喉，西侧滨湖，居高临下，鸟瞰后浦至泗水里间的开阔地，是敌南逃北援的必经之路，也是敌人增援坦克的主要威胁方向。第二十七军自临江入朝后，进行隐蔽的战役行军，部队顶风冒雪向预定作战地域咸镜南道长津湖、赴战湖一带挺进。

当日黄昏，我军即对进入长津湖地区的美军发起了突然袭击。从正面进攻的第二十七军，由孙瑞夫师长率第八十一师主力占领位于赴战湖西侧的小汉岱地区，割裂了美步兵第七师和美军陆战第一师的联系；肖镜海师长率第七十九师向柳潭里之敌进攻，当夜歼敌一部，与敌形成对峙；根据军部党委决定，第二十七军副军长詹大南直接指挥第八十师及第八十一师第二四二团包围了新兴里之敌。遇到的对手是美军“王牌军”——驻守在新兴里地区的美军主要是第七步兵师的第三十一团。该团成立于1916年，是美国陆军中最精锐的部队之一。因为在第一次世界大战中表现出色，时任美国总统的威尔逊为了表彰该团，授予该团“北极熊团”称号。之后，“北极熊团”又参加了许多重要的战役战斗，表现十分出众，自称是“45年从未打过败仗的劲旅”，是美军第七师手中最有力的一张王牌。为了加强该团的防御力量，美军第七师还将师属炮兵营和坦克分队加强给了“北极熊团”。指挥上述战斗的第九兵团副司令陶勇是安徽六安叶集人，第二十七军副军长、直接指挥第八十师的詹大南是安徽六安金寨人。

11月27日晚，新兴里围歼战以夜袭方式开始。几乎在詹大南发出作战命令

① 《毛泽东军事文集》，军事科学出版社、中央文献出版社1993年版，第241页。

的同时，撼天震地的枪炮声，骤然回响在盖马雪原的这个山村周围。

“我要来个瓮中捉鳖。”几十年后，詹大南将军仍然对自己当时的作战部署感到非常满意。经过一个晚上的激战，“北极熊团”伤痕累累，我军伤亡也很大，第八十师的4个团减员约1/3。此时，“北极熊团”已被“关进笼子里”。28日黄昏，詹大南指挥4个团的兵力对包围圈内的“北极熊团”发起了攻击。虽然我军在兵力上占据优势，但武器装备远不如对手。面对敌人用坦克和装甲车摆成的环形防御圈，没有重炮和反坦克武器的志愿军，数次冲锋都没能打开突破口。

天亮后，为了躲避敌机的轰炸，我军主动撤出了战斗。“北极熊团”团长麦克莱恩害怕在运动战中被我军歼灭，因此没有贸然突围。29日，我军参战部队冻伤、冻亡和战斗伤亡减员已达2/3。为避免被动，战地指挥詹大南下令各部队以部分兵力控制已得阵地，其余部队于当日拂晓撤出战斗。他准备调第八十一师的主力协同第八十师合歼新兴里之敌。

29日夜间，我军继续向敌人发起进攻，虽然战士们英勇奋战，但是依然没能突破敌人的核心防御圈，连续两晚进攻失利后，詹大南把参加进攻的营、团长们召集起来开会，商讨如何打敌人的“铁乌龟”。会议决定把4个团的炮火加起来，集中一点突破，然后冲进去和敌人拼刺刀。眼看“北极熊团”处于被我军全歼的境地，美第十集团军严令位于新兴里以南下碣隅里的陆战一师师长史密斯，想方设法将其解救出来。然而，此时陆战一师同样也处在志愿军的包围之中。30日黄昏，一股残敌企图越过冰封雪盖的长津湖逃走，结果冰面塌落，全部冻溺而死。天黑后，另有约400人的残敌，乘数十辆汽车和坦克逃至一洼地时，被我第八十一师二四二团截住歼灭。

30日夜，詹大南亲自指挥部队对“北极熊团”展开了第三次攻击。战斗打响后，第二三八团和第二四〇团分别从东南和东北方向向敌人佯攻。敌人的注意力刚被吸引过去，20多门火炮突然从正面开火，第二三九团和第二四一团的战士们跟着就冲了上去，敌人被打了个措手不及。

战至12月1日拂晓，我正面攻击部队终于把敌人的防御圈撕开了一个大口子，战士们冲进村里与敌人展开肉搏。在明晃晃的刺刀面前，美国人很快胆寒了。为了逃脱被围歼的命运，“北极熊团”丢下了所有重炮，在40余架飞机的掩护下，以10余辆坦克为先导，开始狼狈突围。詹大南立即命令部队拦阻追击，第二四二团猛烈扫射突围之敌，并炸毁公路上的桥梁，将敌人拦截于1221高地前。其他各团则依托公路东侧有利地形，从美军队形的侧面、正面和后尾实施冲击。

12月1日拂晓之后，双方逐壕逐屋的激烈争夺开始了！盘旋于战场上空的美军飞机难以识别目标，只能袖手旁观。詹大南见势，果断下令白天继续攻击，务求全歼。

由于连日被围困，给养和兵力都无法得到相应的补充，加上伤亡惨重，外援无望，绝望的美步兵第七师的官兵们不得不于 12 月 1 日 11 时开始全线突围。他们选择在新兴里村西侧的第二四一团把守的阵地为突破方向，集中所有的炮火猛烈进攻，妄想通过最后的挣扎摆脱其被歼灭的命运。美军派了 40 多架飞机进行空中掩护，地面部队尾随着 10 多辆坦克，强行夺路向南狼狈逃窜。

第二四一团的战士们意识到敌人要逃跑，用更加猛烈的火力对公路进行严密封锁，给敌人以大量的杀伤。战斗进行得异常惨烈。第二四一团八连反复顶住了敌人的多次冲锋，虽大量杀伤了敌人，但自己的伤亡也很大，全连只剩下 10 多名战士。

敌人一次又一次反扑到八连阵地。战士阎洪全看到身边的战友又接连负伤、牺牲，附近的阵地上只剩下自己一个人，他用缴获的武器弹药，孤身一人抗击敌人，一直坚持到第二三九团赶到并随该团一起追击敌人，直至战斗结束。随着我军部队纷纷向美军逃跑的方向聚拢而来，美军的压力也越来越大。这时敌人已经不敢恋战，一门心思夺路逃跑。志愿军战士们争先恐后地从工事中跃出来追击敌人。

在新兴里村外南侧公路上，刚刚摆脱了第二四〇团和第二三八团的堵截追击的美军，惊魂未定，乱哄哄地挤成一团。第二四二团密集的火力像倾盆大雨般落在了敌人混乱不堪的队形中间。担任美军开路的几辆坦克和汽车，瞬间瘫痪，在熊熊大火中变成一堆堆废铁，横在了道路中央。后面的敌人见沿公路逃跑无望，便蹿下公路，向西试图沿长津湖岸边迂回跑掉，我攻击部队立刻分成三路追击。

美军 400 多名残敌乘数十辆汽车、坦克逃至一洼地时，被第二四二团截住消灭。剩余的小股美军在逃跑途中，除 200 余人最终逃回下碣隅里外，其余的全部被歼灭于后浦、泗水里地区。至此，新兴里地区的战斗全部结束。新兴里战斗历时 5 天 5 夜。美步兵第七师第三十一团（“北极熊团”）、三十二团一营、炮兵第五十七营几乎被全歼，“北极熊团”团旗亦被志愿军缴获。此次战役共毙、伤美军 2807 人、俘虏 384 人，击毁坦克 7 辆、汽车 161 辆，缴获坦克 11 辆、各型汽车 199 辆、105 毫米榴弹炮 16 门、高射炮 7 门、57 毫米无后坐力炮 28 门、迫击炮 88 门、90 毫米火箭筒 44 具、60 毫米火箭筒 83 具、重机枪 61 挺、轻机枪 87 挺、各种步枪 2227 支、手枪 70 支，汽车 200 多辆，其他物资数不胜数。

第七步兵师是美军的王牌师，“北极熊团”又是第七师的王牌团。美军“北极熊团”全团覆灭、军旗被缴、团长被毙，在美军历史上绝无仅有。美军从此撤销了步兵第三十一团的番号，这个曾经不可一世的“王牌团”番号，在中国人民志愿军的有力打击下，从此永远地消失了！新兴里歼灭战彻底粉碎了美军“王牌部队”不可战胜的神话，从根本上扭转了朝鲜战局，迫使敌人由进攻转入防御。

（作者：胡遵远，原载《皖西日报》2021 年 10 月 12 日）

第四部分

红色故事

《八月桂花遍地开》从这里唱响

“八月桂花遍地开，鲜红的旗帜竖呀竖起来，张灯又结彩呀，张灯又结彩呀，光辉灿烂闪出新世界……”这首《八月桂花遍地开》是20世纪二三十年代诞生于大别山区的革命历史歌曲，最初是为了庆祝苏维埃成立而创作的。由于曲调优美、歌词生动，这首歌很快就在豫东南革命根据地传开了。后来，伴随着红军的足迹传遍了大江南北。它是以大别山民歌《八段锦》改编填词而成，词作者就是罗银青。

罗银青（1894—1952年），安徽省金寨县南部斑竹园镇沙堰大西冲人。1927年春，他进入武昌中央农民运动讲习所学习，同年加入中国共产党。1929年5月，立夏节起义胜利后，为了兴盛苏区教育，党组织指派他到果子园佛堂坳模范小学任校长。

1929年的农历八月，金寨西部地区的区、乡苏维埃政权纷纷建立。为了宣传教育和引导群众，表达劳苦群众翻身得解放和庆祝苏维埃成立时的喜悦心情，时任商城县委领导班子成员、红三十二师党委书记李梯云和红三十二师政治部主任漆禹源、县委委员漆先棣等人研究决定，创作一首歌唱苏维埃和红军的歌，在第一区苏维埃政府成立大会上演唱。后来，创作歌曲的任务交给了少共县委书记徐乾。徐乾与少共县委组织部部长漆先棣、宣传部部长漆先平商量，让罗银青编写。

罗银青刚刚参加了乡苏维埃成立庆祝大会。当时，正值金秋时节，桂花盛开，乡苏维埃成立大会上人民群众的欢乐情景历历在目，罗银青触景生情，才思涌动，哼着当地民歌《八段锦》的曲调，填写了名为《八月桂花遍地开》的歌词，写好后他立即送交给李梯云审阅。定稿后，由模范小学女教师陈觉民负责教唱，并编舞，教16名学生以打花棍的形式表演。

在斑竹园长岭岗举行的第一区苏维埃政府成立大会上，《八月桂花遍地开》的歌舞表演十分成功，赢得观众热烈掌声。李梯云当场对模范小学进行了嘉奖，并把教唱这首歌作为大会的一项内容。会后，少共县委将歌单发给各团支部、各乡苏维埃，让大家一起学唱。自此，这首革命歌曲便在豫东南革命根据地流传开来。

（作者：胡遵远，原载《安徽日报》2021 年 1 月 21 日）

张文：上将夫人　巾帼英豪

张文，1919 年 6 月出生在四川省通江县洪口镇一个贫苦农民家庭，当时的名字叫张熙泽。9 岁时，张文就去给地主家当小佣人，整天挨打受骂。1932 年 12 月，中国工农红军第四方面军来到川北，创建了川陕革命根据地。张文惊奇地发现，洪口镇街上那些平日里作威作福的地主老财们跑得无影无踪了……当时，驻扎在洪口镇街上的是红四方面军第十师，第二十八团团部就在张文家。团长一有空就给张文的父母讲革命道理，张文有时候也凑近去听。渐渐地，这些革命道理滋润着张文的心田，“参加红军、参加革命”的念头渐渐地在张文的脑海中形成。1933 年 2 月，张文和二哥张熙汉先后背着家人参加了红军，兄妹俩都被分配在红四方面军第四军供给部被服厂工作。

当时，张文虽然年纪小、身体单薄，但她心灵手巧，又不怕吃苦，每天除了做完自己的“定额”工作，还去帮助手慢的战友。她特别爱唱家乡的民歌，被战友们称为“爱唱歌的姑娘”。

张文和洪学智是在长征路上喜结良缘的。此后，他们虽然辗转南北、多次离散，但还是恩爱有加、相濡以沫，共同度过了 70 多个年头。

一、一次谈话定终身

参加红军队伍、走进革命的大家庭里，张文的生活十分充实、愉快。她工作积极、表现出色，很快就当上了女兵班长。1936 年 2 月，张文光荣地加入了中国共产党。

1936 年 5 月 30 日，张文所在的红四军在雅砻江畔召开运动会。各项比赛结束后，主持人突然宣布：欢迎供给部女兵班的同志给大家唱个歌。会场上立即响起了热烈的掌声。坐在主席台上的军首长也鼓起掌来欢迎。

张文是班长，只好硬着头皮站起来，带着女兵班列队走上主席台。张文领唱了《打骑兵歌》和《捉活牛歌》。

飒爽的英姿和嘹亮的歌声，打动了时任红四军政治部主任的洪学智。

当晚，军参谋长陈伯钧的爱人何克春来找张文，把她领到了供给部谢政委的办公室。一进门，看见军长王宏坤和他的爱人冯明英以及谢政委，张文吓了一跳，很明显这些人都是冲着她来的。张文低着头，站在屋子中央，不知所措。

冯明英一把将张文拉到身边坐下，亲切地对她说："今天你们班歌唱得很好啊!"

张文连忙说："不好，不好。"

谢政委接着问张文："你认识军政治部洪学智主任吗?"

张文立即摇头回答："不认识。"

其实张文说不认识是假话。她参军后，在被服厂见过洪主任，还听他作过报告。在长征路上，张文经常看到他把自己的马让给伤病员骑。洪学智给她留下了深刻的印象。

谢政委一口气对张文说了洪学智的很多优点，在一旁的王军长也笑容可掬地对张文说："小张同志，我和明英想介绍你和洪主任认识一下，你看怎么样啊?"

在张文的老家四川，女孩子的婚姻大事全由父母做主，现在参加了红军，由谁帮她做主呢? 张文这样想着，面对军长的热心，她支支吾吾地，不知说啥才好。

谢政委看出了张文的心事，关切地说："这件事先不定，你自己考虑一下，也征求一下你二哥的意见吧。"

于是，张文连夜找到她二哥。二哥是个直爽人，当场表态："婚姻大事，只要你愿意，我不会说半个不字。"

第二天，张文按照何克春的指导，走进了洪学智的办公室。见到张文来了，洪学智便微笑着站起来让座。

洪学智开门见山，说："谢政委和王军长找你谈过话了?"

张文点了点头。

他又问："你有什么意见?"

张文说："听组织上的。"

洪学智哈哈大笑起来，说："那是我个人的意见，几位领导都同意，所以，咱们个人的事就变成了组织的意见。"

接着他又问张文："你还有什么要求吗?"

张文一时不知道如何回答，先是摇了摇头，紧接着又频频点头。

就这样，张文和洪学智的第一次谈话，就达成了"婚约"。

6 月 1 日晚，张文和洪学智在军政治部办公室举办了简朴而又热闹的婚礼。军长、政委、参谋长等首长都参加了他们的婚礼。

二、一个女儿送乡亲

1939 年，张文和洪学智的长女在延安蟠龙出世。洪学智给她取名“醒华”，意思很明确：中华民族，觉醒吧！

不久，张文抱着女儿，随洪学智所在的延安抗日军政大学第四大队，前往华北地区开办抗大分校。转移途中，必须穿越日军封锁线，带着孩子行军非常不便，时任抗大校长的罗瑞卿以及洪学智都多次给张文做工作，劝她把女儿送给老百姓。

可是，一个母亲怎么舍得扔下自己的亲骨肉呢。洪学智见张文态度坚决，也不好再说什么。

穿越日军封锁线前，罗瑞卿动员所有带孩子的女同志要绝对保证孩子不哭不闹，不暴露目标。

离封锁线越近，张文的心绷得越紧，她背着女儿，几乎是一溜小跑地跟随部队急行军。

突然，奔跑中的张文被一块石头绊了一个趔趄，女儿“哇”的一声哭了。

张文紧张地一边哄着女儿一边向前跑。

正在指挥部队前进的洪学智，听到孩子的哭声后找到张文，严肃地说：“把孩子留下吧！”

张文一愣，继而着急地对丈夫说：“你……你怎么忍心？”

洪学智没有吭声，只是用严厉的目光盯着张文。

最终，张文还是含着泪，慢慢地把背上的女儿解下，交给了洪学智。

她紧紧地跟在洪学智的身后，找到附近一户农家，把女儿连同 5 块银圆一起交给了老乡，并告诉老乡：“我们是八路军，不能照顾孩子了，如果我们在战争中牺牲了，那你们就把孩子当成亲生女儿吧！”说完，洪学智拉着张文跑回了部队。他们与老百姓彼此都没顾得上问一问姓名，更不知道那家老百姓的具体身份。

但是，张文努力地记住女儿身上的特征，细细地辨认周围的地貌地形，并问清了地名：东西房山。

第二天清晨，部队顺利地穿过日军封锁线。休息时，张文忽然发现，女儿的一块尿布还搭在丈夫的马背上，睹物伤情，她不禁哭了起来。

一个外号叫“马克思”的老红军给张文做思想工作：“别难过了，以后全国解放了，再回来找孩子吧。”

正如“马克思”所言，直到新中国成立后，这个离散了多年的女儿才回到张文的身边。

三、一家动员助学生

离休后，一直关注老区建设的张文，将视线投向了贫困学子。1982 年，特别关心下一代成长事业的张文被聘为中国少年儿童基金会理事。1995 年 1 月，她从报纸上看到一则报道，文中提到一位来自革命老区的北京大学学生品学兼优，但生活特别困难。当时，张文心里很难过，继而萌发了资助特困大学生的想法。

在一次家庭聚会上，张文提出了自己的想法，并得到了孩子们的热烈响应。张文知道，孩子们分别在军队、国家机关和学校工作，经济上并不宽裕。但大家当场分工，决定由在京的 6 个子女一人负责一名贫困学生。

很快，北大给张文送来了来自湖北、四川、山东等革命老区的 8 名特困生的资料，供她挑选。洪学智看了这 8 名特困生的情况介绍后说，我看这 8 名同学都应该资助。于是，张文和洪学智一人资助一名贫困学生，孩子们一人资助一名贫困学生，并商定每人每月资助 100 元，一直供到他们大学毕业。1997 年春节，张文和洪学智还把这 8 名特困生请到家里来吃饭，鼓励他们发扬革命传统，努力学习，立志成才。

后来，这些大学生有的读了研究生，有的当了工程师，还有的出国留学深造。但是，不管他们走到哪里，都一直与张文保持联系，经常来信来电，问候张文及其家人。

四、一切文物捐乡亲

洪学智将军的家乡情节非常浓，生前曾先后 7 次回到金寨，帮助老区人民办了很多实事、好事。他非常关心家乡的基础设施建设，帮助金寨人民发展板栗种植加工，开展扶贫济困、医疗帮扶，引资兴建希望工程等。这些实事、好事都与张文的大力支持、积极协助密不可分。

张文曾先后两次陪同洪学智回到金寨。第一次是在 1986 年 4 月，张文和长子洪虎等人陪同 70 多岁的洪学智返乡探亲。他们一行来到金寨县双河镇，详细询问了家乡在党的十一届三中全会后各方面变化的情况。乡亲们争相报告好消息。洪学智听了指示道：“你们还要进一步解放思想，搞好科学种田。我们大别山就是山多，靠山吃山，你们要在山上多想办法，可以多栽些板栗和其他果木，发展食用菌；要多养些家畜、家禽，生活变化就会更快些。”张文和洪学智一行在县领导的陪同下，还参观了金寨县革命博物馆。洪学智建议：“县里要在革命烈士纪念塔后面建一所红军纪念堂。因为在外地工作的老红军都十分思念故乡，都有百年之后叶落归根的愿望。同时博物馆前面可以搞一个将军陈列馆，作为对青少年开展爱国主义和革命传统教育的基地。”又说：“在经费上你们自己解决一些，我们再想办法帮助筹集一些。”

第二次是在 2002 年 5 月，张文陪同已经 90 岁高龄的洪学智回到金寨。洪学智无限深情地说：“人到老年倍思乡呀，我这次回来沿途所见，山更绿了，水更清了，路更宽了，金寨这几年变化很大，取得了很大成绩，我很高兴。”当时双河镇正在修路，不方便行走，陪同的人员都劝他不要回去了。老将军的脸上露出几丝失望，但坚决让自己的三个儿子回去一趟，代替他看望一下家乡的父老乡亲。当儿子们带回从老家双河镇录制的录像时，老将军认真地观看着，边看边笑，还鼓起了掌，像个开心的小孩。洪老还把南溪、双河镇的亲戚接到县委招待所，详细询问了他们的家庭、生活和生产情况，要求亲属带头发家致富，把孩子培养成才，并摆了几桌饭菜请亲属吃饭。吃过饭后他自己掏钱付了账。

张文第三次到金寨是在 2008 年 10 月。2006 年 11 月 20 日，洪学智将军逝世。张文和孩子们按照他的遗愿准备把骨灰送回金寨，让他与老战友、亲人和家乡人民永远在一起。2008 年 10 月，张文和孩子们亲自护送骨灰到金寨，参加家乡人民为洪学智将军骨灰安放和纪念碑揭幕举行的隆重仪式。

洪学智将军逝世后，张文和孩子们一起对洪学智留下的革命文物进行了清点，经过分类整理、登记造册、装箱封存，总共有 644 件。每一件革命文物都是一段历史的见证，背后都有感人肺腑的故事。如何处理这一批珍贵的文物资料，家里的孩子们有不同的意见。有的说应捐给博物馆，让人民群众都能够看到；有的说捐出去以前，应该给每个孩子留下一点作为纪念。张文认为，孩子们希望留下一点父亲的遗物作为留念，这种心情是可以理解的。但是，她觉得：洪学智不仅仅是孩子们的，更是国家的，是人民的，他的革命文物也应该属于国家和人民。把这些文物放在家里，只是家中几个人看；如果放在博物馆里，成千上万的群众都能看到，它的教育意义就大了。所以张文决定把洪学智的所有遗物全部捐给博物馆。孩子们认为她讲得有理，都支持她的决定。

在决定把洪学智的遗物全部捐给博物馆以后，又遇到一个“捐给谁”的问题。洪学智戎马生涯近 80 年，他驰骋疆场，身经百战，经历奇特。他当过红军、八路军、新四军、解放军、志愿军，经历了人民军队发展的所有阶段。他走的地方多，换的岗位多，在我军军事、政治、后勤、教育、装备工作方面都有重要建树。他两次出任原总后勤部部长、两授上将军衔，在人民军队发展史上是唯一的一人。洪学智逝世以后，汉中川陕革命根据地纪念馆、新四军纪念馆、抗美援朝纪念馆、原沈阳军区后勤史馆等都希望能够得到关于他的革命文物，以充实他们的馆藏，让当地的人民更好地缅怀洪学智。但张文考虑，这些遗物应该集中捐赠，让人民群众能够完整地了解洪学智，继承和发扬他的革命精神。

于是，她就和孩子们商量，大家一致认为：应该捐赠给金寨革命博物馆。他们说，金寨是洪学智的故乡，是全国著名的将军县，走出了59位开国将军，洪学智是他们中的杰出代表。金寨是鄂豫皖革命根据地的中心，土地革命战争时期，发生在大别山的三次武装起义，其中立夏节起义、六霍起义都发生在金寨。这里诞生了12支红军队伍，是鄂豫皖革命根据地的中心区和红四方面军的主要发源地，是名副其实的红军摇篮。金寨为中国革命作出了巨大贡献，10万将士为国捐躯，是洪学智终生魂牵梦绕的地方。把洪学智的革命遗物留在金寨，对研究金寨的革命历史、发扬红军精神都有十分重要的意义。

金寨县委、县政府得知这个消息后非常高兴，专门在金寨县革命博物馆中设置一层房间作“洪学智将军纪念馆”。2009年4月23日，张文把洪学智留下的644件革命文物全部捐给了金寨。时任县委常委、宣传部部长李仕秀握着张文的手，激动地表示：“我代表68万金寨人民感谢张老。我们一定把洪老的这一批珍贵文物保管好、展示好，让它世世代代传下去，教育和激励金寨人民为实现洪老的遗愿而奋斗！”

洪学智纪念馆自2009年5月正式开馆以来，前来参观瞻仰的观众已达几百万人次，他们来自全国10多个省市的几百个大中城市，有党和国家领导人、有军队和地方干部、有学术界和企业界的精英，还有来自各行各业的普通群众和广大学生。他们在参观瞻仰洪学智将军纪念馆后，无不为洪老的卓越功勋和崇高精神所感动，许多观众留下了发自肺腑的参观感言。如今，洪学智将军纪念馆不仅是金寨县进行革命传统教育、传承红色基因的重要场所，也成了金寨对外展示红色历史、宣传革命老区的一张亮丽名片。

（作者：胡遵远、陈仁喜、蒋荣浩，原载《皖西日报》2022年4月2日）

文媛：红色女特工

文媛，安徽省金寨县人，1911 年生。1931 年加入中国共产党。1932 年到中共中央上海局做地下工作，后赴江西苏区，在中央局机要科任译电员。1938 年到延安，任边区银行机要秘书。1945 年在辽宁省公安厅任股长。1949 年南下，先后任湖北省公安厅政治部副主任、劳改局副局长、省政协委员等职。

文媛曾经告诉人们，从自己的亲身经历中，她深深地体会到，没有伟大的中国共产党的正确领导，没有千千万万革命战士的浴血奋战，就不会有今天的幸福生活。所以，每当看到祖国蒸蒸日上、欣欣向荣的景象时，她常常就会思绪万千、激动不已，禁不住回想起那些令人难以忘怀的战斗岁月和走过的艰辛道路。

一、少年走上革命路

1911 年，安徽省霍山县礼教森严的赵氏门宅里又添了一个女孩，这个孩子就是文媛。当时，文媛的祖父虽然在霍山县衙门供职，但这个地主家庭早已是入不敷出，濒于破产境地。在文媛还不会叫爸爸的时候，她的父亲就因病离开了人世。在她六七岁时，祖父请了一个私塾先生到家里教孩子们识字。当时，社会上重男轻女思想严重，女孩子是不准到外面上学的，只能在私塾里识几个字。

就在那时，文媛家里发生了一件令人意外的事情，这使文媛对旧礼教产生了怀疑和动摇。她有一个尚未出嫁的姑姑，姑姑的未婚夫因病死去。为了守节，她竟然服了黄金和鸦片膏自杀身亡，而家里人还大办丧事，宣扬这位可怜的“烈女”。这个悲剧使文媛受到很大的震动，在她幼小的心灵中埋下了一颗不甘沉沦的种子。

祖父死后，赵氏家族的根基开始动摇。文媛和慧媛、信媛三姐妹以及侄女国璧冲破种种清规戒律，离开家庭，来到霍山城唯一一所女子高小求学。在这里，文媛不断寻求妇女解放的道路，逐步成为这个封建家族的“叛逆者”。

文媛当初并不懂得什么是革命，也不知道如何去革命。当时，霍山女子高小有一位从安庆来的语文老师，名叫郭诚淑，为人正派，待人和蔼可亲。文媛和同学们都喜欢同她接近，直到参加革命后，文媛才知道郭老师和她爱人曹逸新都是中共地下党员，并直接与从事兵运工作的刘淠西同志单线联系。

在郭老师的引导下，文媛的堂妹慧媛加入了青年团。这段时间里，文媛的见识比在家乡多多了，还知道了有一个被穷人们称为“打富济贫”的共产党。当时，郭老师和其他地下党员经常给文媛和同学们讲革命道理、讲封建制度下妇女地位低人一等、讲包办婚姻带来的悲剧等。这些都激发了她们对旧社会的不满，她们懂得了：只有起来闹革命，只有消灭封建剥削制度，妇女才能彻底解放。从此，像文媛这样不曾引人注目的“黄毛丫头”，如吴兆瑾、汪宝华、孙光璧、慧媛、信媛、国璧等人，开始在县城里闹起革命来，弄得当地地主、豪绅不得安宁。县里有个洪科长，倚仗权势，欺压穷人，文媛她们便指名道姓地反对他。洪科长一下子慌了手脚，便下帖想请她们到陈家花园吃饭，企图拉拢她们。文媛严词拒绝，弄得他狼狈不堪。

这时，刘淠西也常来给文媛她们讲一些革命的道理，讲掌握革命的武装的重要性、必要性。在他的介绍下，文媛和信媛都加入了青年团，刘淠西成了文媛参加革命的引路人。

1929 年 11 月，六霍起义爆发后，刘淠西的身份暴露了，国民党下了通缉令。他被迫转移到安庆，不久郭诚淑也去了安庆。

二、革命熔炉初炼身

刘淠西和郭诚淑走了以后，文媛她们就失去了组织联系，犹如大海里的一叶小舟，不知划向何方。为了尽快同组织取得联系，经商量，文媛和吴兆瑾于 1929 年下半年也到了安庆。

到安庆后，文媛就设法找到了郭诚淑。按照她的安排，文媛托人代她考上了安庆女子职业学校，住在学校附近宜城旅社，靠地下党组织解决食宿问题。这时，文媛名义上是学生，实际上并没有去上过课。她和吴家藏、刘乐英一起，常常到外面散发传单，张贴《告士兵书》等。

不久，由于坏人告密，刘淠西、郭诚淑被捕了，文媛和吴兆瑾等也被捕了。被捕的前一天，文媛还在散发传单，身上留了一份《告士兵书》，想晚上看看。被捕时，这份《告士兵书》还绑在她的腿上。为了销毁这份传单，文媛借故上厕所，但有军警跟随监视，一直下不了手，她只好把传单揣在棉裤里。她们被抓到警察局后，就要受审。这时，她看见刘淠西被军警押着先去受审。他用手提着脚镣，态度从容。当他走过文媛的面前时，便压低嗓音偷偷地说：“你们是学生，是来考学的，不要乱说。”文媛是第一次被捕，又加身上揣了一份传单，心里难免有些紧张害怕，不知如何处置。经刘湃西这样一指点，心里一下子亮堂起来了。

轮到文媛被提审时，公安局局长问：“你是不是共产党？”文媛装着听不懂，反问他：“什么是共产党？”他又问：“你是不是国民党？”文媛又反问：“什么是国民党呀？”文媛当时年龄不大，又是个女学生，敌人并没有把她放在眼里，便把她和其他人一起关在公安局的一间看守所里。

在看守所里，文媛和一些鸦片贩子关在一起。那时，文媛身上的那份《告士兵书》还没有处理掉，她只好晚上在被子里，把《告士兵书》一页页地搓烂，然后丢在马桶里。第二天一早，她把马桶拎出来倒掉，一颗悬着的心才落了下来。

敌人虽然多次提审，却从文媛嘴里套不出来半点东西来。他们没办法，又把文媛转到法院的大牢。在那里，文媛认识了被捕的刚从苏联回国的袁溥之、王惠芬等同志。在法院大牢里，她们几个人把字条夹在生活用品里，互相传递、相互鼓励，同时把里面的情况转告给党组织。党组织也在派人为她们四处奔波，托人说情作保，请律师作辩护。法官先后两次审问文媛，她一口咬定自己只是学生，是来安庆考学，无缘无故被抓来的。由于当局找不到抓她们的证据，最后只好把文媛和另外几个同志放了出来。

三、宝剑锋从磨砺出

文媛又回到宜城旅社住下。稍后，组织上即派人同她取得了联系，并指示她继续留在安庆，建立一个秘密联络点。工作不到两个月，情况突然发生了变化，从霍山来了一批土豪劣绅，说文媛她们都是共产党，要求国民党省党部把她们捉拿归案。文媛无法在安庆容身了，组织上决定叫她立即转移到上海，并且派一个张姓交通员护送。离开安庆那天，正好下着雨，交通员为文媛雇了一辆黄包车，并且把布帘放下来掩护。他们顺利到达码头上了船，顺流东下。这时已经是 1930 年七八月间了。

船行三天，到达上海。文媛拿着介绍信，找到王日叟同志，接上了头。组织上安排文媛住在爱文义路中央军委机关，同她一起的还有徐子胜的爱人谭冠军。大约个把月后，文媛就到了江苏省团委，从事文件保管工作。1931 年底，文媛又转到江苏省委，从事内部交通工作。在这里，文媛光荣地加入了中国共产党。

在白色恐怖笼罩的日子里，从事党的地下工作是要冒很大风险的，但是为了推翻旧社会的黑暗统治，使劳苦大众翻身得解放，文媛早已把个人的生死置之度外。为了打掩护，文媛的穿着打扮完全是学生样，上身穿白洋布褂，下面穿一条黑裙子，这是当时女学生的流行服装。

一次，文媛送文件，在半路上突然遇到紧急情况，一时警笛狂响，租界内外国巡捕拿着警棍，疯狂地驱赶着马路上的行人。文媛被隔在马路一边，而要把文件送出去，必须穿过这条马路不可。怎么办？虽然心在那咚咚直跳，但她还是提着小皮箱，壮着胆子走到“红头阿三”（指印度巡捕）面前，镇定地和他说：“啥事情？能走吗？”他上下一瞄，就用警棍把文媛扒拉向马路的另一边。她赶紧穿过人群，顺利地把文件送到了目的地。

还有一次，文媛送文件时，在电车上遇到了停车搜查。文件装在小皮箱里，销毁已经来不及了，又下不了车，情况十分危急。文媛想，只有沉着冷静、面不改色，才不会惹人注意。她装着要看热闹的样子，主动靠近上车搜查的警察。警察看她是个学生，便不放在眼里，还把她赶下了车。下车后，她便立即钻进人流中去。

文媛还干过“交通报警”，哪里出了问题，就马上发出报警通知。曾发生过这样一件事：一次，组织上派一个小报童，乘给文媛送报纸时，把写着“家父病重，快回南京”的纸条夹在里面送给她。文媛一看，知道情况危急，怎么办？这时，组织上又派了一位女交通员到另一个接头点，与她联络。上级要文媛搬到俭德公寓，等候安排。为了不引起邻居的怀疑，文媛告诉二房东，说外出走亲戚，过几天就回来。到俭德公寓安顿下来后，有一部分同志，如文媛的爱人陈一新，就被派到江西苏区工作。文媛因为身怀有孕、行动不便，便留在上海，在潘汉年的领导下继续从事地下工作。

四、革命征途逢伟人

文媛在上海时，被国民党逮捕的陈赓经组织营救出狱了，暂时同文媛等同志住在一起，等待组织安排到苏区去工作。

陈赓是我军卓越的高级将领。他从小就在父亲那里学得一身好武艺，14 岁投军，是黄埔军校一期毕业生。他到苏联学习过军事，参加过八一南昌起义。在起义部队向潮汕进军途中，不幸左腿负伤，最后辗转到上海。那时，他和一批经过考验的同志从事党的政治保卫工作，在周恩来的直接领导下，同敌人和叛徒进行惊心动魄的斗争，出色地完成了保卫党中央的任务。1930 年后，他到鄂豫皖苏区任红军师长，在一次战斗中又负了伤。他这次入狱，就是在上海养伤期间被捕的。因为他性格开朗，谈吐幽默，再加上他那传奇般的经历，所以文媛等同志都喜欢同他一起聊天。有一次，文媛好奇地问陈赓：“你怎么把蒋介石从死人堆里救出来了？”陈赓风趣地说：“那时陈炯明是反革命，我以为蒋介石是跟孙中山一起闹革命的，谁知道我背的是一条狐狸呢？”

原来在第一次国共合作期间，蒋介石担任过黄埔军校校长，他和陈赓有过“师生之谊”。蒋介石对陈赓的才能十分赏识，在黄埔学生东征讨伐军阀陈炯明的战斗中，由于蒋介石指挥失误，部队被打得溃不成军，蒋介石差一点要开枪自杀，亏得陈赓冒着枪林弹雨背着他冲出重围，救了他一命。为此，蒋介石曾感激涕零，许诺要重用陈赓。四一二事件，蒋介石暴露了反革命的嘴脸，二人从此分道扬镳，蒋介石成了陈赓不共戴天的阶级敌人。就在这次被捕期间，不管反动派是施美人计，还是用“南京卫戍司令”的高官厚禄来引诱陈赓，他都是大义凛然，不为功名利禄、酒色财气所动，始终保持一名共产党人的崇高气节。听了陈赓的话，大家都哈哈大笑，更加深了对他的敬意。

五、秘密战线创佳绩

1932 年下半年，组织上派文媛到江西苏区工作。这次去江西，要从广东、福建绕道，组织上安排了一位广东籍交通员护送她。他们白天怕被敌人发觉，不敢行动，全靠晚上摸黑走小路，一走就是一百多里，沿途翻山越岭、风餐露宿。最后终于来到江西。到江西后，文媛与当地党组织取得了联系，他们另派了一位交通员，护送她到瑞金沙洲坝。

沙洲坝离瑞金城很近，是中共中央机关所在地。当时，邓颖超任中央秘书长，文媛的丈夫陈一新任中央机要科长。文媛来了以后，就在邓颖超的领导下任机要员，负责译电，与在白区工作的同志进行电讯联系。当时，邓颖超还兼任机关的党支部书记，她对文媛她们这些小青年要求很严格，每周都要召开一次党小组会，加强思想教育。她不仅在政治上抓得很紧，生活上也关怀备至。那时，根据地正处在国民党几十万大军包围之中，蒋介石不断发动“围剿”，在敌人的封锁下，给养运不进来，生活条件可想而知。没有盐，没有粮食，大家只好吃硝盐，吃死马、死驴的肉，很多人身体都浮肿起来。可能是担心文媛不能适应根据地艰苦斗争的环境，文媛刚到瑞金不久，邓颖超就找她谈心。先问了一些工作情况，接着又关心地询问生活上适应不适应。文媛一一作了回答。邓颖超关切地对文媛说，这里工作、生活条件虽然与上海不一样，但时间一长就会习惯的。她告诉文媛要注意克服困难、增强信心。邓颖超的心很细，天冷了，她看年轻人穿的衣服单薄，想到译电员工作辛苦，晚上还需要值班，便要中央总务科给她们发棉衣。在那样困难的情况下，能穿上新棉衣，是多么不容易啊！

当时，中央苏区处于敌人重重包围中，对外联络十分困难，因此无线电就成了中央苏区同上海党组织及其他根据地联系的唯一通信工具，而密码则成了核心机密。靠着它，党中央才能及时了解敌人的动态；靠着它，党中央的声音才能及时传到各个红色根据地，领导各地的反“围剿”斗争。可以说，电台和密码已成了中央根据地的生命线。正因为如此，敌人也在千方百计设法破坏我们的通信设备。那时，敌人经常派飞机来轰炸瑞金，其中一个重要的目标就是我们的电台，妄图截断我们的红色电波。邓颖超作为文媛他们的上级，非常重视电台和机要科的工作，经常同他们谈通讯工作的意义，要求大家以党的利益为重，时刻做好通讯联系工作。为了防止被敌机轰炸，文媛等同志常常带上密码本和纸笔躲到山上办公。到隐蔽的地点，得翻山越岭，还要穿过荆棘树林，文媛等人的衣服常常被剐烂，腿脚被划伤，全身血迹斑斑，但不管多么困难，就是牺牲自己，也要保证密码本的绝对安全。每次出发时，邓颖超总要反复叮嘱同志她们要胆大心细，一定要把密码本保护好，千万不能遗失；有时还亲自动手帮助他们检查着装，看有没有什么漏洞。邓颖超工作认真、要求严格，在她严谨细致的作风影响下，虽然环境异常艰苦，但是文媛总能顺利地完成任务。

六、虎口脱险得安宁

长征开始时，文媛因为身怀有孕，不能跟随大部队行动。组织上指示她和其他同事回到上海继续坚持地下工作。文媛只好同留下来打游击的小部队一起与敌人周旋，一直随军打到了赣东。这时，部队伤亡很大，张鼎丞指示文媛等五位女同志就地隐蔽，还告诉文媛等人，如果被捕，就自称是被福建人民政府派到江西来参观的。

文媛等五人离开部队辗转到了会昌，躲在山上。没有吃的，就到附近地里挖红薯来充饥；没有房子住，就露宿野地。一次，她们找了半天才找到一个野猪窝，里面堆着厚厚的枯枝残叶，躺上去倒很软和。晚上，野猪回来了，嗅到了生人气味，在附近绕来转去，吼啊，叫啊。文媛她们被吓醒了，有的拿棍子，有的摸石头，壮着胆子用手电筒乱晃起来吓野猪。虽然赶跑了野猪，但是她们身上也浸出了一身冷汗。由于害怕山上的野兽再来，她们只好轮流睡觉。

这时，国民党部队在会昌有一个铲共团，常常和当地民团一起搜山。一天，他们蜂拥而上，文媛等人被抓住带到会昌县城，关在牢里。在此之前，被捕的还有一个在苏区办报的编辑，叫谢然之。敌人审问文媛五人时，她们异口同声地都说是福建人民政府参观团。敌人不信，就把谢然之拉出来指认。他只认识文媛，说文媛是中央译电员。敌人便进一步逼问文媛的身份，文媛回答：“家庭妇女，没有翻过电报。”敌人又说：“你是陈绍禹的弟媳吧?”

文媛回答："婚姻是父母包办的，当然嫁夫随夫走。"敌人见问不出什么名堂，又去问其他几个人，她们也一口咬定文媛是家庭妇女。就这样，敌人一无所获，对她们也不再追问了。

后来，敌人把其他四个女同志押到南昌，关进了国民党的感化院。文媛因为临近产期，被押到了宁都，转交给红十字会，并同意取保释放，否则就会被遣送回安徽原籍。文媛想，如果回安徽就是重犯了，只好说家里人已不在安徽，而在上海。当时，文媛也确有一个伯父在上海光华火油公司任职，她就给伯父写了封信。不久，伯父来了信，还寄来了钱，文媛才被放了出来。在宁都红十字会医务所时，有一个安徽籍医生，为人忠厚，他听说文媛被保释，便告诉她去上海的路径。文媛生产后刚满月，就一手提着篮子、一手抱着孩子，只身到南昌，又转九江，乘船到上海。

七、奔赴圣地重启程

上海，是文媛曾经战斗过的地方。按照组织的指示，文媛找到了内山书店。这是鲁迅先生的日本朋友在上海办的一个进步书店。文媛和潘汉年接上了头，也见到了冯雪峰等人。在敌人统治的白区，见到了党的同志，真是说不出的高兴。这时，陈一新也到了上海，党组织要把他们一起送到苏联去学习。在等候办出国护照期间，西安事变爆发了，文媛和陈一新都很兴奋，他们想到抗日斗争的新形势一定需要很多的干部，觉得还是去延安好。恰在这时，周恩来为国共谈判的事到了上海，住在东方饭店。文媛和陈一新去看望他。周恩来虽然工作很忙，还是热情地接待了他们，问长问短，还问到了他们脱险的经过。谈话结束的时候，周恩来问他们还有什么要求，他们便提出想去延安工作。周恩来考虑了一下，便同意了，并立刻给李克农写了一封信，要他负责安排陈一新和文媛去延安。

就这样，文媛和陈一新于 1937 年离开上海，逆江而上，到了武汉。在武汉八路军办事处工作了一段时间，文媛参加了办事处领导的一个训练班，参加学习的还有要求到延安去的进步知识分子和青年学生。董必武、周恩来和郭沫若等先后在训练班给他们上过课。在武汉大约住了一个月，1938 年 5 月，文媛夫妇来到了日夜思念的延安，先进陕北公学学习，后进中央党校学习。此后，文媛和陈一新一起跟随部队转战东北、南下中南，为建设新中国而努力工作。

文媛曾经动情地说，"我们这一代人，虽然在战斗中度过了自己的大半生，为党和人民作过一点贡献，但同伟大的革命事业相比，毕竟是沧海一粟。成千成万的先烈，为着人民的利益，在我们的前头英勇地牺牲了，我们只是幸存者。让我们用先烈的革命精神自勉，勇往直前、继续前行，为实现他们的遗愿去努力工作、拼搏奋进吧！”

（作者：胡遵远、朱景江，本文在中央保密委员会办公室、国家保密局举办的“庆祝中国共产党成立100周年征文活动”中获三等奖）

老红军不恋官场回乡护粮

一、老班长怒砸看守所

李开文，1897 年出生在安徽金寨槐树湾的一个小山村，以烧窑、种地为生。1929 年六霍起义后，李开文参加了红军，先在红二十五军七十三师二一九团担架队当班长，后来又任炊事员，相继参加了鄂豫皖革命根据地、川陕革命根据地的创建和红四方面军长征。

1936 年 10 月，红一、红二、红四方面军在会宁会师，李开文从红四方面军调入中央红军，后被派往延安，被直接分配到党中央机关，担任中共中央组织部炊事班班长，接着又调任中央特灶班班长。从野战部队一下子来到令人敬仰的中央首长身边工作，许多老战友羡慕地问李开文："你做了毛主席的炊事员，一定感到很骄傲吧？"李开文使劲摆手说："我哪敢骄傲？不能瞎讲。毛主席从不搞特殊，我们不是只给主席一人做饭。在特灶班吃饭的有毛主席，还有周副主席、陈云部长、李富春部长，多着呢。不过有时毛主席写文章写得很晚了，我发现锅里饭菜凉了还不见秘书来取，就会重新热一下亲自送过去。"

一个冬天，其他首长的饭菜都由秘书们取走了，唯独不见毛泽东的秘书来，性急的李开文就端着热好的饭菜送了过去。到主席的窑洞时，一推门一阵寒风也跟着卷了进来，李开文禁不住打了一个冷战。听到开门声，毛泽东抬起头恰好瞧见这一幕，马上停下笔说："老班长，我看你穿得太单薄了。"李开文一边掩上门一边说："不冷，不冷，我习惯了。"毛泽东笑着起身，取出一件羊皮背心递给李开文。李开文连忙放下饭菜，一个劲地摇手执意不要，但毛泽东坚持要送给他穿，"老李同志，叫你穿上就穿上，我个子大，抗冷。再说你老班长要是冻病了，我就吃不到你做的饭菜了！"穿着毛泽东给的羊皮背心，李开文感到暖和了许多。回到灶间时，发现刚调进特灶班的一个小战士穿得比他还单薄，于是就把刚焐暖的羊皮背心脱下来给了小战士。

一天傍晚，李开文给中央领导打完饭菜之后刚回到窑洞准备休息，一个中灶班的老乡跑进来说："不好了老李，殷道山被人捆走了！"李开文闻讯非常吃惊，殷道山和他同岁，都是从大别山老区出来的，彼此很熟悉。殷道山为人忠厚在中央机关的炊事员中是出了名的。一个老实巴交的山里汉子，他招谁惹谁了，为何要被捆走？李开文进一步打探才得知，是一个首长秘书来打饭，殷道山像往常一样给他打了饭，可秘书认为打少了，令殷道山再添点。殷道山没听到，转身又忙着为别人打饭。于是秘书不高兴了，开始骂骂咧咧。殷道山发现脏话是冲着他来的，就问了一句："我究竟怎么啦？"秘书指着他鼻子呵斥："我看你就不是个好东西！"殷道山没想到首长的秘书竟然这样不讲理，也有些生气，反问道："你怎么可以骂人呢？"秘书见一个伙夫竟敢当众顶撞自己，更是怒火中烧，不一会儿，就带来了保卫科的干部，把殷道山用绳子捆起来带走了。"为这点小事，就把人捆走了？"李开文心里直冒火。这时特灶班的炊事员们闻讯也围了过来，一个个都替殷道山叫屈。李开文发愣良久后突然站起来，对围拢过来的炊事员们说："你们该干啥干啥，我这就去给殷道山送饭！"

李开文早就知道，黄土山坡后面有个窑洞是中直机关的一个看守所。他找到那个窑洞，走到窗前朝里一望，见殷道山正垂头丧气地坐在里面。当殷道山看到窗外的李开文后，扑到窗前，泪流满面。因为当时没有看守人员，关殷道山的窑洞门前挂着一把牛头大锁。看见这大铁锁，李开文就想到张国焘在大别山革命老区抓"AB 团"、揪"第三党"时错捕错杀许多优秀红军将领的憋屈事。想到那些事，一腔热血就直涌脑门。于是他从地上抱起一块十多斤重的大石头，狠狠地朝牛头大锁砸过去。砸开门后，殷道山却不敢吃他送来的饭菜。李开文火了，"咋啦？怕人怪罪你？你只管照实说，就说这锁是我李开文砸的，饭是我李开文送来的，明天我就接你出去！"

当夜李开文躺在床上，翻来覆去睡不着，他一直在琢磨这事该去找谁解决。天刚蒙蒙亮，他就爬起来直奔 200 多米外的毛泽东住的窑洞，但在窑洞门前被警卫员拦住："老班长，有事吗？""废话！没事我敢闯金銮殿？"警卫员被李开文不顾一切想硬闯的样子逗笑了，"主席凌晨 3 点才睡，有事最好 10 点后再来"。李开文这才察觉自己太冒失，于是掉头去找住在不远处的李富春。没想到，李富春也是凌晨 3 点才睡，昨夜就是他在毛泽东那里一起研究问题。李开文又转身去找陈云，在门口正好碰到陈云夫人于若木，遂申起了冤。李开文耳朵背说话嗓门很大，陈云在里屋也听到了，便隔着窗户喊道："进来谈吧！"进了屋陈云招呼他坐下，李开文气鼓鼓地说："不坐！你是中央组织部部长，你说革命到底有什么好处？"陈云有些诧异："老班长，这个问题从何说起啊？"李开文说："我们扔了老婆孩子投奔红军，可现在革命还没成功，就要开始抓自己的人了？"陈云知道李开文的身世，当年李开文跟随红四方面军西撤时，老婆生下一对双胞胎才十几天，李开文竟过家门而不入，直到现在老婆孩子是死是活也没法知道。于是陈云和蔼地说：“你到底有什么事，尽管慢慢说。”李开文就把中灶班炊事员殷道山被捆被关的事说了一遍，然后又发表了自己的看法：“过去抓‘AB 团’、揪‘第三党’，肃反扩大化，冤死了多少好人？难道这种窝里斗吃的亏还不大？革命这样革下去，准要败！”陈云静静地听他说完，沉默了半响后起身握着李开文的手说：“感谢你老班长，你反映的情况很重要。请给我点时间了解一下，一定处理好！”

这件事处理得十分迅速。当天上午殷道山就被放了回来，而那位不可一世的秘书不仅在中央机关全体炊事员大会上向殷道山公开道歉，还作了一次深刻检查。几天后，李开文去给毛泽东送夜餐，毛泽东放下笔说：“都说聋子好脾气，想不到你还会发火，还敢造反，竟然砸了中央大狱！”李开文一惊，没想到这事连主席也知道了。毛泽东看着李开文，看得李开文很紧张，一时不知所措。“看不出啊，你还有这大胆量！”毛泽东感叹道。李开文支支吾吾地作检讨：“主席，我是个粗人，没文化，遇事不懂用脑子去想，只会动蛮。”毛泽东听后突然哈哈大笑说：“蛮得好！”然后毛泽东又神情严肃地说：“你这次砸了中央的监狱，没错！延安的官僚主义一露头，就被你砸了回去，这对大家都是一次很好的提醒，所以我说你蛮得好啊！”

二、革命胜利不恋官位

1949 年 7 月，李开文跟随毛泽东和其他中央首长一同进入北京。进城后，他被组织上安排到中央机关干部文化学校学习。当月底，李开文从干部学校毕业回到中央群工部等待分配工作。时任群工部部长的李维汉和李开文是老熟人，便半开玩笑半认真地说：“老李同志，组织上考虑你过去吃的苦太多，现在给你安排一个很‘甜’的事，决定派你去天津糖厂当副厂长。”李开文一听吓了一跳，忙问：“这糖厂的干部群众有多少人？”“一千多吧！”“首长啊，这么大个厂子，够上一个整团编制了，我哪有本事管好这么大一个摊子呀！不行，不行，我还是回家乡大别山吧。”李维汉对老李的拒绝非常不理解，于是李开文解释说：“解放大军早打到江南了，家乡也已解放，我该回去工作了，再说老婆孩子还在家里等着我呢！”李维汉劝道：“当年红军撤离大别山后，国民党军队和当地还乡团大开杀戒，与红军沾亲带故的恨不能斩尽杀绝，你的老婆孩子能不能见到恐怕都难说，我劝你还是到天津工作。不去天津，留在北京也行。”“妻儿万一不在了再说，20 年前我硬着心肠离他们而去，现在眼看仗要打完天下太平了，我得回去偿还这些年欠他们的情。”最终，李开文被组织批准回乡。

离京之前，李开文突然想起这一去相隔千山万水，今后不一定再有机会见到毛主席了。听说主席住在香山，他就一路问过去，最后在双清别墅见到了主席。毛泽东自然也没有忘记这位“老班长”，了解情况后关切地问他为何不去天津当厂长，李开文答：“天津糖厂的糖再甜也没有家乡的水甜。”毛泽东一听笑了：“你这是要叶落归根啊！”“主席，我现在虽然认识了1206个字，可自己心里清楚，自己根本不是一块当厂长的料，没那么大能耐。回到家乡后找个自己能干得了的差事，一定努力工作！”毛泽东得知李开文已认识了1200多个字，高兴地说：“回去就回去，但要经常写信来，到哪里都要记住了，你是从中央出去的。”

三、载誉回京受到赞扬

当李开文来到安徽省六安地委组织部后，被地委领导指派回金寨县当副县长。李开文心想：一个县少说也有二三十万人，我哪有这个本事去领导呀？于是摆手推辞。地委领导便说：“那您先住下来好好考虑一下，过两天我们再落实这件事？”于是李开文先回到了阔别已久的金寨县槐树湾乡板棚村。从弟弟李开香口中得知，国民党军队烧了他家房子，妻子张氏为了逃命，连夜带着儿子李锦旭和一对出生不久的双胞胎，东躲西藏不敢回村。那年冬天雪下得特别大，张氏躲在一个山洞里，因为没有东西吃挤不出一滴奶，一对双胞胎活活饿死。后来张氏等了他10年不见音讯，才改了嫁。至此，李开文决定：在家乡附近的响山寺粮站做个站长。地委同意了他的请求。

响山寺粮站是个中心粮站，下辖古碑、双河、南溪、帽顶山4个粮库，方圆上百里的地盘。通往这些粮库的山间小道，每一块石头差不多都被李开文踩过。一次，李开文踏着积雪轻步走进古碑粮库，悄悄烧好炭火盆，还把大家的裤子架在火盆上烤热。见年轻人醒了，李开文慈祥地唤道：“小同志，棉裤暖和了，起来吧，快到上班时间了。”说是站长，干起活来李开文更像粮站的一个苦力：别人不愿钻的黑漆漆仓板底下，他钻进去了，把所有的鼠洞一个一个堵实；别人不愿爬的高高尖尖仓顶，他爬上去了，将黄鼠狼开的“天窗”一块一块补好。粮库最大的消耗品是扫帚，为减少开支，李开文自己上山砍原材料做扫帚，于是站长室变成了“扫帚加工厂”。李开文说，街上卖的扫帚也是手做出来的，咱自己有一双手，干吗啥都要用钱买呢？

1956年底，全国各条战线上的英雄模范人物云集京城，李开文也当选为全国粮食系统的劳动模范。毛泽东一见李开文就亲切地说：“啊！我们的老班长又回来了。”毛泽东一边拉住他的手，一边伸出大拇指说：“真了不起，你回去又得了一个劳动模范。”会后，毛泽东亲自请李开文到家里吃饭。12 月的北京，冰天雪地，李开文穿的是单薄的黑色小棉袄和一双破旧的黑布鞋，于是毛泽东就送给他一件皮大衣和一双毛皮鞋。后来县里举办“建国十周年成就展”时，想要他的皮大衣和毛皮鞋，李开文就高兴地交了上去。展会结束后展览馆留下了那件皮大衣，只把毛皮鞋还给了李开文。李开文十分珍惜那双毛皮鞋，当宝贝似的收在柜子里。想念主席了，就把它拿出来摸摸瞅瞅。1960 年的冬天大雪封门，村里的刘拐子来看他，他见走路本来就不方便的刘拐子脚上只穿一双烂布鞋，脚脖子冻得发紫，李开文就从柜子里取出那双毛皮鞋让他穿走了。

1992 年，李开文老人离世后安葬在响山寺的后山上。

（作者：胡遵远、张应松，原载《金秋》2021 年第 12 期）

老红军郝毅的一段难忘经历

安徽省金寨县是中国革命的重要策源地之一、人民军队的重要发源地之一。革命战争年代，金寨先后有10万英雄儿女参军参战，郝毅就是其中的一位代表。

一、身负重伤，幸得老百姓相救

1932年秋，由于第四次反“围剿”失利，红四方面军被迫撤离鄂豫皖革命根据地，向西实行战略转移。10月，红四方面军十师、十一师、十二师，红二十五军七十三师及郝毅所在的少共国际团共2万余人，从湖北省黄安县（今红安）出发，越过平汉路，于19日拂晓到达枣阳南部的新集镇。闻风而动的蒋介石调集近9个师共50多个团的兵力，妄图一举把红四方面军歼灭。经过数日激战，红四方面军于22日上午到达枣阳西部的土桥铺，前卫部队冒着敌人猛烈的炮火继续向西北突围，掩护主力部队通过。红七十三师及红十一师三十一团也分别击退两侧来犯之敌。当夜12时许，红军顺利通过沙河和襄花公路，后经七方岗、双沟，越过唐、白两河，挺进至陕南边界。至此，红四方面军胜利冲出了敌人精心部署的重重包围。这便是历史上有名的新集（四井岗）战役。

在这次战役中，红四方面军领导命令少共国际团和另外一个团坚守一处制高点，掩护其他部队突围。并且要求这两个团必须坚守到黄昏才能撤退、追寻大部队。

掩护任务完成后，郝毅所在的班只剩两名战士了。他们正在撤退时，敌人追了上来，高声喊叫：“别跑，老子要抓活的。”郝毅回头一看，敌人已到山下，就赶紧往山头跑。没有跑多远，敌人的炮弹就打来了。郝毅还在跑，旁边的战友说：“小鬼，你负伤了。”郝毅低头一看，腿上鲜血直流。这时，战友用力从裤腿上面撕下一条布，把郝毅的腿包扎好，然后就架起他继续往山上走。到了山顶，天也黑了，郝毅不知被什么东西绊倒，两人一下子滚到了山底下，昏了过去。

第二天下午，当地老百姓上山打扫战场，发现山沟里有两名红军小战士，一动不动。他们走近一看，摸摸那个，身上已经凉了，也没气了。又过来摸摸这个，发觉身上还有点热，鼻子还有点气，忙用门板把他抬到了红军救护站。

这个幸存的红军小战士就是郝毅。

二、紧急集合，爬着“追寻”主力部队

由于战况紧急，红军救护站里缺医少药，护士只能用盐水给郝毅清洗伤口。这一下把郝毅痛醒了，忍不住直叫：“你上的什么药？怎么这么痛？”护士说：“这不是药，这是用盐水来给你洗伤口，多放了点盐，所以就痛，这样你才能醒过来。”

郝毅问护士：“你们没有药？”护士说：“有，但是大部队都带走了，我们也要走。”郝毅又问：“我是怎么来的？”护士说：“昨天下午有几个老百姓，在你们打仗的那个山沟里发现你身上还有点热，就用门板把你抬来了。”

不知过了多久，郝毅好不容易才睡着。突然，一个伤员跑来叫醒他，说：“赶快起来，到外面集合，走！”说完那个伤员就走了。

这时房间里就剩郝毅一个人躺在床上动不了，他大声叫担架，可是叫了半天，一点动静也没有。他只好用力往外爬，费了很大劲，才从病房爬到门口。外面黑乎乎的，什么也看不见，一点动静也没有。郝毅受伤的左腿一点力气也没有，动一下就痛得难受，着急中的郝毅干脆就爬行，靠着两只胳膊和一条腿，爬了半天才爬到院子中间。

正在这时，来了一个人，他见郝毅在地上爬，还拖着一条腿，就说：“小同志，你就这样爬着走？这怎么行？”郝毅说：“我也没有办法，救护站的人也走了。”那位同志听说救护站的人都走了，不说话就转身出去了。三更半夜，郝毅在那瞎摸瞎撞，沿着一条小道往前爬。忽然，那位同志又转了回来，说：“小同志，我给你找来一根棍子，你就顺着这条小道慢慢往前走。”一边说一边走远了。

看样子，情况很紧急。有了这根棍子，郝毅强忍着伤痛，一瘸一拐地顺小道往前走，踏上了征途。

走着走着天已大亮了，郝毅看见前面站着一个人，看样子在等人。他走上前问道：“同志，你知道少共国际团在哪儿？”这个人反问：“你是哪里的？”“我是从鄂豫皖出来的，没走几天，就被敌人堵住了，领导让我们少共国际团在一个山头上打阻击，打到黄昏时再主动撤退。”对方打住郝毅的话头，说：“为了加强主力部队，上级已经决定把少共国际团编到各团去，你也不用到其他地方去了，就跟我们一块儿走吧，有人问你的话，你就说是十师的。”

就这样郝毅跟随红四方面军十师踏上了西征之路。

三、饥饿难耐，空着肚子急行军

“你们还有没有饭?”郝毅两天没有吃饭了，饿得难受。十师的战友告诉他：“你到伙房去看看。”郝毅正在找伙房时，号兵突然吹响了集合号，哨子也不停地吹起来，部队集合好就整队出发了。于是郝毅不得不饿着肚子跟着部队出发了。一路上，他不时地跌倒，皮碰破了、肉划伤了，鲜血染红了衣服。但是，郝毅根本顾不上这些，一心就是想要跟上大部队，不能掉队，不管前面的大部队是不是十师，只要跟上红军部队就行。

途中郝毅看到一块红薯地，他实在饿急了，也顾不上纪律要求，便开始挖红薯。他挖出了一个，还想再挖两个带上。突然，旁边来了一个肩头扛着锄头的老乡，郝毅以为是来抓他的，拿起小包就要走。这时，老乡向郝毅招手，然后用锄头挖出几个红薯递给了他。郝毅当时一下子就跪下了，眼泪止不住地往下流。那位老乡用双手把他扶起来，挥挥手，示意他不要停留。郝毅接过红薯，放在包里，一拐一拐地走了，走了很远，他还回头看看那个老乡。

四、面对重围，拎着脑袋去冲锋

正当郝毅急行军途中，前面的部队又被敌人堵住了。敌人用3个团堵住了漫川关这个卡口，不让红军通过。前有堵截，后有追兵，红军的处境十分危险。张国焘提出：把部队分成小分队，这样目标小、好突围。红四方面军总指挥徐向前一听，立即阻止说，那正好遂了敌人的心愿。敌人就是希望我们把部队分成一块一块的，这样更便于他们一口一口地吃掉。张国焘不说话了。徐向前说，根据目前了解的情况看，我军正前方的西北角，是敌人两军的结合部。通常情况下，结合部的兵力配备比较弱，要突围就只有从西北角下手。张国焘说：“同意，你就下令吧。”徐向前于是向红三十四团团长许世友下达命令：“许世友，由你带领红三十四团，再给你加一个团，从西北角敌人的结合部向外突围。”许世友立即表示，只要我许世友在，我就一定突围出去。徐向前一再叮嘱说，这一仗关系到全军的命运，一定要打好。

经过一番激战，红军终于撕开了突破口。郝毅他们所在的后续部队一拥而上，敌人的防线像缺了口的水库，口子越打越大。部队冲出重围后，郝毅也紧跟着大部队前进。这样急行军一夜又一天，红军终于甩掉了追兵，胜利踏上征程。

五、翻过雪山，铭刻永恒的记忆

郝毅至今还清楚记得长征胜利前自己曾经爬过的三座大山：一是大巴山，海拔 3000 多米，郝毅翻山时正值冬季，雪深过膝。晚上红军身着夏装、脚穿草鞋，根本无法入睡。二是夹金山，海拔 4000 多米，高山寒冷缺氧，战士们便咬着辣椒，一边刺激自己一边走。三是党岭山，海拔 5000 多米，常年积雪，空气更加稀薄、缺氧，还时常出现雪崩。有一次，郝毅实在走不动了，气也喘不过来，就想休息一会儿。他看到前面有块石头，就走上去，把小包往上一放，一屁股坐下。可是，还没等他坐稳，那块石头就歪倒了。怎么回事？郝毅回头一看，原来这不是石头，而是一颗人头，是前面兄弟部队牺牲的战友啊！郝毅吃了一惊，再也不觉得累了，也顾不上悲伤，拿起小包继续向前走去。这个场景从此深深地印刻在他的脑海里，令他终生无法忘却。

（作者：胡遵远、徐杰、卫恒涛，原载《党史纵览》2022 年第 2 期）

治淮功臣童振铎

建于20世纪50年代的梅山水库连拱大坝至今已走过了半个多世纪的历史征程，仍在为淮河上游拦洪蓄水、抗旱发电发挥着重要作用。

1954年3月，梅山水库工程开工，来自淮北平原、江淮丘陵和皖南山区的民工大军，怀着治好淮河、报效祖国的满腔豪情，来到条件极其艰苦的梅山水库工地。他们用艰辛劳作和滴滴汗水，共开挖土方50万立方米、石方1.2万立方米，完成了近30万立方米混凝土的浇筑。水库工程建成之后发挥了巨大的经济效益和社会效益，促进了地方经济发展和老区人民脱贫致富，亦彰显出党中央“根治淮河水患，兴修淮河水利”治淮战略决策的卓越成果。

抚今追昔，感慨万千。人们铭记着梅山水库建设的艰难沧桑岁月，同时也深切缅怀为水库工程作出突出贡献的带头人童振铎。

一、历经征战勇献身

童振铎1917年出生于河南永城（今安徽濉溪），1937年10月参加宿县教育人民战时后方服务团，从事宣传工作。1938年9月，进入民族解放先锋队；1939年1月，加入中国共产党，同年由组织安排转调新四军工作，先后担任团作战参谋、副参谋长、参谋长、团长等职。

为了积极响应毛泽东“一定要把淮河修好”的伟大号召，1952年5月，刚刚完成在大别山剿匪任务的中国人民解放军步兵第九十师奉命改编为水利工程兵第一师，集体转战治淮战线。童振铎随部队首先来到佛子岭水库工地参加水库工程建设。1953年12月3日，梅山水库工程筹备处在佛子岭水库成立，由佛子岭水库工程指挥部副指挥张孟云兼任副主任。12月5日，童振铎即随张孟云率领先遣队伍50余人到达梅山水库工地，协助张孟云开始筹备工作，全面主持工程施工，不久任第二指挥。1954年11月5日，淮委电示：张太冲任梅山水库工程指挥部指挥兼政委。1955年8月16日，张太冲奉调回淮委，童振铎任代理指挥。

二、身先士卒担重任

1954年2月2日，国家计委批准《梅山水库计划任务书》和《梅山水库工程初步设计》。3月25日，六安至梅山公路全线通车。29日，淮委即下达《梅山水库工程技术设计书》，梅山水库工程正式全面启动。

为了保证第一期清基工作的按时完成，水库工程在2月下旬施工人员和机械设备尚未全部到达之时，就已经热火朝天地展开了，以便在汛期到来之前争取主动。时值早春，寒气袭人，童振铎和指挥部、政治部全体领导带领先赶到工地的施工人员冒着凛冽的寒风，挥锹举镐，开挖坝基两侧周围的土方、清理坝址东部的山坡。西下的夕阳收尽了最后的余晖，暮色朦胧中仍然能听到东山坡上铁锹和杠棒的撞击声。4月初，溢洪道、泄洪隧洞等工程相继顺利开工，12月26日第一期清基工程提前完成。

1955年1月，童振铎关注到一个严峻的事实：必须要在3月桃花汛到来前，将坝身的拱浇筑到73米、垛浇筑到84米的高程，才能保证在春汛期间，始终保持在水面以上施工作业，亦能争取在6月底把连拱坝整体浇筑到110米的高程。而现实则是，由于梅山水库的混凝土浇筑量要比佛子岭水库多3万立方米，又受到开挖坝基石槽的影响，混凝土浇筑的压力凸现。为此，一场紧张和艰巨的战斗在水库工地打响。在童振铎的倡议和领导下，施工区开展了声势浩大的社会主义劳动竞赛，他接连在党、团、工会大会上作动员，提出“提高功效、加快进度、保证质量”的12字方针，鼓励全体施工人员以饱满的工作热情投入战斗。他本人则坐镇第六工程区队洋灰一分队现场指挥，各支队伍密切配合、通力合作，日夜三班不间断作业，每天的混凝土浇筑量达1000立方米，最高曾达到1911立方米，超过佛子岭水库最高浇筑量的一倍以上。3月25日，连拱坝5号拱首先浇筑到73米高程。4月9日，连拱坝的15个拱和16个垛全部浇筑到了预定高程，成功拦截了春汛。至6月30日，连拱坝全部高程浇筑到预定的110米高程，在主汛期到来之际发挥拦洪作用。

8月中旬，防止水泥构件和已浇筑的工作面发生变形和粉化，童振铎和施工人员一起，冒着40℃的高温，用水向已浇筑成功的预制件和工作面上喷洒。他还连续数天指挥专业人员在运输线、浇筑站、钢筋场等场所搭建简易凉棚，最大限度减少高温造成的损失。

1955年6月，我国引进捷克混凝土自动搅拌技术。水利部决定，首先将此技术运用在梅山水库工地现场，因地制宜地设计和安装，童振铎自始至终参加并协调了每个环节。该装置组装简单，操作便捷，不仅节约原料，而且大大提高了施工效率，加快了梅山水库工程第二期施工进度。1956年1月12日，连拱坝的拱垛提前109天全部浇筑到138.9米的高程，当晚工区全体施工人员在人民广场（现梅山体育场）举行庆祝晚会。

三、临危不惧抗洪水

1954年7月9日，大别山区连降特大暴雨，至7月11日，史河水位猛涨，山洪咆哮而下，梅山段流量达4380立方米/秒。施工区域周边地区的水深近1米，施工区域内部分机电设备及大部分工房亦被淹没，建设中的连拱坝面临着洪水的巨大危险。

此时有人建议，洪水期间暂时撤离工作区域，待汛后恢复施工。此说遭到童振铎的断然回绝。7月9日晚11时，童振铎召开抗洪抢险紧急会议，宣布全工区进入紧急状态，号召全体施工人员要树立信心、战胜洪涝、坚守岗位、各司其职。他特别要求指挥部、政治部机关和各区中队领导要在抗洪中身体力行，率先垂范，坚决把住口子，堵住漏子。10日凌晨2时，童振铎和第一副指挥兼总工程师俞漱芳分别来到调度室、水泥石灰仓库、器材供应地、机械配件房、木料加工厂等处，检查抗洪措施是否到位。

在连拱坝上游有一座土石坝，此坝兴建目的是挡住上游河道来水，保证连拱坝的施工。当时洪水已濒临这座土石坝顶，即将漫坝。童振铎和第一副政委张允贵率有关专业技术人员沿山路来到土石坝的现场，商量研究对策。有人主张在更大洪水到来之前，炸开土石坝，防止漫水和破坝，但炸坝后造成的巨大损失显而易见。能否既保坝又最大限度地减少灾害？为此，7月11日下午至7月13日中午，童振铎和张允贵及其他技术人员共同冒着巨大的危险，坚持在土石坝顶的简易工棚中值守，密切联系地方政府和水文部门，获取洪水变化的最新信息，同时做好了内部各种应急准备。久违的阳光终于洒向宽阔的史河水面，汹涌的洪水逐步平缓，土石坝得以保存，童振铎却被担架抬下的土石坝。

四、百年大计改方案

在7月中旬，洪水尚未退尽时，童振铎即召集由工程指挥部的技术干部和部队干部组成的联合办公会议，讨论研究有关加高坝身和增加水库库容的建议方案。童振铎诚恳而谦虚地同大家商榷，以充分的例证和详尽的数据，反复强调防洪是梅山水库兴建的首要目标和所应发挥的主要效益，要确保大坝达到能够抵御千年一遇洪水的一级水利工程建筑物的技术要求，不能愧对子孙。

水利部和淮委对梅山水库工程指挥部、政治部上报的建议方案极为重视，组织专家学者论证后，确定梅山水库工程连拱坝的坝顶高程加高至海拔 141 米，库容则相应加大。1954 年 8 月 21 日，水利部下达的《梅山水库加大库容和加高坝身的意见书》等 5 个文件传达到工程指挥部，标志着梅山水库加高坝身和加大库容的方案得到批准实施。这是对童振铎这一代革命者对党的事业高度忠诚的革命精神、对人民千秋工程高度负责的科学精神的充分肯定。

五、兴利除害献毕生

梅山水库工程竣工后，童振铎任淮委建工局副局长，于 1956 年随水利部代表团出访苏联并考察学习一年。而后，他先后参加黄河三门峡水库、刘家峡水电站、漳卫南运河闸等水利工程建设。漫长的艰苦岁月中，他长期转战于全国水电工程建设的各个工地，始终战斗在施工第一线。1980 年，童振铎奉调参与水利部海河水利委员会的筹建。一次到水电部汇报工作后感到身体不适，检查发现已是食道癌晚期。1982 年，童振铎不幸病逝。

为了水电建设事业，他坚决服从工作需要，与家人经历了漫长的两地分居，在生命的最后两年才真正和妻儿实现团聚。每当谈及这段经历，童振铎之子童西荣都为之动容。

在童振铎遗体的告别仪式上，他的老上级、时任解放军副总参谋长张震及水电部部长钱正英等领导同志前往吊唁。钱正英对童振铎数十年参与多个重点水利电力工程建设的业绩给予高度评价，也充分肯定他顾全大局带头干、坚持党性不动摇的共产党人崇高气节。

（作者：马贤钧，原载《大江南北》2021 年第 10 期）

《三大纪律八项注意》歌曲背后的故事

被称为红色经典第一歌的《三大纪律八项注意》为广大军民所熟悉，但是它背后的故事却鲜为人知。

一、“三大纪律八项注意”的来历

“三大纪律八项注意”是中国人民军队区别于一切旧军队的显著标志。从1927年9月毛泽东领导的秋收起义部队上井冈山时宣布的“三条纪律”，到1928年4月毛泽东在湖南桂东县沙田正式颁布“三大纪律六项注意”，再到1947年10月毛泽东亲自起草训令，以命令的形式将“三大纪律八项注意”固定下来，前后经历了20年，最终才成为全军的统一纪律。

“三大纪律八项注意”的形成过程应该追溯到1927年9月9日爆发的湘赣边秋收起义。起义之初的指挥机构分为两条线：一是湖南省委领导的湖南秋收起义，中心是长沙；二是中央军事部、江西省委、湖北省委领导的江西秋收起义，中心是修水。由于两线指挥，彼此不接头、信息不畅通，没有形成组织核心，没有明确的行动纲领，从而导致起义指挥不统一，起义失利。9月10日毛泽东到达江西铜鼓后，两线并成一线，会师浏阳文家市，转战湘南。

1927年10月中旬，部队经过“三湾改编”后，决定上井冈山建立革命根据地。然而，部队在行军过程中不少战士偷吃老百姓的红薯；在打土豪过程中又有不少官兵将没收的财物据为己有；特别是部队途经遂川大汾时，突然遭到地主武装袭击，部队被冲散，战士们又累又饿，部分人又犯了旧军队的老毛病，行为散漫、不听指挥，偷吃甚至乱拿老百姓的东西。

对此，毛泽东心急如焚，因此制定铁的革命纪律是关系这支队伍生死存亡的关键。

1927年10月24日，毛泽东所在部队与井冈山上的王佐队伍会合时，向工农革命军宣布了三条纪律：一是行动听指挥；二是不拿群众一个红薯；三是打土豪要归公。1928 年 3 月 28 日，毛泽东率领工农革命军第一师第一团前往湖南桂东策应朱德领导的湘南暴动，3 月 30 日到达沙田圩。由于当时工农革命军队伍中有工人、农民、小资产者、游民无产者和旧军队过来的人，同时，由于部队创建的时间短，既没来得及对部队进行深入的思想政治教育，也没来得及形成系统的军纪体系，在艰苦的革命环境里，官兵游击习气、军阀作风和小资产者的习气严重，作风不正、纪律松弛，不时侵犯群众利益，打骂体罚士兵的现象时有发生。

对此，毛泽东经过认真思考，认为“军纪问题是红军一个很大的政治问题”①，加强军队纪律教育、规范革命纪律已成为工农革命军成长、壮大的当务之急。

1928 年 4 月 3 日在沙田圩老虎冲，毛泽东向全军总结了建军以来的经验教训，谆谆告诫全体官兵，没有纪律就不成军队，没有统一指挥就不能打胜仗，然后正式颁布“三大纪律六项注意”，并扳着手指逐项进行解说。

当时的“三大纪律”是：（1）行动听指挥；（2）打土豪要归公；（3）不拿工人农民一点东西。“六项注意”是：（1）上门板；（2）捆铺草；（3）讲话和气；（4）买卖公平；（5）借东西要还；（6）损坏东西要赔。

红四军向赣南闽西挺进时，部队战士在野外随地大小便，在村溪河里洗澡，引起群众的不满。毛泽东知道后，把“六项注意”改为“八项注意”，增加了“不得随便屙屎、不搜敌兵腰包”的内容，并写进了 1930 年 9 月 25 日红一方面军颁布的《红军士兵会章程》中。此后“三大纪律八项注意”基本形成并确定下来，成为人民子弟兵的纪律。此后随着情况变化和斗争的需要，内容又不断地有所变化。

1947 年 10 月 10 日，为适应解放战争的需要，中国人民解放军总部发出《关于重行颁布三大纪律八项注意的训令》。训令指出：“本军三大纪律八项注意实行多年，其内容各地各军略有出入。现在统一规定，重新颁布。望以此为准，深入教育，严格执行。”这时的“三大纪律”是：（1）一切行动听指挥；（2）不拿群众一针一线；（3）一切缴获要归公。“八项注意”是：（1）说话和气；（2）买卖公平；（3）借东西要还；（4）损坏东西要赔；（5）不打人骂人；（6）不损坏庄稼；（7）不调戏妇女；（8）不虐待俘虏。

从此，“三大纪律八项注意”的内容就以命令的形式在全军得到了统一，成为军队的铁的纪律。

二、《三大纪律八项注意》这首歌的编写和传唱经过

可以这么说，全国人民都非常熟悉的红色经典歌曲《三大纪律八项注意》

---

① 《毛泽东文集》第一卷，人民出版社 1993 年版，第 75 页。

的歌词源自红一方面军和中央苏区，但是真正把它谱上曲、编成歌并使之广泛流传、唱响全国的却是诞生在大别山区、奋战在鄂豫皖苏区的红二十五军。

那是在1932年10月，红四方面军的主力撤离鄂豫皖后，国民党又集中了15个师又32个旅约20万兵力继续对大别山区进行“清剿”。为了方便行动，时任鄂东北道委书记的郑位三和秘书长程坦及道委干部刘华清等10余人一起行动，形势非常危险。

1934年，程子华受派遣，从中央苏区来到鄂东北向郑位三和程坦等人传达中央指示。接触过程中，程坦从程子华那里了解到“三大纪律八项注意”的有关内容，并被它的通俗易懂和丰富内容所吸引，于是他根据当时形势发展和队伍建设的需要，就想以此编写一首关于红军纪律的新歌。

为什么说是新歌呢？因为在此之前，鄂豫皖苏区已经有了两首关于红军纪律的歌，一首是《红军纪律歌》，一首是《土地革命成功了》。程坦在编写新歌时，感到《土地革命成功了》的唱调好记、节奏感强，具有很强的军歌气质。于是，他就采取“用旧曲、填新词”的方法，借用《土地革命成功了》的曲调，把“三大纪律八项注意”的内容编成歌词填进去，创作了《三大纪律八项注意》这首歌。

在刘华清的协助下，程坦他们把这首新歌拿到鄂东北道委独立团去教唱，一下子就吸引了广大官兵，受到了热烈欢迎。

后来，程坦等人随红二十五军长征，行军之余便教大家唱这首歌。于是，这首歌就随着红二十五军西征北上、一路传唱，直到红二十五军到达陕北。组建红十五军团后，已经是军团政治部秘书长的程坦又对歌词进行了修改，并以《红军三大纪律八项注意歌》为名，刊登在红十五军团编印的《红旗报》上。歌词是这样的：

红色军人个个要牢记，三大纪律八项的注意：
第一不拿工农一针线，群众对我拥护又喜欢；
第二服从上级的命令，我们胜利更能有保证；
第三没收一切要归公，私打土豪纪律不可容。
八项注意我们要做到，时时刻刻切莫忘记了；
第一早起门板要上好，免得群众心里多烦恼；
第二早起都要捆禾草，室内室外脏物要打扫；
第三言论态度要和好，接近群众工作最重要；
第四买卖价格要公道，政治影响远近都传到；
第五借人家具用过了，当面归还切莫遗失掉；
第六若把东西损坏了，按价赔偿立刻要办到；

第七到处卫生要讲好，选择僻处挖下卫生壕；
第八对待俘虏影响好，不许随便拿他半分毫。
倘或把这规则破坏了，红军纪律处罚决不饶。
红色军人应当认识到，争取群众工作最重要。
到处工农斗争起来了，全国胜利实现在今朝。

1935 年 11 月，在红十五军团与红一方面军胜利会师的庆祝大会上，红十五军团的战士们演唱的《红军三大纪律八项注意歌》立即吸引了红一方面军的广大官兵，大家纷纷学唱起来。

后来，这首歌就迅速地在红军队伍中传唱开来。抗日战争时期，人民群众常常以是否会唱这首歌来辨认是不是共产党领导的抗日队伍。

新中国成立后，解放军总政治部根据训令的内容，于 1950 年和 1957 年两次对《三大纪律八项注意》的歌词进行了修订，最终确定的标准歌词一直传唱至今。

革命军人个个要牢记，三大纪律八项注意：
第一一切行动听指挥，步调一致才能得胜利；
第二不拿群众一针线，群众对我拥护又喜欢；
第三一切缴获要归公，努力减轻人民的负担。
三大纪律我们要做到，八项注意切莫忘记了：
第一说话态度要和好，尊重群众不要耍骄傲；
第二买卖价钱要公平，公买公卖不许逞霸道；
第三借人东西用过了，当面归还切莫遗失掉；
第四若把东西损坏了，照价赔偿不差半分毫；
第五不许打人和骂人，军阀作风坚决克服掉；
第六爱护群众的庄稼，行军作战处处注意到；
第七不许调戏妇女们，流氓习气坚决要除掉；
第八不许虐待俘虏兵，不许打骂不许搜腰包。
遵守纪律人人要自觉，互相监督切莫违犯了。
革命纪律条条要记清，人民战士处处爱人民。
保卫祖国永远向前进，全国人民拥护又欢迎。

三、红二十五军不仅唱得好，而且做得好，是执行军队纪律的模范

俗话说，唱得好不如做得好。歌曲《三大纪律八项注意》不仅是用来唱的，

更是用来做的、用来执行的。在这方面，红二十五军作出了表率，堪称模范。早年，红二十五军就有一条“不准吃鸡”的纪律。

那是在1933年郭家河大捷的时候，因为红军纪律严明，鄂豫皖根据地的老百姓就在家中高兴地贴出了“白军来了鸡犬不宁，红军来了鸡犬不惊”的对联。鄂豫皖省委书记沈泽民知道后，指示红军：老百姓越是称赞红军纪律严明，红军越是要严格遵守群众纪律，只有如此才能顺乎民心！从今往后，要在红军中形成一条纪律：谁也不准吃鸡！

红二十五军不准吃鸡的纪律由此开始。即使在极端艰苦的日子里，战士们也始终如一，直到红军长征到达陕南后才有所变通。

红二十五军不仅在鄂豫皖根据地时严格遵守纪律，就是在长征中，也是走到哪里就将严明的纪律带到哪里。1935年8月中旬，红二十五军长征进入陇东回民聚居地区兴隆镇，军政委吴焕先结合当地回族的宗教信仰和风俗习惯，专门制订了“三大禁令、四项注意”，要求部队严格执行。他告诉大家：过去我们有过不许吃鸡的纪律规定，现在必须改一下，就是不准在回民地区吃大荤，也绝对不准把剩余的大荤食物，偷偷摸摸地带入回民地区。在军政委的号召下，部队在进入回民区之前，自觉地清理掉一些剩余的猪肉猪油，还把带有荤腥油味的炊具冲洗干净。由于红二十五军正确地执行了党的民族政策，严明了部队的纪律，不仅消除了通过这一地区前预想的阻力，而且得到了群众拥护。部队离镇时，全镇男女老幼齐集街头，设立香案换上油果，为红军送行。一些回族青年还参加了红军。红军所到之处，常有回民群众结队相迎，为红军报告敌情，充当向导。

毛泽东后来率中央红军长征经过这里时同样受到了热烈欢迎。见此情景，毛泽东查清原因，极为高兴，连连称赞红二十五军政策水平很高，民族政策执行得很好。

四、针对不同对象的两个“三大纪律八项注意”

在中国共产党的历史上，曾经有过两个具有不同针对性的“三大纪律八项注意”。其中一个是针对人民军队制定的；另一个则是针对党政干部制定的。这两个“三大纪律八项注意”维护广大人民群众的根本利益，对人民军队建设和党政干部队伍建设具有重要的历史意义和积极作用。

新中国成立后，在相当长的时间里，党与人民群众保持了革命战争时期的那种亲密的关系。广大党政干部真心为人民群众办好事办实事，赢得了人民群众的衷心拥护。但1957年后，随着党内“左”倾思想的发展，干部队伍中脱离实际，脱离群众的倾向开始出现。在为期三年的“大跃进”运动中，由于指导思想的严重“左”倾，党员干部队伍中的“共产风”“浮夸风”“强迫命令风”“生产瞎指挥风”“生活特殊化风”等“五风”盛行，严重地损害了人民群众的根本利益，导致党群关系、干群关系严重紧张。对此，毛泽东要胡乔木仿照部队的“三大纪律八项注意”，制定一个适用于党政干部的“三大纪律八项注意”。

时任中共中央书记处候补书记的胡乔木于1961年1月8日就拟订党政干部“三大纪律八项注意”给毛泽东写了报告。报告说，关于全国党政干部适用的“三大纪律八项注意”，研究了各省的一些类似的规定和宪法刑法草案、党章等，并与许多同志交换了意见，现拟了一个稿子送上，请看可否印发中央工作会议讨论一下。

胡乔木所拟的“三大纪律”是：(1) 有事同群众商量，永远同群众共甘苦；(2) 重要问题事前请示，事后报告；(3) 自己有错误要检讨纠正，别人作坏事要批评揭发。“八项注意”是：(1) 保护人民安全，打人要法办，打死人要抵命；(2) 保护人民自由，随便罚人抓人关人搜查要法办；(3) 保护人民财产，侵占损害人民财产要赔偿；(4) 保护公共财产，贪污盗窃假公济私要赔偿；(5) 用人要经过组织，不许任用私人；(6) 对人要讲公道，不许陷害好人包庇坏人；(7) 对上级要讲实话，不许假报成绩隐瞒缺点；(8) 对下级要讲民主，不许压制批评压制上告。胡乔木的这些规定有的有很强的针对性，但用语不是那么简洁明快。

毛泽东对这个草案不太满意。他说，“三大纪律八项注意”要写得简单明了，使人容易记住，同时要避免起负面作用。他于1961年1月9日对胡乔木起草的党政干部“三大纪律八项注意（草案）”作了批示：“印发各组讨论，提出修改意见。(一) 是否目前颁发？目前是在全国20%的县、社、队夺取政权的问题，是否缓一下再发为宜？(二) 太复杂，不如红军三大纪律、八项注意简单明了，使人难记。有几条执行起来，可能起反作用。以上两项，请予讨论。”毛泽东将胡乔木的报告拟题为“三大纪律、八项注意（草案）”，批示印发中央工作会议各组，要各组讨论，他自己又改写了一下。对胡乔木起草的“三大纪律”，毛泽东修改为：(1) 一切从实际出发；(2) 提高政治水平；(3) 实行民主集中制。其中第二条，后经过会议讨论修改为正确执行党的政策。毛泽东的修改确实简单明了，看一条就留下一个印象，使人容易记住。他解释第一条时指出，我们干部的作风问题，主要是不从实际出发，工作中主观主义很多，要整主观主义。毛泽东抓到了干部作风中的要害问题。对“八项注意”，毛泽东改得更简单明了，每一项四个字、六个字，至多九个字。值得注意的是，他加了一项“没有调查就没有发言权”。这是沿用1930年他提出的一个口号，当时重提，显得格外重要。

经反复讨论、修改后，中央于1961年1月27日下发了《党政干部三大纪律、八项注意（草案第二次修正稿）》，在党内予以公布。这次公布的“三大纪律”是：（1）一切从实际出发；（2）正确执行党的政策；（3）实行民主集中制。“八项注意”是：（1）同劳动同食堂；（2）待人和气；（3）办事公道；（4）买卖公平；（5）如实反映情况；（6）提高政治水平；（7）工作要同群众商量；（8）没有调查没有发言权。

党政干部三大纪律八项注意的公布，对于保证中央政策的正确贯彻执行，教育和约束党政干部的作风和行为，纠正干部中存在的“五风”现象，密切干群关系，保持共产党干部队伍的纯洁性、先进性，拒腐防变都起了积极的作用。对随后进行的经济调整也产生了积极的影响，对于动员广大人民群众和中国共产党共渡难关，克服严重的经济困难都产生了积极影响。

（作者：胡遵远，原载《铁军纵横》2021年第3期）